Lydia Stilz

Heimat ist da, wo dir das Herz aufgeht

LYDIA STILZ

Heimat ist da, wo dir das Herz aufgeht

FRÄULEIN LEHRERIN ERINNERT SICH

Silberburg-Verlag

Lydia Stilz, geboren 1928 in Schnait im Remstal, studierte Anfang der Fünfzigerjahre am Pädagogischen Institut in Esslingen und lehrte dann an Grund- und Hauptschulen. Von England über Indien, Thailand und Indonesien bis nach Australien, vom Nordkap bis zur Antarktis lernte sie die Welt kennen. Heute lebt sie wieder in ihrem Geburtsort.

1. Auflage 2017

Umschlaggestaltung: Anette Wenzel, Tübingen.
Coverfoto, Fotos im Anhang: Archiv Lydia Stilz.
Druck: CPI books, Leck.
Printed in Germany.

ISBN 978-3-8425-2061-5

LEUZENDORF

Der Anfang

1953: Die Prüfungen am Pädagogischen Institut waren bestanden. Marie Luise Seitz hatte guten Erfolg gehabt, sowohl bei ihren schriftlichen Arbeiten als auch bei ihren Lehrproben. Sie hatte zudem mehrere besondere Lehrbefähigungen nachgewiesen: In evangelischer Religion, in Werken und, darauf war sie besonders stolz, in Englisch.

Nun war sie zu Hause bei ihren Eltern und Geschwistern und wartete sehnsüchtig auf den Bescheid des Kultministeriums, wo sie ihre erste Anstellung finden würde. Ihre Freundin Renate hatte ihr geschrieben, dass sie weit weg, im Ostalbkreis, als Junglehrerin angefangen hatte. Daraufhin hatte Marie Luise erwogen, aufs Kultministerium nach Stuttgart zu fahren und sich persönlich zu erkundigen, wohin sie sich auf den Weg machen solle. Der Vater hatte ihr abgeraten. Vermutlich gab er seine älteste Tochter gar nicht gerne frei, auch wenn sie schon volljährig war. Ihm war auch wichtig, dass sie sich in Geduld übe und ihr Leben Gottes Willen überlasse. Aber Marie Luise war jung und wollte das Erlernte anwenden. Sie wollte Kinder um sich haben und sie unterrichten.

Dann kam der Bescheid aus Stuttgart und wies sie nach Leuzendorf im Kreis Crailsheim. Mit Mühe nur fand sie den Ort auf der Landkarte. Crailsheim hingegen, die Kreisstadt, war leicht zu finden. Dort rief sie beim Staatlichen Schulamt an. Eine freundliche weibliche Stimme begrüßte sie. Den Namen verstand sie nicht, aber sie begriff, dass es sich um die Sekretärin des Schulrats handelte. Diese Sekretärin suchte ihr einen günstigen Zug aus und riet ihr, am Nachmittag des 15. Oktober auf ihrem Weg nach Leuzendorf ins Staatliche Schulamt zu kommen zur Vereidigung. Der Schulrat werde ihr dann den weiteren Weg beschreiben.

Die Koffer waren gepackt, ein großer, schwerer mit Wäsche und Büchern für die erste Zeit und ein kleinerer mit Waschzeug, Nachthemd und ein paar Heften sowie Schreibzeug. Die Koffer wurden auf das kleine Handwägele geladen, das die beiden jüngsten Geschwister aufs Bahnhöfle führen sollten. Der große Koffer wurde auf dem Bahnhof als »Begleitgut« aufgegeben. Der Bahnbeamte warnte die Besitzerin, es könne ein paar Tage dauern, bis er ankomme. Nun, Marie Luise war darüber nicht bekümmert. Sie hatte ja das Nötigste für ein paar Tage im kleinen Koffer.

Die Mutter packte noch ein Vesper und ein paar Frühäpfel in Marie Luises Umhängetasche. Vom Vater bekam sie etwas Geld, das ihr reichen sollte, bis ihr erstes Gehalt ausbezahlt wurde. Wann und wie viel das sein sollte, wusste niemand. Unten auf der Treppe kam ihr ihr ältester Bruder Markus entgegen. Er wünschte ihr eine gute Reise, einen guten Anfang, »und find auch wieder heim!«. Marie Luise stutzte. Noch war sie nicht weg, und sie wollte mit aller Kraft und Freudigkeit weg, da konnte sie sich doch nicht aufs Wiederheimkommen einlassen! Aber in ihrem Innern klang der Wunsch des Bruders nach und sagte ihr: Ich habe eine Heimat, in der ich mich auskenne, wo ich immer willkommen bin. So fuhr Marie Luise

Seitz ihrem neuen Dienstort zu, den sie noch nicht kannte, auf den sie sich aber freute.

In Crailsheim stieg sie aus dem Zug aus. Das Gepäck ließ sie auf dem Bahnhof in der Aufbewahrung, nur ihre Handtasche nahm sie mit. Sie fragte sich durch zum Staatlichen Schulamt, das sie schließlich mit Hilfe einiger Passanten etwas erhöht über der Jagst fand.

Die Sekretärin, Fräulein Ondrasch, meldete sie beim Schulrat, Dr. Diesch, an. Marie Luise musste ein wenig warten. Der Schulrat hatte einen anderen Lehramtsanwärter in seinem Büro, der auch seinen Amtseid ablegte. Dann kamen beide heraus. Dr. Diesch begrüßte Marie Luise und bat sie in sein Büro. Er war ein großer, stattlicher Herr mit üppigen weißen Haaren. Er bot der jungen Lehramtskandidatin Platz an. Dann fragte er nach ihren persönlichen Verhältnissen, nach ihrer Reise und informierte sie über ihre künftige Schulstelle Leuzendorf. Es war ein sehr freundliches, einfühlsames Gespräch, dem die Vereidigung folgte. Dazu gab Dr. Diesch Marie Luise ein Schriftstück in die Hand, das sie erst einmal für sich durchlesen sollte. Dann hieß er sie aufstehen und die Eidesformel langsam und laut vom Blatt ablesen. Zum Schluss gab er ihr die Hand und sagte ein paar aufmunternde Worte.

Marie Luise war tief ergriffen von der schlichten Zeremonie, und sie gedachte, das Versprechen der Treue und Pflichterfüllung ganz ernst zu nehmen. Dr. Diesch merkte ihr wohl die Bewegung an und wollte sie in den heutigen Tag zurückführen.

»Draußen in Musdorf, etwa einen Kilometer von Rot am See entfernt, findet heute der letzte Tag der Muswiese statt. Das ist ein herbstliches Volksfest, sehr wichtig für die Bevölkerung der Umgegend. Fahren Sie doch mit dem Zug hinaus nach Rot am See, spazieren Sie nach Musdorf und schauen sich auf der Muswiese um. Der Bus nach Leuzendorf fährt erst am Abend nach Rothenburg. Sie haben also genügend Zeit, sich umzusehen.«

Er gab ihr zum Abschied die Hand, und Marie Luise ging zum Bahnhof.

Ankunft

Ein klarer, fast voller Mond schüttete sein magisches Licht auf die Landschaft und ließ ihre weichen Formen noch sanfter erscheinen, umso mehr, als milchweiße Nebel in den Bäumen hingen und die Mulden im Gelände ausfüllten. Das einzig Wirkliche in dieser verzauberten Landschaft, unter dem dunkelblauen Himmel, dessen schleierartiges Gewebe nur da und dort den matten Edelstein eines Sternes durchschimmern ließ, schien der dahinratternde Postbus zu sein. Die stillen Dörflein und Bauernhöfe zu beiden Seiten der Straße, die alten Fachwerkhäuser und großen Dunglegen wurden für einen Augenblick hereingenommen in die Lichtkegel der Scheinwerfer, schraken gleichsam auf aus ihrem ersten Traum und tauchten gleich wieder unter in Dämmer und Schlaf. Der aber, der sie für einen Augenblick aufgeschreckt hatte aus ihrer Dunkelheit, saß breit und massig hinter dem Steuerrad.

Bauern und Bäuerinnen in ihrem besten Sonntagsstaat füllten hinter ihm den Bus mit ihrer Fröhlichkeit. Waren sie doch auf ihrem herbstlichen Volksfest gewesen, der Muswiese. Sie bildete den Abschluss und den Lohn der sommerlichen Mühe. »Wenn die Kartoffeln und die Rüben im Keller sind, darf man auf die Muswiese«, war eine alte Regel in der Rothenburger Landhege. Nun ließen sie also ihre bunten Erlebnisse noch einmal an sich und ihren Nachbarn vorüberziehen, priesen ihre Einkäufe und führten sie vor. Alles in allem freuten sie sich auf ihr gemütliches Zuhause, wo die Arbeit schon getan war. Die Muswiese dauerte nicht umsonst drei Tage. Am ersten Tag, am Montag, war die ältere Generation an der Reihe, sich auf der Muswiese zu vergnügen, am zweiten Tag waren es die Jüngeren. Nicht wenige Ehen hatten auf der Muswiese ihren Ursprung. Da war es denn ganz sinnvoll, wenn noch ein dritter Tag war, an dem diejenigen, die nicht genug gefeiert hatten und manches noch besprechen wollten, einen weiteren Feiertag vor sich hatten. Das bedeutete auch, dass die Höfe, das Vieh und die Haushalte immer versorgt waren.

Mitten in dieser frohen Gesellschaft saß Marie Luise und hörte dem fröhlichen Geplauder zu. Sie fuhr diese Straßen zum ersten Mal, so wie sie die Laute der Mundart zum ersten Mal hörte. Für sie war alles seltsam waches Träumen, Hineingleiten in eine neue Welt. Kein Zweifel kam in ihr auf: Bald würde diese Welt die ihre sein, die Straßen würden sie heimführen und die Sprache, obgleich nicht die ihrer Mutter, würde von ihr nicht nur verstanden, sondern auch beherrscht werden. Ihr ganzes Wesen war weit offen für das vor ihr Liegende.

Wieder hielt der Postbus. Der dicke Fahrer knipste das Licht an, so dass Marie Luise die Augen zukneifen musste. Dann drehte er sein rundes Gesicht den Fahrgästen zu, seine Augen suchten die junge Fremde. Als sich ihre Blicke begegneten, zog sich sein rundes Gesicht noch mehr in die Breite, und er nickte ihr freundlich zu. Marie Luise nahm ihr Gepäck und stieg aus. Von den dunkel schattenden Kastanien her trat eine Gestalt auf sie zu, groß, schlank, elastisch. Eine Hand wurde ihr entgegengestreckt, die sich warm um ihre kalte schloss.

Zugleich fragte eine Männerstimme: »Sie sind doch Fräulein Seitz?«

Da standen sie sich zum ersten Mal gegenüber, Marie Luise Seitz und Gerhard Volkmar, ihr Kollege und Vorgesetzter. Und in diesem Augenblick fühlte Marie Luise, dass ein Band tiefen, ruhigen Vertrauens von ihr zu diesem Mann ging. Sie konnte es nicht erklären, aber ein Gefühl wie von einem beginnenden Glück erfüllte ihr Herz.

»Kommen Sie doch einen Augenblick herauf zu meiner Frau«, lud Herr Volkmar seine junge Kollegin ein.

Sie zögerte einen Moment. Lieber hätte sie sich gleich in ihr neues Zimmer begeben und sich ein wenig darin eingerichtet.

Als hätte er ihren geheimen Wunsch gespürt, fügte Herr Volkmar hinzu: »Nachher bringe ich Sie dann zu Fräulein Mina hinüber.«

Er hatte schon ihren Koffer genommen und schaute ihr, Antwort erwartend, ins Gesicht. Marie Luise hob die Augen und lächelte den Kollegen dankbar an.

Oben in der Wohnung kam ihnen ein kleines, blondes Büblein entgegen. Halb neugierig, halb scheu betrachtete er die Fremde aus großen, hellen Augen. Marie Luise beugte sich zu ihm hinunter und streckte ihm die Hand entgegen.

»Wer bist denn du?«

»Das ist unser Walterle. Komm, sag Grüß Gott«, ermunterte der Papa den Kleinen.

Das Kind gehorchte.

In diesem Augenblick trat Eva Volkmar aus der Küchentür mit freundlichem Lächeln auf Marie Luise zu, hieß sie herzlich willkommen und führte sie ins Wohnzimmer.

»Sicher haben Sie noch nichts gegessen. Darf ich Ihnen auch einen Teller decken?«, fragte sie hilfsbereit.

Marie Luise nahm dieses Angebot dankbar an. Bald saßen sie zu dritt um den Tisch. Der Papa hatte das Kind ins Bettchen gebracht. Die Erwachsenen unterhielten sich über dies und jenes, und Marie Luise empfand dankbaren Herzens, dass sie angekommen war.

Bange Vorfreude

Es war in der Mitte der Nacht, als Marie Luise aus dem ersten Schlaf erwachte. Sie setzte sich im Bett auf und überlegte, was es denn wohl gewesen war, das sie aufgeweckt hatte. Sie lauschte hinein in die fahlhelle Nacht. Kein Laut drang an ihr Ohr. Kein Autogeratter, kein Hundegebell, kein Schnauben und Kettengeklirr von Kühen im Stall, keine fernen Eisenbahngeräusche, wie sie sie zuhause immer gehört hatte, waren zu vernehmen. Alles war ganz still. Ein leises Bangen befiel sie. Sie glitt herunter von dem hohen Bett und lief auf bloßen Füßen zum Fenster.

Der weiße Vorhang ließ das Mondlicht so seltsam fahl ins Zimmer scheinen. Doch nein, es war nicht allein der Vorhang, der das Licht so veränderte. Als sie ihn gehoben hatte, sah sie hinaus in dichten weißen Nebel, der die Umgegend verhüllte, aber den Himmel nicht erreichte. Nur ein paar schemenhafte Bäume, der dunkle Gartenzaun und ein kleines Stückchen hellere Straße, das sich im Nebel verlief, waren zu sehen. Fröstelnd schlüpfte sie zurück ins warme Bett, um möglichst bald wieder einzuschlafen. Aber die Stille war zu tief, die innere Unruhe zu groß, als dass sie hätte Ruhe finden können. So ließ sie ihre Gedanken wandern, zurück in die Vergangenheit und vorwärts in die Zukunft.

Nun war es erreicht, worauf sie sich seit mehr als zehn Jahren vorbereitet hatte: Sie war Lehrerin, allen Hindernissen zum Trotz. Freilich, wenn die Geschwister nicht hinter ihr gestanden hätten, als die Mutter gestorben war, dann wäre sie jetzt vermutlich daheim. Sie würde den Haushalt führen, denn der Vater hätte wohl nicht mehr geheiratet. Oder sie wäre sonst irgendwo, ohne Beruf, der sie ausfüllte, im Grunde ein unglückliches Frauenzimmer. Eine große Dankbarkeit gegen die Geschwister, besonders aber gegen die Schwester, die ihr im Alter am nächsten stand und die die Arbeit und die Verantwortung an ihrer statt übernommen hatte, stieg in Marie Luise auf.

Dann wanderten ihre Gedanken vorwärts. Noch wusste sie ja nichts über die Kinder, die ihre Schüler werden sollten, doch wollte sie ihnen eine gute Lehrerin sein. Trotzdem fühlte sie sich ziemlich unfähig, sie richtig zu behandeln. Sie würde Fehler über Fehler machen, und kein Mensch würde da sein, die Fehler zu korrigieren, sie auch nur zu sehen. Ihr ganzes Selbstbewusstsein hatte einen ziemlichen Schock erlitten bei den gnadenlosen Kritiken der Übungslehrproben. Da half auch das gute Ergebnis der Prüfungen nicht viel. Sie betrachtete es als einen Glücksfall und als Zeichen der Sympathie ihrer Prüfer. Aber nun war sie auf sich selbst gestellt. Was sie den Kindern beibrachte und wie sie es tat, war glückbringend oder verhängnisvoll für die Schüler. Eine Welle der Angst und heißen Not stieg in ihr auf. Sie faltete die Hände und schickte ihr Gebet hinauf in die fahlhelle Stille der Nacht. Ja, ihr war, als ob es nur in die Nacht aufstiege, in die endlose, unermessliche. Aber dennoch wurde es aufgenommen und gehört. Die Irrwege musste sie zwar gehen um ihres eigenen Wachstums willen, doch wurde ihr die Gnade geschenkt, dass die Kinder keinen Schaden litten um ihrer Fehler willen.

Kaum graute der Oktobermorgen, so wachte Marie Luise auf aus ihrem kurzen, unruhigen Schlaf. Sie erhob sich und kleidete sich an. Am liebsten wäre sie ohne Frühstück zur Schule gegangen. Aus dem Spiegel schaute ihr ein blasses Gesicht entgegen. Sie lächelte ihrem Spiegelbild ermutigend zu und rief sich Herrn Volkmar, ihren Kollegen, ins Gedächtnis zurück. Da wurde sie ein wenig ruhiger bei dem Gedanken, dass sie ihn zuerst sehen und mit ihm sprechen würde.

Fräulein Mina hatte ihr das Frühstück in der Küche bereitet. Sie goss Marie Luise den Kaffee in eine große Tasse und schnitt ihr Brot ab. Dabei plauderte die kleine Person ununterbrochen in ihrem heimischen Dialekt. Marie Luise verstand nur ab und zu ein Wort und versuchte den Zusammenhang herzustellen. Antworten konnte sie nicht, deshalb saß sie nur still und freundlich lächelnd da und kaute an ihrem Brot. Endlich war sie fertig mit ihrem Frühstück. Sie holte ihre Mappe aus ihrem Zimmer und verließ mit freundlichem Gruß das Haus.

Fräulein Mina sah ihr nach. Ihr Gesicht drückte ein zwiespältiges Gefühl aus. War die neue Lehrerin eine Person, mit der man gut auskommen konnte? Ließ sie sich bedienen, wie es ihre seitherigen männlichen Kollegen getan hatten, und fügte sich so in ihre, der Haushälterin, Gewohnheiten nahtlos ein? Oder stellte sie besondere Ansprüche und wollte dies oder jenes anders haben? Sie trat in das große, helle Zimmer ein, um dort nach dem Rechten zu sehen. Die Vorhänge waren säuberlich zurückgezogen, das Fenster zum Lüften schräg gestellt, das Bett gemacht, die Waschschüssel auf dem Waschtisch geleert und ausgerieben. Sie hatte also nichts weiter zu tun in diesem Zimmer. Sie wusste nicht, ob es ihr gefiel, dass ihre Tätigkeit hier auf das Äußerste eingeschränkt war, oder ob sie sich darüber freuen sollte. Sollte sie es als Eingriff in ihre Rechte und Pflichten betrachten? Jedenfalls war es eine neue Situation, an die sie sich aber gewöhnen konnte.

Der erste Schultag

Vor dem Rathaus, in dem Volkmars wohnten, waren die beiden Lehrer zusammengetroffen. Gemeinsam gingen sie den abschüssigen Weg zur Schule hinunter. Jetzt erkannte Marie Luise, warum sie in der Nacht an der absoluten Stille aufgewacht war: Die Durchgangsstraße war aufgegraben, Wasserleitungen wurden gelegt. Darum konnte kein Auto fahren, die Fußgänger mussten auf Brettern über die Gräben gehen. Bald sah Marie Luise zur Linken ein flaches Backsteingebäude, vor dem viele Kinder spielten. »Das ist unser Schulhaus, die Kinder warten schon. Sie kommen teilweise von weit her und sind in der Regel pünktlicher als die Kinder, die am Ort wohnen.«

Die Kinder standen im Hof und schauten erwartungsvoll den Lehrern entgegen. Sie hatten schon vernommen, dass heute die neue Lehrerin ankommen sollte. Nun war sie also da und lächelte freundlich. Dieses Lächeln fand sofort seinen Widerschein auf den Gesichtern der Kinder. Sie drückten sich zwar schüchtern auf die Seite, aber ihr Gruß war offen und freundlich. Sie stellten sich in Zweierreihen auf und gingen leise, ohne Schubsen und Drängeln, in das Schulhaus. Herr Volkmar ging den Großen voran in einen geräumigen Saal mit vier Reihen von Bänken. Dort stellte er seine Mappe auf den Stuhl vor dem Pult, während seine Schüler ruhig an ihre Plätze gingen. Dann kam er wieder heraus und führte Marie Luise um eine Ecke.

»Das ist Ihr Klassenzimmer.« Mit diesen Worten öffnete er die Tür zu einem kleinen Raum. Entschuldigend fügte er hinzu: »Die Schule war ursprünglich eine Einklassenschule mit einem großen Saal und einem kleinen Ausweichraum für den Handarbeitsunterricht der Mädchen. Hier etwas zu bauen, den großen Saal zu verkleinern zugunsten des kleinen Raums würde sich nicht lohnen, zumal auch die sanitären Anlagen rettungslos veraltet sind. Außerdem ist die Lage an der Durchgangsstraße sehr ungünstig für eine Schule mit lebhaften Kindern. Deshalb behelfen wir uns noch eine Weile mit dem alten Schulhaus, wie es ist, bis wir ein neues bekommen. Die Pläne liegen schon auf dem Bauamt zur Genehmigung.«

Bei diesen Worten schaute er seiner jungen Kollegin forschend ins Gesicht. Würde sie hier mit ihm einig gehen? Oder würde sie ein Schrecken erfassen angesichts des aufgeworfenen Parketts, des abbröckelnden Putzes an den Wänden sowie der engen Verhältnisse im Raum? Der Lehrertisch stieß ja direkt an das vordere Schülerpult, die hinteren Pulte standen nur so weit von der Wand entfernt, dass die Kinder noch Platz hatten, sich zu setzen. Darum hatte Herr Volkmar auch eine seiner Achtklässlerinnen beauftragt, Blumen für den Tisch der Lehrerin zu besorgen, damit deren erster Eindruck etwas freundlicher sei.

Nun, Marie Luise sah die Blumen und die Kinder, aber sie sah nicht die Missstände im Raum, vielmehr kehrte sie in ihrem jugendlichen Optimismus die Missstände in Vorteile um. Da sie eine leise Stimme hatte, die hart und rau wurde, wenn sie zu laut sprach, war es da nicht von Vorteil, dass der Raum klein war, so dass sie ihn stimmlich leicht füllen konnte? Und war es nicht gut, dass die Kinder nahe bei ihr waren? Die persönliche Zuwendung zu den Einzelnen würde so leichter sein. Oh, Marie Luise fühlte sich glücklich in ihrem eigenen Klassenzimmer, und sie wollte darin glücklich sein und glücklich machen. Ihr Lächeln und ihr Händedruck sagten das dem Kollegen, und erleichtert kehrte er zurück in den großen Saal zu seiner eigenen Klasse.

Marie Luise war nun allein mit ihren Schülern. Alle Unsicherheit war von ihr abgefallen. Vertrauen strahlte ihr von den offenen Kindergesichtern entgegen und hob ihr Selbstvertrauen. Zwar war sie auf den heutigen Unterricht nicht vorbereitet, und noch heute Morgen war ihr das fast wie ein Vergehen erschienen, aber nun fand sie im freien, ungezwungenen Gespräch viel rascher zu den Kindern, als wenn sie eine erstklassige Musterlehrprobe gehalten hätte. Sie erfuhr nicht nur die Namen der Kinder, die sie sich gleich notierte, sondern auch einiges über ihre Herkunft und ihre Eigenarten. Diese Eigenarten taten sich teilweise in kurzen, typischen Ausdrucksweisen oder Bewegungen so treffend kund, dass später kaum eine Korrektur des ersten Eindrucks nötig war. Das trotzige »I mooch nit!« (Ich mag nicht!) der zehnjährigen Angela war typisch für die Haltung des Kindes. Lief ihr etwas gegen den Strich, setzte sie ihren Trotzkopf auf, und es war sehr schwer, dagegen anzukommen. Weder gute Worte noch Strenge führten zum Erfolg, ehe sie sich selbst wieder gefasst hatte. Jahre später klagte ihre Mutter, dass auch Schläge die Pubertierende nicht von einer verfrühten Liebschaft abhielten.

Angela war die Jüngste von fünf Töchtern einer Flüchtlingsfamilie. Ob wohl auf diesem Hintergrund die Eigenart des Mädchens zu suchen war? Marie Luise hatte noch zu wenig Erfahrung, um das beurteilen zu können. Noch viel weniger kannte sie einen Weg, wie sie dem Kind helfen konnte. Ein wenig biegsamer und aufgeschlossener war Olga, die elfjährige Schwester Angelas. Sie sagte es nicht so schroff heraus, wenn ihr etwas nicht gefiel, aber ein trotziger, verschlossener Zug um den Mund tat deutlich kund, dass ihr »eine Laus über die Leber« gelaufen war und dass sie sich nur widerwillig fügte. Sie »bruddelte« (leise vor sich hinschimpfen) nicht, weigerte sich auch nicht zu gehorchen, aber sie leistete passiven Widerstand insofern, als sie betont langsam reagierte. Oft wusste die junge Lehrerin nicht, was diesen Widerstand ausgelöst hatte. War es ein falsches Wort, ein gefühlter Tadel oder ein Übersehen ihrer Person, die das Türchen zu Olgas Herzen zuschnappen ließen? Doch erkannte Marie Luise gerade in diesem Kind sich selbst in ihrer Pubertät wieder und brachte ihr viel Geduld entgegen.

Die Kinder

Die jetzt sieben- bis elfjährigen Kinder waren in den Kriegsjahren geboren. Die Väter waren bei der Wehrmacht gewesen. Deshalb gab es nicht viele Kinder. In Leuzendorf fiel der erste Jahrgang ganz aus. Im zweiten Jahrgang saßen nur zwei Mädchen und drei Buben. Damit die Schülerzahl zwischen Unter- und Oberklasse ein wenig ausgeglichener wurde, war die fünfte Jahrgangsstufe der Unterklasse zugeteilt worden. Insgesamt umfasste die Unterstufe dreißig Kinder, die wegen des kleinen Raumes in zwei Schichten unterrichtet wurden. Zuerst kamen die Größeren von halb acht bis halb elf Uhr. Dann lösten die Kleinen die Größeren ab und hatten ihren Unterricht bis halb ein Uhr. Nur einmal in der Woche, am Donnerstag, kam die Handarbeitslehrerin, Frau Baur, und brauchte den kleinen Raum für den Handarbeitsunterricht der Mädchen. Dann hatte Marie Luise mit der ganzen Unterklasse am Nachmittag den großen Saal. Herr Volkmar riet Marie Luise, in diese beiden Stunden den Zeichen- und den Musikunterricht zu legen. Da konnten alle Altersstufen sinnvoll beschäftigt werden.

Heute fragt sich wohl mancher, wie bei einer solch geringen Stundenzahl die einzelnen Kinder auf ihre Kosten kamen? Zum einen war eine Unterrichtsstunde 60 Minuten lang, so dass sich die Unterrichtszeit rechnerisch um ein Viertel erhöhte. Zum anderen waren die Schüler, ob sie es wollten oder nicht, indirektem Unterricht ausgesetzt. Nicht nur, dass sie schriftliche Aufgaben zu erledigen hatten, solange eine andere Gruppe direkten Unterricht genoss, sondern die Größeren wiederholten frühere Lehrinhalte, indem sie den Direktunterricht der Kleineren mithörten. Dabei war es von Vorteil, dass die größeren Schüler gelegentlich den Kleineren bei ihren

Aufgaben halfen, wenn sie ihre schriftlichen Arbeiten erledigt hatten. Dadurch wurde auch das soziale Gefüge gestärkt.

Das alles wusste Marie Luise damals noch nicht. Für sie war die Nähe zu den Kindern und ihr Vertrauen das Wichtigste, um das sie sich bemühte.

Direkt vor ihr saß ein auffallendes Kind, die kleine Irmela. Sie war etwas größer als ihre Nebensitzerin Agnes, sehr ruhig, sprach nur stockend, mit leiser Stimme. Ihr blasses Gesichtchen war von dünnen, aschblonden Haaren umrahmt. Das Auffallendste aber war der Schnitt der Augen. Das Gesicht erinnerte Marie Luise an einige Kinder in der »Heil- und Pflegeanstalt Stetten«, die sie in den Semesterferien betreut hatte. Dort wurden sie als »mongoloid« bezeichnet. Bei Irmela jedoch waren die äußeren Kennzeichen des Down-Syndroms nicht so ausgeprägt wie bei den Kindern in Stetten. Andere Merkmale jedoch wurden Marie Luise erst später offenbar: Irmela war sehr anfällig für Erkältungskrankheiten. Sie hatte schon ein paarmal eine Lungenentzündung durchgemacht. Durch eine Mittelohrentzündung war ihr Gehör geschädigt. Aufgrund dieser Schädigungen, und auch weil Irmela das einzige Kind in ihrer Jahrgangsstufe war, war sie ein Jahr später eingeschult worden. Sie war also ein Jahr älter als die lebhafte Agnes. Zum Glück saßen die beiden Mädchen so dicht vor dem Lehrertisch, dass auch Irmela die Lehrerin gut verstehen konnte.

Ein quicklebendiges Bürschlein war der zehnjährige Reinhard, der aus derselben Teilgemeinde kam wie Irmela.

Auf die Frage nach der Länge des Schulwegs antwortete er: »Neun Kilometer!«

»Das kann nicht sein! Da braucht ihr ja mindestens zwei Stunden, um herzukommen!«, konterte Marie Luise.

Mit verschmitztem Lächeln gab er die genaue Entfernung preis: »Ha, viereinhalb Kilometer her und viereinhalb Kilometer zurück.«

Es erwies sich in der Folgezeit, dass selbst bei hohem Schnee, wenn die Kinder aus den näher gelegenen Teilgemeinden nicht in die Schule kamen, eben der Reinhard pünktlich erschien, nämlich auf Skiern. Er hatte dann schon ein Stück Frühsport hinter sich, brachte viel frische Luft und nasse Hosen und Schuhe mit, die er in der Schule auszog und für den Heimweg trocknete. Dem lebhaften Buben wäre es sicher zuhause langweilig geworden. In der Schule war immer etwas los, und ganz sicher war die junge Lehrerin nicht so streng wie zuhause die Eltern.

Später gab Marie Luise den Viertklässlern eine besondere Aufgabe. Sie holte die Hanna an die Tafel, gab ihr ein Stück Kreide in die Hand und sagte: »So, du darfst jetzt eine große Zahl aufschreiben, die dir der Reinhard sagt.«

Schnell rief Reinhard: »Sechshundertvierzig Millionen, dreihundertachtundneunzigtausendzweihundertvierzehn.«

Die Hanna an der Tafel stutzte. Sie vermochte die Zahl weder im Gedächtnis zu behalten noch sie so schnell aufzuschreiben. Hilflos schaute sie die Lehrerin an. Reinhard aber grinste über sein ganzes Lausbubengesicht. Nicht nur, dass der Mund von einem Ohr zum andern lachte, auch die Augen wurden vor Vergnügen ganz klein, ja sogar der verstrubelte Haarschopf über der hohen Stirn schien sich mitzufreuen. Der ganze Kerl zappelte vor Freude. »Ougschmiert!«, schien er zu jubeln. Doch Marie Luise machte dieser Freude schnell ein Ende. Der Schlauberger sollte seine Altersgenossin nicht an den Pranger stellen! Mit einer raschen Gebärde nahm sie die Kreide aus Hannas Hand und reichte sie Reinhard hin als stumme Aufforderung, die Mammutzahl selbst zu schreiben. Da erlosch das frohe Lachen auf dem hübschen Bubengesicht und machte einer tiefen Röte Platz. Zögernd kam er zur Tafel, die Kreide unruhig in den Händen drehend. In seinem Gesicht kämpften Scham und Offenheit.

Dann hob er den Blick zu Marie Luise und gestand offen: »I kous aa net.« (Ich kann's auch nicht.)

Um dieses offenen Geständnisses willen liebte Marie Luise den kleinen Bengel umso mehr, ohne es jedoch zu zeigen. Aus ihrer eigenen Schulzeit wusste sie, dass es für ein Kind nicht gut ist, als Liebling des Lehrers oder der Lehrerin zu gelten. Bei den Mitschülern erzeugt es Neid und Minderwertigkeitsgefühle, die sogar in Hass ausarten können. Der Lehrer setzt sich dem Verdacht der Parteilichkeit aus, auch wenn es nur ein Verdacht ist.

Erste pädagogische Erfahrungen

Doch welches Kind liebte Marie Luise nicht in seiner eigenen Art? Ihre Zuwendung galt den Schwachen und Kleinen, den Schüchternen, Langsamen und Behinderten, aber auch den Schmutzigen und Verwahrlosten. Ihre Zurechtweisung erfuhren die Vorlauten, die Frechen und Unordentlichen und ganz besonders die Unwahren. Über die konnte ein Strafgericht hereinbrechen wie ein Blitz. Dann gab es auch Schläge, die Marie Luise später in der Pause, schamerfüllt, ihrem Vorgesetzten beichtete. Es war ja den Lehrern nicht gestattet, die Kinder »körperlich zu züchtigen«.

Doch Herr Volkmar meinte: »Solange in den Familien die Prügelstrafe an der Tagesordnung ist, kommen wir in der Schule auch nicht ohne aus. Ein leichter Klaps aus lockerer Hand zeigt den Kindern, dass sie etwas falsch gemacht haben. Einige werten sogar diesen Klaps als besondere körperliche Zuwendung in derber Form.«

Marie Luise nahm sich trotzdem vor, möglichst wenig Gebrauch von dem »leichten Klaps aus flinker Hand« zu machen. Ihre fördernde und helfende Liebe wollte sie jedem einzelnen Kind ohne Unterschied zuteilwerden lassen, ob nun die

Eigenart des Kindes ihrer eigenen vertraut oder fremd war. Durch diese gleichmäßige, gleichbleibende Fürsorge glich sie manches aus, was sie methodisch falsch machte aus Mangel an Erfahrung. Hier erfuhr sie immer wieder, dass Theorie zwar hilfreich ist, aber die Praxis nicht ersetzen kann.

Die Kinder fassten Zutrauen zu ihr und liebten sie, so dass sie gerne lernten und Marie Luises Anweisungen befolgten, so gut sie es eben konnten. Durch die Kinder gewann sie auch im Laufe der Zeit die Herzen der Eltern.

Zuhause war den Kindern eingeprägt worden: »Sei ja artig, so dass uns keine Klagen kommen! Folg dem Lehrer/der Lehrerin, sonst bekommst du Schläge!«, und was der Ermahnungen mehr waren. Die Kinder waren daher auch fast musterhaft artig und machten Marie Luise das Unterrichten nicht schwer. So konnte sie die Gelegenheit wahrnehmen und sich besonders der kleinen Irmela annehmen.

Marie Luises Vorgänger hatte, wie sich herausstellte, das Kind links liegengelassen. Ihm lagen die Begabten am Herzen, für die wendete er alles auf. Er machte später eine Ergänzungsprüfung und unterrichtete an Realschulen. So konnten die Zweitklässler im Oktober noch nicht fließend lesen. Marie Luise sah sich genötigt, sie mit der Fibel zu beschäftigen. Während die anderen Zweitklässler rasche Fortschritte machten, fiel bei Irmela nun erstmals der Groschen: Sie lernte die Wörter erkennen, gliedern, die Laute heraushören und wieder neu zusammensetzen. Nun ging sie mit dem Feuereifer und der Beharrlichkeit der Mongoloiden daran, diese Fertigkeiten auszubauen und zu üben.

Die Mutter Irmelas war Marie Luise dankbar bis an ihr Lebensende. »Durch Sie hat unsere Irmela das Lesen und Schreiben gelernt. Sie haben sie aufgeweckt!«

Marie Luises Erkenntnis aber war: »Sie war jetzt reif dafür, darum hatte sie Lust und Erfolg.«

Aber die Mutter ließ sich nicht von ihrer Meinung abbringen.

Marie Luise fand bald heraus, dass Irmela sehr geschickt war im Umgang mit Farben, während ihre Feinmotorik noch sehr unterentwickelt war. Wie sich herausstellte, war sie stark kurzsichtig. Als sie eine Brille bekam und mehr Übung hatte, stellte sie wunderschöne farbenprächtige Gemälde her, die ihr selber großes Vergnügen bereiteten. Das gab dem Kind einen enormen Auftrieb. Eine ganz neue Erkenntnis ging Marie Luise auf: Stärke ein Kind in dem, was es gut kann, und du stärkst es für sein Leben.

Ein anderes Kind erwies sich als Sorgenkind, das Marie Luise Rätsel aufgab. Die kleine Elli kam von einem Bauernhof. Sie war das älteste Kind vor einem Bruder und zwei Schwesterchen. Das Kind war sehr gepflegt, ein hübsches Mädchen, aber oft widerspenstig, unzuverlässig in ihren Hausaufgaben und schien traurig zu sein. Das Kind zu befragen hatte keinen Wert. Sie wusste selbst nicht, was los war. Erst allmählich erfuhr Marie Luise, dass Elli und ihr Bruder Frank Kinder eines Bigamisten waren. Der Vater war am Ende des Krieges als Knecht auf den Hof gekommen. Die junge Hoferbin hatte sich in ihn verliebt und ihn geheiratet, ohne zu ahnen, dass irgendwo in Norddeutschland eine Frau und drei Kinder auf den Heimkehrer warteten. Zur Freude der Bauersleute kam bald nach der Hochzeit ein Mädchen und ein Jahr später ihr Bruder, der neue Hoferbe, zur Welt. Die Kinder wuchsen fröhlich heran, gehegt und gepflegt von allen Erwachsenen. Das Glück aber dauerte nicht lange. Eines Tages nahm der Vater Abschied. Seine Frau in Norddeutschland hatte den Vermissten durch das Rote Kreuz suchen lassen, und da war er in der Rothenburger Landhege gefunden worden. Den Kindern sagte man nicht, dass eine Gerichtsverhandlung stattgefunden hatte und dass der Vater bestraft worden war. Sie waren ja auch noch zu klein und sollten nicht mit dem Makel der »unehrlichen Geburt« durchs Leben gehen. Sie wussten nur, dass er weit, weit fort war und nicht wiederkommen würde. Die Mutter war zornig, die Großeltern traurig.

Der Hof brauchte nicht nur einen Erben, sondern auch einen tatkräftigen Bauern. So wurde bald nach der Scheidung wieder Hochzeit gefeiert, und ein Stiefvater zog ein. Der mochte die beiden hübschen, klugen Kinder seiner Frau, aber als dann seine beiden eigenen Kinder geboren wurden, standen die ihm naturgemäß näher. Frank verkraftete den Wechsel gut. Zum einen hatte er keine deutliche Erinnerung an seinen leiblichen Vater, zum anderen war der neue Vater dem Buben ein lebendiges Vorbild. Elli jedoch vermisste ihren Vater sehr. Außerdem war wohl auch Eifersucht mit im Spiel. Die jüngeren Geschwister brauchten ja die Aufmerksamkeit und Pflege aller Erwachsenen, so dass sich Elli an den Rand gedrückt fühlte.

Diese Hintergründe wurden Marie Luise bruchstückhaft mitgeteilt. Aber das kluge, hübsche Kind brauchte schnelle Hilfe. Was konnte sie als Lehrerin tun? Es war keine bewusste Strategie, nur ein tastender Versuch, den sie machte: Sie gab dem Kind einen Auftrag, den es regelmäßig ausführen sollte. An einem Morgen vor Unterrichtsbeginn waren die Kinder im Klassenzimmer und richteten ihre Rechenhefte und ihr Schreibmaterial her. Marie Luise hingegen goss die Topfpflanzen auf dem Fenstersims. Die kleine Elli stand direkt neben ihr und schaute aufmerksam zu. Dann zupfte sie vorsichtig ein dürres Blatt von einer Geranienpflanze.

»Du magst Blumen?«, fragte Marie Luise. Das Kind nickte lächelnd. »Magst du dann jeden Tag die Blumen gießen? Weißt du, ich muss jetzt gleich zu den anderen Kindern, da vergesse ich manchmal das Gießen. Aber du wirst es nicht vergessen, gelt?«

Freudestrahlend nickte Elli und legte die Hand an den Henkel des Gießkännchens.

»Gib das Wasser immer in den Untertopf, bis er voll ist. Dann können die Wurzeln das Wasser aufsaugen. Wenn du fertig bist, füllst du das Gießkännchen am Wasserhahn und stellst es auf das Fensterbrett, damit das Wasser ein wenig warm wird.«

Elli war ganz stolz. Sie durfte etwas tun, was sie konnte und was ihr Freude machte. Die Lehrerin vergaß es manchmal, aber sie würde es nie vergessen. Sie würde es ganz richtig machen, sie ganz allein!

Bald sah Marie Luise, wie der Auftrag dem Kind half, wie er sein Selbstwertgefühl stärkte. Wenn die Pflanzen schön blühten, dann war das Ellis Verdienst, und alle konnten es sehen. Nun galt es nur noch, dieses Verdienst in die Normalität, das tägliche Leben, zu übertragen. Es war ja nicht gut für das Kind, wenn es gleichsam auf einem Schild über den Köpfen der anderen schwebte, es sollte mit den anderen leben und wirken. Marie Luise hatte viel Neues gelernt: Gib einem auffälligen Kind eine eigene Aufgabe, die es gerne erledigt, aber hebe es nicht über die anderen empor. Anerkenne seine Leistungen angemessen, aber nicht über Gebühr. So gibst du ihm Selbstvertrauen, Mut und Erfolg.

Diese Experimente, Erfolge und die daraus resultierenden Erfahrungen lagen jetzt noch vor der jungen Lehrerin. Jetzt musste sie sich erst einmal in ihrem neuen Umfeld zurechtfinden. Sie hatte es, abgesehen von den engen Raumverhältnissen, außerordentlich gut getroffen. Ihre insgesamt dreißig Kinder unterrichtete sie in zwei Gruppen, so dass sie sich dem einzelnen Schüler intensiv widmen konnte. Sie konnte sie in ihren Eigenarten kennenlernen und sie individuell behandeln. Die ohnehin ruhigen Bauernkinder gestatteten es ihr, ohne große Ordnungsmaßnahmen zu unterrichten. Meist genügte ein scharfer Blick, um die Kinder zur Ordnung zu rufen. Dazu kam, dass jedes Kind vier Jahre lang von einer Lehrkraft unterrichtet wurde, und danach, wenn es in die Oberklasse kam, war es mit dem Lehrer dort auch schon vertraut. Unter- und Oberklassenlehrer arbeiteten ja Hand in Hand. Sie unterhielten sich in den Pausen über die einzelnen Kinder und ihre Familienverhältnisse, über Fragen des Unterrichts und der Disziplin. So führte Herr Volkmar seine junge Kollegin sehr geschickt ein in ihr neues Amt.

Manchmal träumte Marie Luise nachts, sie sei versetzt worden von der »wenig gegliederten Landschule« und wachte davon auf, dass sie bitterlich weinte. Doch die ganze Schönheit und Tiefe ihrer »ersten Liebe« erfasste sie erst nach Jahren, als sie abberufen wurde an eine Volksschule in Welzheim, wo es nur Jahrgangsklassen gab.

Die erste halbe Woche an der Schule in Leuzendorf war vorüber. Sie kannte ihre Schüler alle mit Namen, sie kannte den »Bildungsstand« des Einzelnen und bereitete sich vor, die Kinder da abzuholen, wo sie mit ihrem Wissen standen. Der Stundenplan war fertig. Außer dem Unterricht an der Unterklasse bekam sie zu ihrer großen Freude noch zwei Stunden Englischunterricht für Freiwillige in der Oberklasse. Ihre ganze freie Zeit verbrachte sie mit sorgfältiger Vorbereitung ihrer Unterrichtsstunden, wie sie es vor der ersten Dienstprüfung gelernt hatte. So hatte sie ihre Hausherrin, die alte Frau Schultheiß, noch gar nicht kennengelernt. Am Morgen, wenn sie bei Fräulein Mina in der Küche ihr Frühstück einnahm, war die Einundachtzigjährige noch nicht aufgestanden. Fräulein Mina hatte ihr das Frühstück im kleinen Eckzimmer servieren wollen, aber Marie Luise hatte abgewehrt, um der Vielbeschäftigten Arbeit zu ersparen. Kehrte sie zum Mittagessen zurück, hatten die Frau Schultheiß und Fräulein Mina ihr Mittagessen schon beendet, und Marie Luise bekam ihr Essen in ihrem Zimmer serviert.

Kirchweih

Am Freitag vor der »Kerwe« (Kirchweih) saß Marie Luise in ihrem Zimmer und schrieb an ihren Vorbereitungen. Da klopfte es an der Tür. Verwundert drehte sie sich um. Fräulein Mina klopfte nie an, sie kam einfach herein.

»Herein!«, forderte Marie Luise freundlich auf und erhob sich von ihrem Stuhl.

Langsam öffnete sich die Tür, und herein kam eine schwarz gekleidete Frau. Auf der Stirn trug sie ein weißes Tuch, das sie bis dicht über die Augen gezogen hatte. Darüber war noch ein schwarzes Wolltuch gebunden, so dass die weißen Haare nur in einzelnen Strähnen sichtbar waren. In den Händen hielt sie einen Teller mit den beiden Stücken »Zwetschgenblootz«, den Marie Luise täglich bekam.

»D' Mina is heut nid do, drum bring i Eahna Ihrn Blootz«, sagte sie mit matter, leidender Stimme und stellte den Teller auf den Tisch.

Marie Luise wollte der Frau Schultheiß einen Stuhl anbieten, aber sie hatte sich schon wieder zur Tür gewandt.

»Dankeschön!«, rief ihr Marie Luise nach, aber sie wusste nicht, ob die Frau Schultheiß es noch gehört hatte.

Marie Luise schob den Teller zur Seite. Sie mochte den Blootz jetzt nicht essen. Zwar gestand sie es sich selbst nicht ein, aber im Geheimen graute ihr vor den totenblassen, mageren Händen, die sich bei einer zufälligen Berührung so kalt angefühlt hatten. Erst nach einer geraumen Weile hatte sie dieses Gefühl überwunden, so dass sie den Zwetschgenblootz essen konnte.

Marie Luise hatte die Eigenart, dass sie den Menschen auf die Hände schaute und sich von ihrer Form, Farbe und ihren Bewegungen sehr stark beeinflussen ließ. Dabei spielte es weniger eine Rolle, ob sie glatt oder runzelig, weich oder schwielig, gepflegt oder schrundig und abgearbeitet waren. Als Maßstab galten ihr die schmalen Hände ihrer verstorbenen Mutter, die nur glatt und schön waren, wenn sie krank war und einige Zeit nicht arbeiten konnte. Wenn die Mutter die feinen Occhispitzen machte, genoss Marie Luise die geschickten, raschen Bewegungen ihrer Finger. Darum hatte die Tochter auch die Kunst der Occhispitzen von der Mutter erlernt.

Fräulein Mina war heute nicht im Haus. Anscheinend war die Frau Schultheiß sehr unglücklich darüber. Im Laufe des Abends vernahm Marie Luise eine erregte Auseinandersetzung zwischen Fräulein Mina und ihrer Arbeitgeberin. Sie brauchte gar nicht extra zu lauschen, denn die alte Frau war schwerhörig, und die Verbindungstür war zwar verschlossen, aber nicht schalldicht. So erfuhr Marie Luise, dass Fräulein Mina tagsüber bei einer benachbarten Wirtsfamilie geholfen hatte. Sie hatten geschlachtet, gebacken und geputzt für die »Kerwe« (Kirchweih) am Sonntag. Die alternde Wirtsfrau wurde mit all der Arbeit nicht fertig. An normalen Tagen schaffte sie es allein. Sie boten ja keinen Mittagstisch an, es waren nur die abendlichen Gäste mit Vesper und Getränken zu versorgen. Fräulein Mina half sehr gern im Gasthaus. Sie schnitt Hefekranz und Kuchen auf, richtete die Teller für die Servierin, spülte und putzte. Dabei plauderte sie mit den Wirtsleuten und den Bedienungen, manchmal auch mit den Gästen und erfuhr die neuesten Ereignisse im Dorf und auf den Höfen, begegnete Verwandten und Bekannten. So entrann sie dem eintönigen Alltag, der sie offenbar nicht ganz ausfüllte. Aber nach Art alter, selbstsüchtiger Menschen wollte die Frau Schultheiß ihre Haushälterin ganz für sich haben, zumindest sollte sie im Haus sein und jederzeit zur Verfügung stehen. Jedes Mal, wenn Fräulein Mina im Gasthaus arbeitete, trug die Frau Schultheiß einen weißen, tief in die Stirne gezogenen »Koupfbuund« und eine Leidensmiene zur Schau: Sie hatte »Koupfweah« (Migräne). Fräulein Mina aber ließ sich nicht abbringen von ihrer Nebentätigkeit.

Am Sonntag war also »Kerwe«, die von allen Einwohnern des Dorfes gefeiert wurde. Zum Gottesdienst kamen die Bauern »mit Kind und Kegel«, das heißt mit Kindern und Gesinde. Viele blieben zum Mittagessen im Dorfgasthaus, so dass Fräulein Mina vollauf beschäftigt war. Nur kurz kam sie um die Mittagszeit heim, um das Festtagsmahl für ihre Pflegebefohlenen zu bringen. Als Vorspeise gab es eine gute Fleischbrühsuppe mit dreierlei Einlagen. Danach kamen Braten, Spätzle, Kroketten und Salat. Zum Nachtisch gab es die in der Rothenburger Landhege berühmten Schneeballen, ein Schmalzgebäck, das dick mit Puderzucker bestreut war. Dazu brachte Fräulein Mina in einem Extrakännchen eine leckere Weinsoße. Dann verschwand sie wieder und kam erst spät am Abend müde und glücklich nach Hause. Die Dorfbewohner aber brauchten einen weiteren Feiertag, um wieder »ins Glaas« (ins Geleise) zu kommen.

Am Samstag hatte Herr Volkmar seiner Kollegin eröffnet, dass nach altem, unumstößlichem Brauch der »Kerwemeandig« (Kirchweihmontag) schulfrei war. Marie Luise war das in ihrer ersten Begeisterung gar nicht recht. Was sollte sie denn mit diesem Tag anfangen? Viel lieber wäre sie in die Schule gegangen. Das ortsübliche Kirchweihtreiben sagte ihr nicht zu. Sie war noch zu fremd, um mitzumachen. Eva Volkmar, an die sie sich in gesellschaftlichen Dingen hielt, konnte wegen der unmittelbar bevorstehenden Geburt ihres zweiten Kindes nicht mehr an öffentlichen Veranstaltungen teilnehmen. So war Marie Luise über ihren ersten Ferientag recht unglücklich.

Neue Heimat

Am »Kerwesunda« (Kirchweihsonntag) lag grauer Nebel über dem Land, was ja für Mitte Oktober nicht ungewöhnlich ist. Nach dem Gottesdienst schrieb Marie Luise einen ausführlichen Brief an ihre Angehörigen im Remstal, in dem sie ihre neue Arbeitsstelle und die Leute beschrieb, mit denen sie zu tun hatte. Dieser Bericht füllte die Zeit bis zum feudalen Mittagessen. Dann wusste Marie Luise nicht mehr, was sie tun sollte. Ihre Bücher waren noch nicht angekommen, und im Haus war nichts, was sie gerne gelesen hätte. Also zog sie ihre Jacke an und machte sich auf einen Spaziergang durch das Dorf.

Die Gräben in der Straße waren inzwischen zugeschüttet, aber noch deutlich zu sehen, weil sich der Boden noch nicht gesenkt hatte. Ihr Weg führte sie vorbei an behäbigen Bauernhöfen mit riesigen Dunglegen, deren Abflüsse nicht nur in die Güllegruben, sondern auch zwischen die Steine auf den Höfen führten. Manchmal lief die dunkelbraune, stinkende Brühe sogar die Straße entlang. Marie Luise verglich die Dunglegen und die Straßen mit denen in ihrer Heimat. Wie sauber dort die Straßen und wie ordentlich aufgesetzt die Dunglegen waren! Allerdings hatten die Weingärtner zu Hause nicht Dutzende Kühe, sondern maximal drei in den Ställen stehen. Sie hatten keine Ställe voll Sauen und Ferkeln, sondern ein Schwein, das im zeitigen Frühjahr geschlachtet wurde. »Die Leute hier haben offenbar wenig Sinn für Ordnung und Sauberkeit«, stellte sie kritisch bei sich fest. Ihr pädagogischer Impetus legte ihr den Gedanken nahe, auf die Kinder einzuwirken, dass die junge Generation hier Wandel schaffen wollte. Sie ahnte ja damals nicht, dass der von ihr angeprangerte Missstand seine Ursache einerseits in den örtlichen Gegebenheiten, vorwiegend aber am Festhalten an der alten Tradition hatte. Sie dachte an die schwäbische Redensart: »Do hot schao mai Vadder gmicket, ond do mick i ao, ond wenn's da Berg nuffgot!« (Hier hat schon mein Vater gebremst, hier bremse ich auch, und wenn es bergauf geht!) Außerdem war ja das Dorf erst vor ein paar Tagen an die öffentliche Wasserleitung angeschlossen worden. Da konnte doch jetzt noch nicht alles vor Sauberkeit strahlen. Diese Gedanken waren der jungen Lehrerin damals noch nicht gekommen. Erst nach und nach, als sie vertrauter wurde, taten sich ihr diese Zusammenhänge auf.

Unter diesen Reformgedanken war sie ans Ende des Dorfes gekommen. Nun breitete sich das Land weit und wellig vor ihr aus. Mattes Grün der Wiesen wechselte mit dem dunklen Braun frisch gepflügter Äcker ab. Obstbäume, an denen noch vereinzelte Früchte hingen, standen zu beiden Seiten der Straße. In großen Windungen, bald sanft aufwärts, bald leicht abwärts, folgte Marie Luise dem Lauf der Straße bis zu dem kleinen Weiler Bossendorf. Kein Mensch war auf der Straße zu sehen, nur einmal rannte ein Kind in einen Hofeingang. Dennoch fühlte sie jeden ihrer Schritte aus unzähligen unsichtbaren Augen beobachtet. Wackelte da nicht ein Vorhängle? Blinzelte dort nicht ein Auge hinter einer Hausecke hervor? Doch sie musste sich nicht verbergen, sie war ja nicht »hehlenga« (heimlich) da. Mochten die Leute sie begutachten! Hier ging sie, die junge Lehrerin! Im Gefühl eines trotzigen Stolzes schritt sie unter den unsichtbaren Augen weiter und kam außerhalb des Weilers auf eine kleine Anhöhe. Der Nebel verbarg ihr zwar eine klare Sicht, aber sie wusste, dort, vor ihr, lag die Grenze zum »Freistaat Bayern« und die ehemalige Freie Reichsstadt Rothenburg ob der Tauber. Sie setzte sich auf einen großen Stein am Rande der Straße und überließ sich der Stille, der weichen Landschaft und der nebeligen Dämmerung, die sie rings umgaben. Ab und zu flog eine Rabenkrähe aus einer der umstehenden Pappeln auf und strich über das kahle Feld hin. Nun wirbelte ein gelöstes gelbes Blatt aus einem Baum und sank zu ihren Füßen. Sie hob es auf. Es war groß und stark gekerbt. Ihre Finger strichen glättend über das Blatt, während ihre Sinne den Geist des Landes einsogen, so tief, dass dieses stille, anspruchslose, ihrer Heimat im Remstal so unähnliche Land ihr zur neuen Heimat wurde.

Manche Tage, Stunden oder auch nur Augenblicke stehen im Gebäude des Menschenlebens wie das tragende Gebälk in einem Fachwerkbau. Dazwischen eingemauert sind die großen und kleinen Ereignisse des Alltags, die das Gebäude dicht und warm machen und Menschen, Tieren und dem Erntegut sicheren Raum geben. Oft sind die tragenden, schmückenden Balken versteckt unter einer Gipsschicht. Es ist billiger, die ganzen Wände zu verputzen, und die Balken sind unter dieser Gipsschicht geschützt. Aber wenn sie auch nicht sichtbar sind, tragen sie das ganze Gebäude. Sie treten dann zutage, wenn der Putz abfällt. Ein Balken hat im anderen seinen sicheren Halt und seine Stütze und ist doch so flexibel, dass im Erdbebengebiet des Hohenzollerngrabens zwar die Riegelwände herausgebrochen sind bei dem Erdbeben vor einigen Jahren, aber die Balkenkonstruktionen sind stehen geblieben.

Diese tragenden Augenblicke in einem Menschenleben brauchen keine »Sternstunden« zu sein. Meist wird erst in der Rückschau erkannt, dass in diesem Augenblick, an diesem Ort, eine unbemerkte Entwicklung, eine Wandlung stattgefunden hat. In der Erinnerung erhalten Vorangegangenes und Nachfolgendes Sinn und Halt in dem entscheidenden Augenblick. Solch ein Augenblick war für Marie Luise das stille Ausruhen unter dem nebelverhangenen Himmel, den herbstlichen Bäumen ihrer neuen Heimat, allein im weiten Land und doch verbunden mit denen, die es bebaut und abgeerntet hatten.

Erster Besuch in Rothenburg ob der Tauber

Strahlend hell brach der »Kerwemeandig« (Kirchweihmontag) an. Der Himmel war von südlich anmutender Bläue, gegen die das sonnige Gelb, das brennende Rot und das erdige Braun der herbstlichen Bäume sich zauberhaft abhob. Die ganze Welt schien in einem Taumel von Farben und Glut zu schwelgen, ein freudiges Verströmen aller Kräfte. Über Nacht schien sie sich verwandelt zu haben. Was am Tag zuvor im Nebel ungreifbar fern und verschwommen gewesen war, war heute greifbar nahe. Mit gierigen Augen erfasste Marie Luise, was das Land bot: Zarte Herbstzeitlose im gelblichen Grün des Grases, kräftig violett gefärbte Braunellen, weiße Schafgarben, die des Blühens noch nicht müde waren, hellblaue Glockenblumen auf schwankenden Stängeln, derb behaarte Wegwarten mit ihren zarten hellblauen Blütensternen, die späten Sonnen des Habichtskrauts und die lustigen roten und weißen Bällchen des Klees. In den Gärten entlang der Zäune reckten sich hohe Stockrosen, deren oberste Blüten sich eben entfaltet hatten, während die unteren Teile der Stängel dicke reifende Samenkapseln trugen. Da es noch keinen Frost gegeben hatte, verschwendeten Dahlien noch ihre bunten Farben. Astern wiegten sich im leichten Wind, und die ziegelroten Ringelblumen breiteten ihre Sonnen und ihre Samen in reicher Fülle aus. Sonnenblumen beugten ihre großen Teller tief in vollendeter Reife, umschwirrt von Meisen und Spatzen, die die süßen Kerne aus den Tellern pickten. Weit dehnte sich das Land, und mittendurch schlängelte sich das weiße Band der Straße, von herbstlichen Bäumen gesäumt.

Marie Luise saß im Postbus und fuhr Rothenburg zu, um ihren freien Tag dort zu verbringen. Bossendorf lag nun hinter ihnen. Bis dahin war die Straße glatt und eben gewesen, aber kurz nach dem Weiler, als sie eben an der Grenzmarke zum Freistaat Bayern vorbei waren, wurde die Straße schlagartig uneben und voll mit Schlaglöchern. Zum Glück litt Marie Luise nicht an der bekannten Reisekrankheit. Außerdem war ihre Aufmerksamkeit von der Umgebung gefesselt, so dass ihr körperliches Befinden ganz in den Hintergrund trat. Hinter einer Bodenwelle ragte nun ein spitzer Kirchturm auf. Bald erschienen, eng um ihn zusammengekauert, die Häuser des Ortes, die wiederum von einem Wäldchen von Obstbäumen umgeben waren. Dann wurde das Land kärglicher. Die dünne, graugrüne Grasnarbe war übersät von weißen Muschelkalksteinen. Sie bot einer kleinen Schafherde Weide. Inmitten dieser kärglichen Steppenheide stand, wie von Caspar David Friedrich gemalt, eine mächtige alte Fichte und breitete ihre Äste schattenspendend über die Weidelandschaft.

Für eine Weile versperrte ein herbstlich buntes Wäldchen den Fahrgästen des Busses die Aussicht auf die Umgebung. Als sie daran vorbei waren, hätte Marie Luise aufschreien mögen vor Überraschung und Freude: Auf der anderen Seite des Tales lag hoch droben, mit Türmen, Toren und Mauern, vergoldet von der noch tief stehenden Vormittagssonne, die Stadt Rothenburg. Marie Luise konnte den Vergleich mit dem himmlischen Jerusalem nachempfinden. Zwar waren die Tore nicht von Perlen, wie das neue Jerusalem in der Offenbarung des Johannes beschrieben ist, sondern von Stein, aber die herbstlichen Bäume glänzten wie vergängliche Perlen und Edelsteine. Es war ein Bild großer, erhabener Vergangenheit – und Vergänglichkeit.

Hinab ging es nun die steile Steige in das tief eingeschnittene Tal der Schandtauber. Drunten kam eine steinerne Doppelbrücke in den Blick, während der Postbus über eine andere Brücke fuhr. Nun ging es in weiten Kurven hinauf zur Altstadt. Hoch und trotzig stieg zur Linken die Stadtmauer empor. Doppelt und dreifach waren die Tore durch Basteien gesichert. Doch nun standen sie freundlich den Besuchern offen, die nicht nur aus dem Umland zum Einkaufen kamen, sondern aus aller Welt anreisten, um die schöne mittelalterliche Stadt und ihre Kostbarkeiten zu sehen. Kein »Wärtel« musste mehr mit dem großen Schlüssel das Stadttor aufschließen, kein Zöllner forderte mehr für den Stadtsäckel den Zoll, ohne den früher kein Fremder die Stadt betreten durfte.

In kühnem Schwung bog der große Postbus durch die engen Tore der Spitalbastei, so dass Marie Luise Sorge hatte, er könnte an den seitlichen Mauern oder oben an der Decke schrammen. Aber der Fahrer drehte ruhig sein Steuerrad. Er hatte schon unzählige Male diesen Weg genommen. Er kannte auch das holprige Pflaster und die mannigfachen Windungen der engen Gassen und lenkte seinen Bus sicher auf den weiten Marktplatz.

Marie Luise schloss beim Aussteigen die Augen vor der Überfülle von Licht, das die Morgensonne in die Herrengasse schickte. Hell beleuchtet lagen der Renaissanceflügel des Rathauses und der hohe Rathausturm, die Balkone mit den Petunien und Geranien in Blumenkästen vor ihren erstaunten Augen. Giebel an Giebel gedrängt, säumten alte Patrizierhäuser den Marktplatz. Der barg heimelige Eckchen mit Tischen und Bänken für müde Gäste, wo sie sich laben konnten an Speise und Trank. Eifrige Kellner und Kellnerinnen liefen hin und her zwischen dem dunklen Innern der Gaststätten und den Tischen im Freien, um die Gäste zu bedienen. Munter spielte das Sonnenlicht im Wasserstrahl des Marktbrunnens, und das Standbild des Reiterleins warf einen langen Schatten auf das Pflaster.

Langsam schlenderte Marie Luise durch enge Gässlein, vorbei an schönen Fachwerkhäusern mit vorgebauten Erkerlein. Sie sah zwei hohe Türme aufragen. Diesen Türmen strebte sie nun zu, der evangelischen Kirche Sankt Jakobus. Bald stand sie davor und drückte die schwere Kirchentüre auf. Schon stand sie im hohen, spätgotischen Kirchenschiff. Zur Rechten erhob sich, hoch und dunkel, der nur schwach beleuchtete Riemenschneideraltar. Marie Luise trat zurück bis an die vorderste Bankreihe und ließ den Blick schweifen.

Bei der Betrachtung des Altars war Marie Luise ganz überwältigt von all den bedeutungsvollen Bildern und den Gedanken, die sich ihr dabei aufdrängten. Sie musste hinaus und das Gesehene in sich nachwirken lassen, obwohl noch viel zu sehen war in dieser großen Kirche. Also holte sie eine Münze aus ihrem Geldbeutel, steckte sie in die Opferbüchse und schlüpfte aus der Tür ins Freie.

In einem kleinen Restaurant an der Gasse ließ sie sich eine Tasse Tee und einen belegten Wecken bringen. Seit sie vor einem Jahr in England gewesen war, trank sie immer nur Tee mit Milch. Kaffee regte ihr empfindliches Nervensystem so an, dass sie nicht nur Herzklopfen bekam, sondern auch nachts nicht schlafen konnte. Der Wecken und der Tee waren heute ihr Mittagessen. Ganz langsam und gründlich kaute sie den Wecken und spülte mit kleinen Schlückchen Tee nach. In den vergangenen Kriegsjahren hatte sie gelernt, dass gründliches Kauen die Speisen besser verdauen ließ. Dadurch sättigten sie auch länger. Beim Essen ließ sie das Geschaute noch einmal an sich vorüberziehen, um es in der Erinnerung zu festigen.

Kurz nach ein Uhr verließ sie das Restaurant und ging über den Marktplatz. Jetzt hatte sie noch ein paar Stunden Zeit, bis ihr Bus vom Rathausplatz zurückfuhr nach Leuzendorf. So ging sie am hohen Rathausturm und am Georgsbrunnen vorbei die leicht abschüssige Herrengasse hinunter, bog unten in die Burggasse ein und kam durch das Burgtor unter dem stattlichen Turm in den Burggarten. Marie Luise folgte einem der Wege ans Ende der Anlage. Dort standen Bänke vor der Mauerbrüstung. Zwischen den Bänken standen Touristen und fotografierten. Marie Luise stellte sich dazu und schaute hinunter ins Tal der Schandtauber. Erneut war sie überwältigt vom Blick in die Tiefe, durch die sich eine helle Straße schlängelte. War dort nicht auch ein heller Turm mit rotem Dach? Sie war sich nicht ganz sicher, denn die schon tiefer stehende Sonne und der leichte Talnebel ließen alles geheimnisvoll verklärt erscheinen. Eine Weile konnte sie sich noch auf eine Bank setzen und den Garten betrachten, dann musste sie zurückgehen, um den Postbus nicht zu versäumen, die einzige Möglichkeit, heute noch heimzukommen. Morgen früh warteten ihre Schüler auf sie.

Hatte sie »heimzukommen« gedacht? Ja, es war ein Heimkommen, das empfand sie mit stillem innerem Glück.

Heimisch werden

Am Dienstagnachmittag schickte der Schuhmacher und Postbote Stahl seinen Jüngsten von der Werkstatt herüber und ließ Marie Luise ausrichten, dass ihr Koffer, den sie in Beutelsbach aufgegeben hatte, auf dem Bahnhof in Rot am See angekommen sei. Sie könne ihn dort abholen oder abholen lassen. Zugleich ließ er anfragen, ob sie ihn selber abholen wolle. In diesem Fall könne sie das kleine Handwägele der Familie Stahl ausleihen, und die beiden Söhne würden sie begleiten. Er könne aber auch anrufen, dass der Koffer morgen früh dem Postbus mitgegeben werde. Marie Luise folgte dem Buben hinüber in die Schusterwerkstatt, die zugleich Poststelle war. Sie musste sich beraten lassen. Rot am See war ja ziemlich weit entfernt und die Oktobertage schon kurz. Aber das Wetter war schön, kühl und frisch, aber trocken und sonnig. So nahm sie das Angebot an und verabredete sich mit den Stahl-Buben auf den nächsten Nachmittag gleich nach dem Mittagessen.

Pünktlich um ein Uhr erschienen der Walter und der Otto mit dem kleinen Wägele vor dem Haus der Frau Schultheiß. Sie trugen warme Jacken, derbe Schuhe und gestrickte Kappen mit lustigen Bommeln auf dem Kopf. Walter, der schon in die Oberklasse ging, kannte sich gut aus in seiner Heimat. Otto, der Neunjährige, war ihr Schüler. Sie waren beide gute Fußgänger. Vater Stahl machte, wie die Buben berichteten, jeden Sonntag Wanderungen mit seinen Kindern. Er selbst trug ja täglich in der weit verstreuten Gemeinde die Post aus, aber an den Sonntagen wanderte er nicht nur auf den Wegen in der Gemeinde, sondern auch außerhalb der Ortschaften auf Feldwegen, erklärte ihnen die Pflanzenwelt und lehrte sie die Vogelstimmen erkennen und nachahmen.

Auf dem Bahnhof in Rot am See wurde Marie Luise der Koffer von einem Bahnbeamten ausgehändigt und auf das Wägele geladen. Nun ging es heimwärts, durch Musdorf, Hilgartshausen, Brettheim, Hegenau, Gammesfeld und Gemmhagen nach Leuzendorf. Den Weg hatte Marie Luise vor einer Woche im Postbus gemacht. Damals war es Nacht gewesen. Heute ging sie ihn zu Fuß im Schein der Abendsonne, die ihre Schatten lang vor ihnen herwarf. Es war schon dunkel, als sie in Leuzendorf ankamen. Walter wollte ihr den Koffer ins Haus tragen, aber Marie Luise wehrte ab.

»Ich danke euch recht schön, dass ihr mit mir gekommen seid. Geht jetzt nur nach Hause mit dem Wägele. Ich werde morgen kommen und mit euren Eltern die Sache bereinigen. Gute Nacht.«

Marie Luise trug den Koffer ins Haus und bereitete ihr Abendessen. Fräulein Mina machte ihr kochendes Wasser für den Tee. Dazu aß sie Wurst- oder Käsebrot. Nach dem Abendessen packte sie ihren Koffer aus und räumte die Sachen in die Kommode und in den Schrank. Morgen konnte sie ein frisches Kleid anziehen, dasjenige, das sie eine Woche lang getragen hatte, auslüften lassen und danach in den Schrank hängen. Nun hatte sie ihre Bücher, ihre Altflöte und die Noten dazu. Müde und glücklich ging sie zu Bett.

Im Ort gab es einen Gemischtwarenladen. Eva Volkmar hatte sie darauf aufmerksam gemacht.

»Da können Sie alles kaufen, was Sie brauchen. Fleisch und frische Wurst können Sie am Donnerstag oder Freitag bestellen und am Samstag abholen.«

So war Marie Luise imstande, sich ihr Abendbrot selbst zuzubereiten. Später ging sie dazu über, sich in der Küche aus Milch, Salz und Haferflocken »Porridge« zu kochen, wie es sich für eine Englischlehrerin gehörte. Herr Volkmar hatte ihr ja zwei Englischstunden eingeräumt für freiwillige Schüler der Oberklasse. Diese Kinder waren mit Begeisterung bei der Sache. Einem Mädchen ermöglichten die geringen Englischkenntnisse, die sie in der kurzen Zeit erworben hatte, im Alter von 16 Jahren nach Amerika auszuwandern und dort Lehrerin zu werden. Hier im Land hatte sich ihr keine Möglichkeit geboten, ihren Traumberuf zu erlernen. Allerdings hatte sie zuvor, mit Erlaubnis ihres Vaters, einen Amerikaner geheiratet. Der junge Mann diente ihr offenbar nur als Sprungbrett ins »Land der unbegrenzten Möglichkeiten«, denn nach kurzer Zeit hörte man, dass sie geschieden sei.

Zunächst konnte Marie Luise nicht viel einkaufen. Das Geld, das sie von ihrem Vater mitbekommen hatte, ging zu Ende. Zwar hatte sie sich bei der Kreissparkasse Crailsheim ein Girokonto einrichten lassen, aber bislang war es noch leer. Am 30. Oktober bekam sie in einem verschlossenen Umschlag die Mitteilung, dass die Regierungsoberkasse Nordwürttemberg ihr 354,55 Deutsche Mark überwiesen hatte. Marie Luise war selig! Jetzt stand sie auf eigenen Füßen. Jetzt konnte sie einkaufen, was sie wollte und brauchte. Zuerst aber musste sie der Frau Schultheiß die Miete bezahlen. Also ging sie zur Niederlassung der Kreissparkasse, die im Haus des Schreiners Bauer eingerichtet war, und hob 200 DM ab. Sie wollte nicht das ganze Konto leerräumen, obwohl nun jeden Monat wieder ihr Gehalt, ihre »Diäten«, draufkommen würden, solange sie im Schuldienst war. Marie Luise war überglücklich.

Am 31. Oktober kam das kleine Brüderle von Walter Volkmar auf die Welt, das zweite Kind von Gerhard und Eva Volkmar. Es bekam den Namen Jochen. Eva Volkmar war im Krankenhaus in Crailsheim, Walterle bei der Großmutter in Rot am See. Als Herr Volkmar Marie Luise von der Geburt seines Söhnchens erzählte, strahlte er vor Stolz und Freude. Sie gratulierte ihm und bat ihn, seiner Frau recht herzliche Grüße auszurichten. Gerne hätte sie ihr Blumen geschickt, aber Leuzendorf hatte keinen Blumenladen, wo sie hätte welche kaufen oder bestellen können, und in den Gärten und auf den Wiesen waren die Blumen verblüht. Aber wenn Frau Volkmar wieder daheim war, wollte sie sie besuchen, wie es Sitte war. Zuhause hatte sie es oft miterlebt. Wenn ein Kindlein geboren war, kamen Verwandte und Nachbarinnen und brachten Geschenke, ein Kittele oder Strampelhösle für das Kindlein und einen Hefekranz oder Gugelhupf für die Wöchnerin. Sie sollte sich nach der anstrengenden Schwangerschaft und Geburt wieder erholen, auch sollte gutes Essen der Stillenden helfen, dass das Kind genügend Milch bekam. Von dem Gebäck bekamen die älteren Geschwister etwas ab. Sie sollten sich ja auch mitfreuen an dem neuen Kindlein, so dass am Anfang dieser neuen Beziehung Freude und nicht Neid stand. Wie hier die Sitten waren, wusste Marie Luise nicht, aber Eva Volkmar kam auch aus dem Schwäbischen. Auf jeden Fall konnte Marie Luise mit einem Besuch nichts falsch machen.

Hasen und Hosen

Der November kam und ging dahin. Marie Luise wurde immer vertrauter mit ihren Schülern und dem Ort. Sie fing auch an, sich in der fränkischen Mundart daheim zu fühlen. Sie verstand Fräulein Mina immer besser und musste nicht immer nur zuhörend schweigen, sondern konnte auch von sich aus ein Gespräch einleiten. Eine lockere Freundschaft bahnte sich an, soweit dies möglich war bei dem Altersunterschied von 40 Jahren. Marie Luise respektierte die ältere Haushälterin und ihre Arbeit, Fräulein Mina schätzte die junge Lehrerin und ihr Verhalten.

In der Fibel war ein bebildertes Lesestück. Um die Schüler in den Lesestoff einzuführen, ließ Marie Luise sie erzählen, was sie auf dem Bild sahen.

»Do sana Hoosa«, erzählte Edith.

Marie Luise schaute sich das Bild nochmals genauer an. Nein, sie konnte keine Hosen herumhängen oder -liegen sehen.

»Ich sehe keine Hosen, Edith«, zweifelte sie die Aussage des Kindes an.

»Joah, joah, do sana Hoosa!«, bestätigte Reinhard die Aussage der Kameradin.

Er deutete auf das Bild, wo Kinder vor einem Hasenstall mit schwarzweiß gefleckten Kaninchen, Stallhasen, spielten.

Endlich ging der begriffsstutzigen Lehrerin ein Licht auf. »O ja, wirklich, da sind ja Hasen«, bestätigte sie lachend und betonte die hochdeutsche Aussprache besonders.

Das war eine eindrückliche Lektion für beide Seiten. Gleich nahm Marie Luise die Gelegenheit wahr und fragte die Kinder, was sie meinten, wenn sie, die Lehrerin, »Haas« sage.

»Noe is' s ganz warm, soe dass mr si d' Finger verbrennt«, erklärten die Kinder.

Auch die hochdeutschen Hosen und das Haus wurden als »Housa« und als »Haus« mit weit offenem »au« identifiziert. So lernte Marie Luise, dass sie die Heimatsprache der Kinder nicht außer Acht lassen durfte, wenn sie Missverständnissen aus dem Weg gehen wollte. Die Kinder lernten, dass sie in der Schule die Hochsprache lernen und anwenden mussten, um künftig mit allen Deutschen in Ost und West, in Nord und Süd korrespondieren zu können, nicht nur mit ihren Spielkameraden am Ort. Marie Luise war es aber ein Anliegen, dass ihre Schüler sich ihrer Mundart bewusst wurden, sie liebten, schätzten und pflegten. Sie wollte ihnen die Möglichkeit geben, gewissermaßen zweisprachig aufzuwachsen und dadurch nicht nur ihre Ausdrucksfähigkeit zu steigern, sondern auch ihre gedankliche Flexibilität zu üben. Dazu musste sie aber auch selbst in dem Idiom ihrer Schüler heimisch werden. Sie selbst musste notwendigerweise außerhalb der Schule mehr und mehr in der fränkischen Mundart ihrer Schüler sprechen. Also wurde im Klassenzimmer hochdeutsch gesprochen, gelesen, gesungen, in der Pause und auf Lerngängen und Wandertagen Mundart »plauderet«.

Vor den Weihnachtsferien übte Marie Luise mit ihren Schülern ein kleines Weihnachtsspiel ein, das sie dann den Oberklässlern und ihren Eltern vorspielen durften. Wichtig war ihr dabei, dass möglichst alle Kinder eine Rolle bekamen, auch wenn es nur eine kleine war. Wie gut, dass sich bei den Kindern die verschiedensten Talente fanden, denen sie bei diesem Spiel Ausdruck verleihen konnten. So erfreuten sich an diesem Festabend im Advent die Angehörigen am bunten und doch geordneten Durcheinander von Engeln, Hirten, als Tiere verkleideten Kindern, an Maria und Joseph und den prächtig gekleideten Weisen aus dem Morgenland. Froh stimmten alle mit ein in die altbekannten Weihnachtslieder. Stolz gingen nach dem Schlusschoral »O du fröhliche, o du selige« die Kinder mit den Eltern heim. Die Eltern waren beglückt über die Leistungen ihrer Kinder, die Kinder waren stolz auf das Lob der Erwachsenen.

In den Weihnachtsferien fuhr Marie Luise heim zu ihren Eltern und Geschwistern ins Remstal. Das Weihnachtsfest mit den Angehörigen und die traditionellen Besuche bei den Verwandten am Ort waren in jeder Hinsicht sehr schön, zumal Marie Luise Geschenke mitbringen konnte. Es waren keine großartigen Gaben, aber für jeden eine Kleinigkeit. Das löste dennoch Freude aus. An den Weihnachtstagen lag noch kein Schnee. Das Wetter war nasskalt und ungemütlich.

»Ausgeschneit«

Am 7. Januar sollte der Unterricht wieder weitergehen. Marie Luise wollte aber noch einiges für das zweite Halbjahr vorbereiten, deshalb machte sie sich am Nachmittag des Erscheinungsfestes auf die Rückreise. Die Bahnfahrt dauerte eine gute Stunde. Kaum saß sie im Zug, als es draußen heftig zu regnen anfing. Der Regen verwandelte sich langsam in Schnee. Zuerst fielen große, schwere Flocken vom Himmel, aber bald wurden sie kleiner und trieben im aufkommenden Wind munter umher. Als sie in Rot am See aus dem Zug stieg, lag eine dicke Schneedecke über dem Land, und es schneite immer noch. Sie blieb im Bahnhofsgebäude, um auf den Postbus nach Rothenburg zu warten. Sie hatte immer den Bahnhofsvorplatz im Blick, aber der Bus kam und kam nicht.

Nach einer geraumen Weile kam der Bahnhofsvorstand auf sie zu. »Sie warten sicher auf den Rothenburger Bus? Der kann nicht kommen. Wir haben von Schwäbisch Hall Bescheid bekommen, dass der Gegenbus irgendwo da oben stecken geblieben sei. Es sei kein Durchkommen. Nicht einmal die schweren Schneepflüge würden mit den Schneemassen zwischen Gammesfeld und Leuzendorf fertig. Bevor der Bus von Rothenburg freie Fahrt hat, schicken sie keinen anderen in die Gegenrichtung.«

Marie Luise war entsetzt. Im ersten Schrecken dachte sie daran, den Koffer aufzugeben und sich zu Fuß auf den Weg zu machen. Doch dann stellte sie sich vor, wie sie bei sinkender Nacht, ohne Stiefel, draußen in einer Schneemasse allein herumstapfte, durch die nicht einmal die schweren Schneepflüge kamen ... Sie musste einen anderen Weg finden oder vielmehr eine Unterkunft für die Nacht. Ihr fiel ein, dass eine gut bekannte Familie hier in Rot am See wohnte. Ob sie wohl bei denen übernachten konnte? Sie fragte den Bahnhofsvorstand, ob er bei der Familie Oechsle anrufen könne. Er suchte die Nummer aus dem Telefonbuch heraus, wählte und drückte Marie Luise den Hörer in die Hand.

Bald hörte sie die freundliche Stimme von Frau Oechsle. »Freilich, komm nur, wir warten mit dem Abendessen auf dich!«

Dann beschrieb sie noch den Weg, denn das Häuschen war ziemlich weit weg vom Bahnhof. Marie Luise fiel ein Stein vom Herzen. Schnell holte sie Nachthemd und Waschzeug aus dem Koffer und packte es in ihre geräumige Handtasche. Dann gab sie ihren Koffer in Verwahrung und machte sich auf den Weg. Die Straße in Rot am See war geräumt und von den Straßenlampen gut beleuchtet. Eine einzige Nacht, so hoffte sie, würde sie Herrn und Frau Oechsle zur Last fallen. Morgen Abend würde sie wieder in ihrem eigenen Bett schlafen.

Sie fand das kleine Haus am Waldrand, nachdem sie ein paarmal nach dem Weg gefragt hatte. Der Eingang war erleuchtet. Auf ihr Klingeln öffnete Frau Oechsle, eine kleine, zierliche, weißhaarige Frau. Sie war im Alter ihrer Großmütter und noch recht munter und beweglich.

»Da bist du ja. Herzlich willkommen. Komm, gib mir deinen Mantel. Schneit es immer noch?«

Ja, es schneite immer noch in feinen, leichten Flocken, die der Wind herumwirbelte. Herrn Oechsles große, schlanke Gestalt tauchte an der Glastüre auf. Auch er begrüßte den Gast herzlich.

Dann streckte er den Kopf aus der Haustüre und meinte: »Wenn es so weiterschneit, kannst du morgen noch nicht nach Leuzendorf fahren. Der Wind fegt kräftig über die Höhe bei Gemmhagen und weht alles zu. Doch bei uns bist du gut aufgehoben. Bleib nur, solange du musst. Und jetzt komm herein, ich habe Hunger, und du sicher auch.«

Der Abendbrottisch war gedeckt. Kerzen brannten in hohen Kerzenständern. Es war ja Erscheinungsfest, ein Feiertag. Brot, Butter, Käse, Wurst, Gürkchen standen in reicher Fülle bereit. Der Tee in der Kanne war heiß.

»Du trinkst doch Tee? Ich habe Pfefferminze, Salbei und ein wenig Lavendel angebrüht. Pfefferminze ist gut für den Magen, Salbei soll einer Erkältung vorbeugen, und Lavendel schmeckt gut und gibt einen ruhigen Schlaf. Alle Kräuter wachsen hier in unserem Garten. Im Sommer sammle und trockne ich sie. Sie sind auch nicht gedüngt, also reine Natur.«

Frau Oechsle schenkte den Tee in die Tassen und reichte die Zuckerschale herum. Es war wirklich ein sehr schmackhafter, wohltuender Tee. Marie Luise ließ sich mehrere Tassen schmecken. Ein Butterbrötchen mit Wurst genügte ihr heute Abend. Sie war gar nicht hungrig, obwohl sie seit ihrer Abfahrt nichts gegessen hatte.

Nach dem Abendessen trug Herr Oechsle ihre Tasche hinauf ins Gastzimmer im Obergeschoss. Frau Oechsle holte Bettwäsche aus einem Schrank und brachte sie ins Gastzimmer. »Oh, da ist's aber noch kalt! Ich drehe schnell die Heizung auf, dann ist es bald warm.«

Dann zeigte sie Marie Luise, wie man bequem zu zweit die große Bettdecke überziehen konnte.

»Du steckst die rechte Hand in den oberen Zipfel des Überzugs. Ich nehme den anderen Zipfel. Jetzt stülpst du den Zipfel über den der Bettdecke. Nun streifen wir beide den Überzug gleichmäßig über die Bettdecke. So, jetzt noch zuknöpfen und zurechtschütteln.«

Frau Oechsle war nicht umsonst sowohl eine umsichtige und erfahrene Hausfrau als auch die Seniorchefin des Bettenhauses Oechsle in Crailsheim.

Marie Luise war sehr müde und schlief tief und ruhig bis zum anderen Morgen. Als es im Haus unruhig wurde, wachte sie auf. Sie stand auf, wusch sich, zog sich an und ging hinunter. Herr Oechsle verließ gerade das Haus, um auf den Zug nach Crailsheim zu gehen. Er ging noch jeden Tag ins Geschäft, um dort nach dem Rechten zu sehen. Zwar war das Bettenhaus der Tochter Mathilde Wurm übertragen, die es allmählich ausbaute zum »Modehaus Oechsle«. Sie hatte auch einen Geschäftsführer eingestellt, aber der Vater Oechsle konnte sich noch nicht in den Ruhestand begeben, er brauchte sein Geschäft.

In aller Gemütsruhe frühstückten die beiden Frauen miteinander. Dabei fragte Frau Oechsle nach dem Ergehen von Marie Luises Verwandten. Sie selbst hatte keine Verwandten mehr in ihrem alten Heimatort, seit ihre Mutter vor einigen Jahren in hohem Alter verstorben war. Als sie noch lebte, hatten Oechsles sie jedes Jahr mehrmals besucht. Dabei hatten sie auch in Marie Luises Elternhaus vorbeigeschaut, bei der Großtante Marie Luises, die eine Jugendfreundin von Frau Oechsle war. Die Freundschaft war also eine ganz alte. Frau Oechsle schien sehr glücklich darüber zu sein, dass Marie Luise sich an sie gewandt hatte, als sie in Not war. Nach dem Frühstück half Marie Luise ihrer Gastgeberin, das Haus in Ordnung zu bringen und das Mittagessen für sie beide vorzubereiten. Viel gab es ja nicht zu tun, deshalb machte sie sich auf den Weg zum Bahnhof. Sie wollte nachfragen, ob sie heute Abend nach Leuzendorf fahren könne.

Der Bahnhofsvorstand hatte keine guten Nachrichten. Noch immer war der Weg nicht passierbar. Die Bauern hatten angefangen, den Schnee von der Straße wegzuschaufeln. Sie seien ja selbst daran interessiert, dass sie ihre Milch fortbrächten. Aber solange es noch schneie, hätten sie keine großen Erfolge. Marie Luise holte ihr Strickzeug und ihr Schreibzeug aus ihrem Koffer, bedankte sich bei dem Bahnhofsvorstand und ging zurück zu Oechsles Haus. Am Nachmittag bat sie Frau Oechsle, dass sie in Leuzendorf anrufen dürfe, um sich offiziell abzumelden. Herr Volkmar war am Apparat.

»Machen Sie sich keine Sorgen. Bei dem Schnee kommen nur ganz wenige Kinder in die Schule. Mit denen werde ich gut fertig. Ich freue mich für Sie, dass Sie gut untergebracht sind«, beruhigte er sie.

Jeden Tag spazierte Marie Luise zum Bahnhof und erkundigte sich, ob nicht endlich ein Bus komme. Der Bahnhofsvorstand kannte sie nun schon gut. Sie hatte den Eindruck, dass er recht gerne mit ihr plauderte. Oder wollte er ihr und sich mit dieser Plauderei die Zeit vertreiben? Er musste ja seine Stellung halten, und zwischen den Zügen war viel leere Zeit.

Der Schneefall hatte aufgehört, und es war wärmer geworden.

»Wenn es taut, ist es für die Männer leichter, mit den Schneemassen fertig zu werden. Dann können vielleicht auch bald die Schneepflüge eingesetzt werden«, meinte er am dritten Tag.

Am Nachmittag des vierten Tages kam schließlich ein Anruf: »Die Straße ist jetzt frei. Heute Abend können Sie fahren.«

Marie Luise packte ihre Sachen zusammen und zog das Bett ab, das sie benützt hatte. Sie verabschiedete sich von Frau

Oechsle, bedankte sich ganz herzlich für ihre Gastfreundschaft und trug ihr Grüße auf an Herrn Oechsle, der ja wie jeden Tag im Geschäft war. Dann ging sie zum Bahnhof.

Der Postbus fuhr auf der Hochfläche zwischen Gammesfeld und Gemmhagen zwischen meterhohen Schneemauern durch. Kein Wunder, dass es so lange gedauert hatte, bis der Weg einigermaßen frei war!

Verheißungsvolle Zeit

Das neue Jahr 1954 nahm seinen Lauf. Anfang Februar waren in Heimatkunde alte Sitten und Gebräuche das Thema. Die Bauernkinder wussten, dass der zweite Februar ein »Lostag« ist.

»Was heißt denn ›Lostag‹?«, fragte Marie Luise.

»Da können die Knechte und Mägde neue Dienststellen suchen, sie sind los von ihrer Herrschaft, wenn sie wollen«, wusste der Frieder.

»Au ja«, fiel ihm der Willi ins Wort, »wir gehen auch und suchen eine bessere Schule!«

»Naa, ka bessere, aber a scheanere.« Der Frieder war so in Eifer geraten, dass er in sein heimatliches Idiom verfallen war. Er verbesserte sich auch gleich: »Nein, keine bessere, aber eine schönere!«

Demnach war diese Schule die beste, die er sich wünschen konnte. Dass sie in Bezug auf Schönheit und Zweckmäßigkeit Mängel hatte, das konnte geändert werden. Marie Luise war hoch erfreut über die Aussage des besinnlichen Frieder. War das nicht eine Anerkennung für sie als Lehrerin?

Die Planungen für die neue Schule hatten Gestalt angenommen. Abseits von der Durchgangsstraße hatte die Gemeinde ein Grundstück erworben, das groß genug war für ein geräumiges Schulhaus mit Hausmeisterwohnung, einen großen Spielplatz und einen kleinen Schulgarten, in dem die Kinder nach Herzenslust säen, pflanzen, pflegen und ernten konnten. Manche Eltern störte allerdings die Nähe des Farrenstalls. Herr Volkmar jedoch sah die sittliche Unversehrtheit der Schüler durch diese Einrichtung nicht gefährdet. Da hatte das Leben und Treiben auf den heimischen Höfen mit ihren mancherlei Tieren eher einen Einfluss. Doch bis dieses neue Schulhaus eingeweiht werden konnte, würde noch eine lange Zeit vergehen. Die Bauarbeiten waren ja noch gar nicht begonnen worden.

Aber als sie einmal begonnen waren, machte Marie Luise immer wieder Lerngänge mit den Schülern zur Baustelle. Als längerfristiges Projekt für den Gesamtunterricht bot sich der Schulhausneubau an. Wann und wo war es allen Schülern möglich, den Bau ihres Schulhauses in allen Stadien zu verfolgen, darüber zu berichten, davon zu singen (»Wer will fleißige Handwerker sehn?«), zu zeichnen? Außerdem bot sich den Kindern Gelegenheit, mit den Handwerkern zu sprechen, sie zu fragen.

Den meisten Handwerkern war es allem Anschein nach lieb, von den Kindern angesprochen zu werden. Sie beantworteten ihre Fragen geduldig und einfühlsam, und die Kinder verloren mehr und mehr die Scheu, Erwachsene anzusprechen, die ihnen zwar nicht ganz fremd, aber auch nicht vertraut waren. Dazu mussten natürlich auch angemessene Formen eingeübt werden.

Marie Luise war es vorher nicht bewusst gewesen, wie wichtig diese Interaktionen für Kinder und Erwachsene sind. Hier boten sie sich ganz natürlich an. All diese Überlegungen waren nicht eine einmalige, blitzartige Erkenntnis, sondern entwickelten sich ganz allmählich aus der aktuellen Situation heraus.

Osterferien

Die Osterferien brachten in diesem Jahr für Marie Luise und ihre Familie eine ganz besondere Überraschung: Ihre langjährige Brieffreundin Ena Manley und ihr Mann Steve sollten aus England nach Schnait zu Besuch kommen. Sie wollten am Palmsonntag mit dem Zug anreisen. Marie Luise besorgte ein Sträußlein »Sweet peas«, Wickenblüten, zum Empfang. Damit fuhr sie nach Endersbach, um die Gäste vom Zug abzuholen.

Ena war entzückt über die Wicken: »My favourite flowers! I like the scent of sweet peas very much«, dankte sie der Freundin.

Bei Marie Luises Besuch 1952 in Bridgwater hatte Enas Schwiegervater sie mit dem Taxi vom Bahnhof abgeholt. Sie hatte sich sehr geehrt gefühlt. Erst später hatte sie erfahren, dass Mr. Manley von Beruf Taxifahrer war, so war das Abholen im Taxi nichts Außerordentliches. In dieser Hinsicht war es nur eine kleine Kompensation, wenn sie mit dem Bus nach Endersbach fuhr und ihre Gäste persönlich abholte.

Es war eine fröhliche, harmonische Zeit, die sie zusammen verbrachten. Steve und Ena sprachen nur Englisch. Außer dem Bruder Markus sprach niemand in der Familie Englisch. So musste Marie Luise hin und her übersetzen. Zur Erheiterung versuchte der Vater, einige Wörter in Englisch zu sagen. Diese Bemühungen wurden von den Gästen höflich honoriert, nützten aber nicht viel für die Unterhaltung.

In den ersten Tagen der Karwoche machte Marie Luise mit den Gästen kleine Ausflüge in die Umgebung, auf die Höhe von Aichelberg, von wo man einen guten Ausblick auf das Schweizerbachtal und bis in die Schmidener Ebene hat, und auf den Schönbühl, von wo aus sie ins breite Remstal blickten. Die Natur war noch nicht in voller Blüte, doch unter den kahlen Bäumen blühten Veilchen, Schlüsselblumen, Anemonen und Lungenkraut, die »Badenka« aus dem Volkslied, die der Sänger im Wiesental bricht, als er »koi Schätzele meh« hat. Die Reben am Südhang des Schönbühls zeigten bisher nur einen kleinen grünen Schimmer.

An einem Tag fuhr Marie Luise mit den Gästen in die Wilhelma. Sie genossen dort die Magnolienblüte, die Blüten in den Tropenhäusern und die mannigfaltige exotische Tierwelt. Ein weiterer Tag war dem Ludwigsburger Renaissanceschloss gewidmet. Im Park blühten bunte Tulpen in reicher Fülle, umrahmt von den niedrigen grünen Buchshecken, die in schönen Arabesken angelegt waren. Der Märchengarten wimmelte von schaulustigen Kindern und ihren Eltern, so dass Marie Luise mit ihren Gästen nur rasch hindurchging. Dafür schlossen sie sich einer Schlossführung an. Sie kamen durch prächtige Säle und bestaunten verschiedene Ausstellungen. Besonders war Ena von der Porzellanausstellung angetan. Steve dagegen interessierte sich mehr für Rüstungen und Medaillen. Bei der Schlossführung war Marie Luise entlastet, denn der Führer erklärte erst in Deutsch, dann in Englisch. Das half ihr auch, ihren englischen Wortschatz um einige Fachausdrücke zu erweitern.

Am Karfreitag, dem 16. April, kam eine erschütternde Nachricht über das Radio: »Im Dachsteingebirge in Österreich werden zehn Schüler und drei Lehrer aus Heilbronn vermisst. Sie haben sich auf eine Wanderung begeben und sind nicht zurückgekehrt.« Marie Luise wusste, dass zwei ihrer ehemaligen Kommilitonen, Hans Werner Rupp und Christa Vollmer, in Heilbronn angestellt waren. Sie würden doch nicht ...? Ach nein, beruhigte sie sich, in Heilbronn sind ja viele Lehrer, da müssen die beiden nicht bei den Vermissten sein.

Die Nachrichten verdichteten sich und blieben doch recht unklar. Am Tag zuvor, dem Gründonnerstag, hatten sich die zehn Schüler und drei Lehrer auf den Weg gemacht. Die Namen der Einzelnen wurden genannt, und Hans Werner Rupp und Christa Vollmer waren dabei. Der Heimleiter hatte sie noch gewarnt, es komme schlechtes Wetter auf. Doch sie waren trotzdem aufgestiegen, denn am Morgen des Gründonnerstag war das Wetter hell und klar. Am Vormittag begann es im Tal zu regnen, aber in der Höhe tobte ein Schneesturm. Von der Bundessportschule aus nahm der Heimleiter Verbindung auf zu den möglichen Etappenzielen der Gruppe, aber sie waren nirgendwo angekommen. Später hieß es, dass die Bergwacht, die Bergpolizei und viele freiwillige Helfer nach den Vermissten suchten. Acht Tage lang suchten diese ausgebildeten und bergerfahrenen Kräfte nach den Vermissten, ehe sie die ersten Toten fanden. Es hieß auch, dass der verantwortliche Lehrer im Tal gesehen worden sei. Er sei allein abgestiegen und habe die Klasse und die beiden Junglehrer im Stich gelassen. Dieses Gerücht wurde aber nicht offiziell bestätigt. Erst nach 43 Tagen wurden die beiden letzten Opfer gefunden.

Marie Luise drängte sich immer wieder das Bild der lebhaften, sportlichen Christa mit dem herzlichen Lachen auf. Hans Werner war ernst, fast traurig gewesen. Da war es gut, dass er und die mitreißende, heitere Christa sich gefunden hatten. Und nun? Hatte in den letzten Stunden eins im anderen Trost und Halt finden dürfen? Marie Luise wünschte es ihnen so sehr. Aber dass das ihres kurzen Lebens Ziel gewesen sein sollte? Marie Luise konnte es nicht begreifen, aber sie konnte sich mit diesen schweren Fragen nun nicht intensiver befassen. Sie hatte Gäste, die einen schönen Urlaub verdient hatten.

Am Osterdienstag fuhren Marie Luise und ihre Gäste gemeinsam nach Leuzendorf. Unterwegs machten sie noch einen kleinen Stadtbummel in Crailsheim.

In Leuzendorf quartierte sie die Gäste bei der Wirtin ein, die auch ein paar Fremdenzimmer hatte. Schon vor Ostern hatten sie alles besprochen. Ein Frühstück gehörte zur Übernachtung und wurde den Gästen aufs Zimmer gebracht. Tagsüber waren sie unterwegs. Abends würde Frau Schwenk allen dreien einen kleinen Imbiss im Nebenzimmer zubereiten, wo sie ganz unter sich waren.

Am Mittwoch fuhren sie gemeinsam nach Rothenburg ob der Tauber. Sie gingen ein Stück auf der historischen Stadtmauer, die allerdings noch nicht ganz wieder aufgebaut war nach der Zerstörung im zweiten Weltkrieg. Von dort aus hatten sie einen schönen Ausblick über die ganze Stadt und das Umland. Sie sahen den hoch aufragenden Rathausturm, viele Kirch-und Tortürme, die Basteien, aber auch mittelalterliche Handwerkerhäuser und Werkstätten. In der »Gerlachschmiede« wurde eben ein Pferd beschlagen. Der Wind trug den Rauch der Esse und den Geruch nach verbranntem Horn herauf zu den Besuchern. Plötzlich blieb Steve stehen und betrachtete einen Stein in der Mauer, der eine Inschrift trug. Viele solcher Steine waren zu sehen. Alle diese Inschriften trugen die Namen von Leuten aus aller Welt, die Geld gestiftet hatten zum Wiederaufbau der historischen Stadt, Amerikaner, Japaner, Briten, auch einige Italiener.

Nachdenklich gingen sie weiter, bis sie an den nächsten Abstieg in die Stadt kamen. Sie gingen in ein kleines Restaurant am Rathausplatz und bestellten einen kleinen Imbiss. Auch hier war es der Kellner, der die englischen Gäste in ihrer Muttersprache beriet.

Nach dem Essen schlossen sie sich in einiger Entfernung einer Touristengruppe an. So bekamen sie die Erklärungen des Stadtführers mit, und Marie Luise musste nicht selbst übersetzen.

Nach dem ausführlichen Stadtrundgang war es allmählich an der Zeit, sich zum Rathausplatz zu begeben, wo der Postbus abfuhr. Am nächsten Tag wollten Steve und Ena wieder nach ihrer Heimatstadt Bridgwater in Somerset abreisen.

Das Taxi war bestellt, alle anderen Arrangements waren schon vor der Reise getroffen worden. Demnach konnte nichts mehr schiefgehen. So verabschiedeten sich die Freunde am Abend mit dem Versprechen, sich bald zu schreiben und in der Hoffnung auf ein frohes Wiedersehen.

Fahrschule

Nicht nur beim Besuch der Freunde aus England empfand Marie Luise die Isolation von Leuzendorf in Bezug auf den öffentlichen Verkehr als hinderlich. Zu den regelmäßigen Fortbildungsveranstaltungen in Blaufelden fuhr sie mit Herrn Volkmar auf dem Rücksitz seines Motorrades. Bei gutem Wetter war es eine Lust, sich den Wind ins Gesicht wehen zu lassen, aber es gab auch kalte und nasse Tage, da war das Motorradfahren nicht angenehm. Zwar konnte sie sich hinter dem Rücken des Kollegen ein wenig vor dem Wind schützen. Gegen Regen bot der keinen Schutz. Herr Volkmar aber litt nach solchen nasskalten Fahrten immer wieder unter Stirnhöhlenkatarrh und anderen Erkältungen der oberen Atemwege, obwohl er Lederbekleidung und Sturzhelm trug. Der Sturzhelm war zwar nicht obligatorisch, aber zur persönlichen Sicherheit hilfreich.

Deshalb wollte er den Führerschein Klasse drei machen, der zum Führen eines Personenkraftwagens berechtigte. Er ermunterte Marie Luise, sich ihm anzuschließen. In Leuzendorf gab es keinen Fahrlehrer. Sie könnten deshalb zusammen nach Brettheim fahren. Marie Luise stimmte mit Freuden zu. So meldete Herr Volkmar sie beide an.

Der Fahrlehrer hatte eine große Autowerkstatt am Ausgang des Ortes, in der er mehrere Leute beschäftigte. Er verkaufte auch den VW Käfer. So war es folgerichtig, dass die praktische Ausbildung in einem firmeneigenen VW erfolgte. Der Fahrlehrer war es gewöhnt, dass seine Anordnungen sofort und pünktlich ausgeführt wurden. Dazu kam, dass er sich selber immer unter Druck setzte, und das übertrug sich auch auf sein Verhalten in den Fahrstunden. Die Theoriestunden fanden in einem besonderen Raum neben der Werkhalle statt. Sie waren systematisch aufgebaut: Zuerst unterrichtete er seine Fahrschüler ausführlich über Bauweise und Wirkung des Motors. Dieses Thema war für Marie Luise sehr trocken. Es wurde nur anhand von Wandbildern abgehandelt. Sie hatte ja nicht vor, jemals einen Motor zu reparieren. Dann kamen Verkehrszeichen und Verkehrsregeln an die Reihe. Das war wichtig und interessant, zumal es dabei auch zu tun gab: Auf Plänen mit Straßen und Gehwegen wurde mit Miniautos und Miniampeln hantiert, Vorfahrt und Anhalten geübt. Das war anschaulich und lustig und ließ Marie Luise erneut erfahren, dass Anschauung und Handeln nicht nur für Kinder leichter zum Erfolg führt.

Die praktische Ausbildung erwies sich als weit schwieriger. Marie Luise hatte ja nicht die geringste Ahnung vom Umgang mit Motoren. Sie wusste zwar, dass es eine Kupplung gab, aber wie sie wirkte, das hatte der Fahrlehrer entweder nicht erklärt, oder sie hatte es nicht kapiert. Herr Volkmar fuhr nicht nur schon jahrelang Motorrad, er hatte auch immer wieder bei seinem damaligen Vermieter in Gemmhagen auf den Äckern den Traktor gefahren. Traktoren und Motorräder durften mit dem Führerschein Klasse eins gefahren werden.

Der Fahrlehrer nahm immer zwei oder drei Fahrschüler ins Auto. Eine Person saß am Steuer, der Fahrlehrer daneben. Die anderen Fahrschüler saßen auf dem Rücksitz. So konnten sie die Instruktionen von vorne mithören und dadurch lernen, aber eingreifen oder einflüstern durften sie nicht. In der ersten Fahrstunde waren es nur Herr Volkmar und Marie Luise. Herr Volkmar kam zuerst an die Reihe. Er fuhr sicher los und beschleunigte ziemlich schnell.

»Langsam, langsam!«, mahnte der Fahrlehrer und bremste auf seiner Seite ab.

Er sah nun deutlich, dass er es mit einem fortgeschrittenen Fahrschüler zu tun hatte, deshalb brauchte Herr Volkmar nur noch drei weitere Fahrstunden.

Nachdem sie am ersten Tag umgestiegen waren, saß nun Marie Luise mit Herzklopfen am Steuer, das erste Mal in ihrem Leben. Der Fahrlehrer zeigte ihr, wie sie das Lenkrad halten solle.

»Sitzen Sie aufrecht und halten das Steuerrad an beiden Seiten mit leicht angewinkelten Armen locker fest. Sie dürfen sich nicht daran festhalten, sonst fahren Sie nicht sicher!«

Dann gab er ihr den Schlüssel, damit sie ihn ins Schloss stecken konnte.

»Noch nicht umdrehen, ich muss Ihnen zuerst noch allerlei sagen! Haben Sie die Füße auf dem Kupplungspedal und dem Gaspedal? Drücken Sie das linke, das Kupplungspedal, durch und lassen Sie den Motor an.«

Marie Luise gehorchte.

»Jetzt Gas geben!«

Marie Luise gab Gas, so dass das Auto einen Satz nach vorne machte. Der Fahrlehrer bremste, und der Motor starb ab. Marie Luise wusste nicht, was sie falsch gemacht hatte. Dem Fahrlehrer wurde klar, dass er den ganzen Startvorgang systematisch üben lassen musste, aber in seinem Verhalten spürte

Marie Luise eine unterschwellige Ungeduld. Langsam gelang das Starten, das Auto kam ins Rollen. Nun galt es, den Wagen in der Spur zu halten. Auch hier hatte Marie Luise Schwierigkeiten. Sie kannte die Wirkung des Lenkrades nicht und fuhr im Zickzack, weil sie zu viel Kraft aufwandte und das Lenkrad zu stark bewegte.

Vielleicht war der Fahrlehrer in Wirklichkeit gar nicht so ungeduldig und schroff, wie es seiner Fahrschülerin erschien. Vielleicht spielte er nur den strengen Lehrer. Er hatte ja vor, alle seine Fahrschüler erfolgreich durch die Prüfung zu bringen und damit nicht nur bei dem prüfenden Ingenieur einen Stein im Brett zu haben, aber Marie Luises Selbstbewusstsein bekam in jeder Fahrstunde einen Klaps.

Herr Volkmar machte noch drei Fahrstunden mit, dann befand ihn der Fahrlehrer auf praktischem Gebiet für prüfungsreif. Danach wurde Marie Luise vom Fahrlehrer in Leuzendorf abgeholt und wieder zurückgebracht. Die anderen Fahrschüler stiegen je nach Wohnort aus oder zu, und so bekam Marie Luise auf den wenig befahrenen Landstraßen mehr Fahrpraxis. Das Anfahren am Berg gelang bald recht gut. Dazu gab es ja genügend Möglichkeiten im welligen Umland. Das Einparken zwischen zwei Fahrzeugen jedoch blieb ihr noch lange ein Problem, und sie vermied es, wenn immer es möglich war. Auch das Rückwärtsfahren fand sie sehr schwierig.

Das jedoch fand nun der Fahrlehrer nicht allzu tragisch. »Den meisten Frauen geht das so!«, meinte er und ließ es öfter üben.

Eins jedoch ließ sich zu der Zeit im ganzen Kreis Crailsheim nicht üben: Das Halten und Anfahren an einer Ampel. Nicht einmal in der Kreisstadt war eine aufgestellt. Deshalb war das auch nicht relevant für die Fahrprüfung.

»Wenn Sie den Führerschein haben, müssen Sie erst das Fahren lernen«, meinte der Fahrlehrer.

Vorläufig übte Marie Luise das Fahren nicht nur im Volkswagen des Fahrlehrers, sondern auch in Gedanken in jeder freien Minute.

»Schlüssel ins Schloss, Füße auf Kupplungs- und Gaspedal, Kupplung durchtreten, Motor einschalten, ersten Gang einlegen, Handbremse langsam lösen, Kupplung ganz langsam kommen lassen und gleichzeitig sachte Gas geben!«

Sie sagte sich diese Befehle leise vor und vollzog die Zusammenarbeit zwischen Händen und Füßen in Gedanken nach, auch noch am Abend vor dem Einschlafen im Bett.

Führerschein

Der Tag der Fahrprüfung kam heran. Herr Volkmar hatte für sie beide beim Schulrat einen Urlaubstag erwirkt, und die Schüler freuten sich über einen freien Tag. Am 11. April 1954 fuhren die beiden Leuzendorfer Lehrer mit Herrn Volkmars Motorrad nach Brettheim. Die theoretische Prüfung fand am Vormittag im Unterrichtsraum statt. Der Prüfer war schon da. Er hatte eine Liste mit den Namen der Prüflinge vor sich, rief einen nach dem anderen auf und stellte seine Fragen. Jeder Prüfling kam fünf Mal dran. Diejenigen, die unsicher wirkten, bekamen noch eine oder zwei Zusatzfragen gestellt. So wurde bald klar, dass er nicht darauf erpicht war, jemanden durchfallen zu lassen.

Am Nachmittag fanden die praktischen Prüfungen statt. Diesmal waren nur Prüfer, Prüfling und Fahrlehrer im Auto. Der Start gelang Marie Luise einwandfrei. Vorsichtig wie immer fuhr sie die ebene Straße nach Hilgartshausen entlang.

»Nun geben Sie einmal Gas! Beschleunigen Sie auf 50 Stundenkilometer und bleiben Sie bei der Geschwindigkeit. So bilden Sie ja ein Verkehrshindernis«, forderte der Prüfer sie auf.

Marie Luise war nie schneller als 30 Stundenkilometer gefahren, und sie war ein wenig unsicher. Aber sie drückte aufs Gaspedal.

Nach dem Weiler Hilgartshausen kam die Forderung des Ingenieurs: »Beschleunigen Sie und schalten Sie in den vierten Gang. Bleiben Sie bei Tempo 70.«

Sah er denn nicht die Kurve da unten am Bächlein? Die würde sie mit 70 Sachen nicht schaffen. Also bremste sie langsam ab und schaltete zurück, mit Zwischengas, wie geübt. Sie hörte, wie der Fahrlehrer auf dem Rücksitz erleichtert aufatmete. Auch sie war froh, dass sie auf der Straße geblieben war, aber aufatmen konnte sie noch lange nicht. Das Anfahren am Berg gelang einwandfrei.

»Wir hier in dieser Gegend brauchen das dringend, aber wie viele Norddeutsche sind schon an unseren Hängen hängen geblieben!«, witzelte der Ingenieur.

Das Ein- und Ausparken brauchte mehrere Anläufe. Marie Luise dachte schon, sie bekäme den Führerschein diesmal nicht.

Aber als sie wieder in Brettheim angekommen waren, streckte der Prüfer ihr die Hand entgegen: »Ich gratuliere. Sie haben bestanden.«

Gemeinsam mit den anderen Kandidaten wartete sie nun auf die Führerscheine, die schon vorbereitet, aber noch nicht unterschrieben und gestempelt waren.

Zurück in Leuzendorf lud Frau Volkmar Marie Luise noch zu einem festlichen Abendessen ein. Anscheinend hatte sie geahnt, dass alles gut gehen würde, dass es etwas zu feiern geben würde. Im Falle des Nichtbestehens konnte es ja für Marie Luise ein Trost sein, wenn sie mit den Freunden ein gutes Mahl bekam.

Sie hatte nun den Führerschein, aber das Fahrzeug musste noch eine Weile warten. Die Fahrstunden und die Prüfung hatten ihre Ersparnisse fast aufgezehrt. Die Frage, was für ein

Fahrzeug es sein sollte, konnte sie sich jedoch schon einmal überlegen. Ihre Freundin Gertrud in Crailsheim hatte einen Heinkel Kabinenroller und fuhr damit täglich von ihrem Heimatort Altenmünster zu ihrem Dienstort und zurück. Aber Marie Luise wollte kein solches Fahrzeug. Der Einstieg unter dem zurückgeklappten Dach schien ihr zu umständlich, und noch umständlicher der Ausstieg.

Herr Volkmar bestärkte sie in ihren Vorbehalten: »Wenn Sie einen Unfall haben, kommen Sie da nicht so leicht heraus«, meinte er.

Warum nur sprach er von Unfall?, fragte sich Marie Luise.

Vom Fahrzeughändler Thorwarth in Leuzendorf ließ sie sich einige Prospekte geben. Es war gar nicht so einfach, das richtige Fahrzeug zu wählen, und so wurden auch Herr und Frau Volkmar in die Beratung mit einbezogen. Schließlich fiel die Wahl auf einen Zündapp Motorroller »Bella«. Als Symbol trug er ein metallenes »Margretle«, eine sonnenförmige Wucherblume.

Marie Luise verliebte sich förmlich in das Bild ihres künftigen Motorrollers. Herr Thorwarth bestellte das Fahrzeug, warnte aber, dass es nicht vor Mitte Juli lieferbar sei.

»Gut, das wäre dann kurz vor den Sommerferien. Bis dahin kann ich den Roller auch bezahlen, denn ich kaufe nicht gerne auf Pump«, sagte Marie Luise zu Herrn Volkmar.

»Ja, bei einem Fahrzeug ist Kauf auf Pump sehr riskant«, bestätigte der.

Wanderung in den Heuferien

Zunächst standen die Heuferien vor der Tür. Im Bauernland bekamen die Schüler Heuferien, weil man zu dieser aufwendigen und unsicheren Arbeit alle Kräfte brauchte. Die Großen arbeiteten auf den Wiesen mit.

Die Kleinen brauchten immerhin nicht von den Erwachsenen für die Schule gerichtet zu werden, ließen der Mutter oder einer Magd die Zeit, sich ausschließlich um die Arbeiten zu kümmern, die ein gutes Einbringen des Winterfutters ermöglichten.

Doch die Heuferien konnten nicht vorausgeplant werden. Sie wurden nur gegeben, wenn das Wetter einigermaßen sicher war. Regnete es, so mussten die Kinder wieder in die Schule gehen. Die Ferien gingen dann weiter, wenn das Wetter wieder schön war.

In ihren ersten Heuferien hatte Marie Luise zusammen mit ihrer Freundin Lena eine große Wanderung geplant. Lena unterrichtete in Ingelfingen am Kocher. Sie hatte die Planung der Tour übernommen. Es sollte zum Kloster Schöntal, nach Jagsthausen und Cleversulzbach gehen. Sie hatte so geplant, dass sie für Übernachtungen nur ganz wenig Geld aufwenden mussten. Wenn möglich, wollten sie im Heu schlafen. Schon das war ein Erlebnis besonderer Art. Marie Luise brauchte nur ihren Rucksack zu packen und mit Bus und Bahn nach Ingelfingen zu fahren. Da ja Ferien waren, konnte sie am Vormittag mit dem Postauto, das in Leuzendorf Briefe und Pakete anlieferte und mitnahm, nach Blaufelden fahren und dort den Zug nach Crailsheim und Schwäbisch Hall besteigen. Dort musste sie einen anderen Zug in Richtung Künzelsau und Ingelfingen abwarten.

Es war eine ziemlich umständliche Reise. Marie Luise war sehr froh, als sie in Ingelfingen angekommen war. Lena holte sie am Bahnhof ab und hatte ihr schon ein Bett gerichtet in ihrem »Ein-Zimmer-Appartement«.

Am nächsten Morgen brachen sie früh auf. Zuerst wanderten sie ein Stückchen am Kocher entlang, dann bogen sie ab nach Criesbach. Noch war die Luft kühl. Auf den Gräsern und Blumen zu beiden Seiten des Weges glänzten Tauperlen in der Morgensonne. Manche Wiesen waren schon gemäht, das dörrende Gras lag »auf der Spreite« und duftete nach frischer Mahd. Schmetterlinge taumelten über den ungemähten Wiesen und suchten auf Kleeblüten, Margariten, Knautien, Labkräutern und Salbei ein wenig Nahrung. Oder suchten sie vielmehr einen Platz für ihr Gelege? Vereinzelt standen auch die verwelkenden Blüten des Wiesenbocksbarts zwischen zarten meterhohen Rispen von Wiesengräsern.

Die beiden Freundinnen erfreuten sich an den bunten Wiesen und schritten frisch voran. Sie lauschten auch den Lerchen, die zahlreich aus den Kornfeldern hochstiegen und ihr helles Morgenlied sangen. Dieser Gesang ermunterte Lena, selbst zu singen. »Wer recht in Freuden wandern will, der geh der Sonn entgegen«, stimmte sie an, und Marie Luise fand eine zweite Stimme dazu. Noch andere Wanderlieder wurden zweistimmig gesungen. Damit kamen sie flott voran. Über Crispenhofen ging es, meist auf Feldwegen, dem Kloster Schöntal zu. Bald wanderten sie durch offenes Land, bald durch sommerlich frische Wälder. Der kühle Schatten dort tat den beiden gut.

Nun hatten sie die bewaldete Höhe erreicht, es ging abwärts auf das Kloster Schöntal zu. Ab und an sahen sie die barocken Türme der Klosterkirche zwischen den Bäumen auftauchen und wieder verschwinden. Es war wirklich ein »schönes Tal«, in dem sich die Zisterziensermönche angesiedelt hatten.

Es war ein ganz normaler Werktag, deshalb waren die beiden Freundinnen die einzigen Besucher und kamen ungehindert in den Klosterbezirk. Keine Kasse war da, an der Eintrittsgeld gefordert worden wäre. So gingen sie in den Garten, wo sie einen Brunnen fanden. Dort wuschen sie sich zuerst die verschwitzten Gesichter und Hände mit dem frischen Brunnenwasser. Dann packten sie Brote aus und genossen ein kleines Mittagsmahl. Gestärkt betraten sie nun die Kirche.

Zwischen dunklen hölzernen Kirchenbänken und hohen weißen Säulen hindurch gingen sie auf den Chor zu. Gut, dass sie sich Zeit lassen konnten, dass niemand drängte oder im Weg stand, denn sie gingen meist mit emporgerichteten Gesichtern, um die schönen Deckengemälde zu betrachten.

»Schade, dass niemand da ist, der uns etwas darüber erzählen könnte!«, meinte Marie Luise.

»Ja, da sind wir ganz allein auf unsere eigenen Augen angewiesen. Aber ich finde das gut so. Wir können uns ja später einen Klosterführer kaufen und dort alles nachlesen. Dann erleben wir das Ganze noch einmal in aller Ruhe«, erwiderte Lena.

So versäumten sie, das Grab des Götz von Berlichingen im Kreuzgang zu suchen, weil sie nicht wussten, dass es da war. Erst später erfuhren sie davon, aber die Gelegenheit war für diesmal vorüber.

Am Nachmittag waren sie auf dem Weg nach Jagsthausen, der sagenumwitterten Burg, auf der der »Ritter mit der eisernen Hand« zeitweilig residiert haben soll. Dort soll er auch seinen Feinden den legendären »Schwäbischen Gruß« entboten haben, nicht freundlich-überrascht, wie es heutzutage gelegentlich geschieht, sondern in beleidigender Absicht. In ihrer Seminarzeit hatten die Freundinnen im Deutschunterricht Goethes »Götz von Berlichingen« gelesen. Darum hatten sie sich auch auf diese »Wallfahrt« gemacht.

Der Weg führte allmählich bergab, teilweise der Jagst entlang, die durch das sanfte Tal mäandert. Weil den Schlingen des Flüsschens nachzugehen zu viel Zeit gekostet hätte, verließen sie manchmal den Flusslauf und stiegen lieber über einen kleinen Umlaufberg. Das Land war ja überall von Bauern bestellt, die Feldwege angelegt hatten. Die waren zwar schmal und uneben, aber gangbar. Die Sonne hatte sich schon nach Westen gewandt und schien nicht mehr so heiß.

»Jetzt sollten wir sehen, dass wir einen Bauern finden, der uns in seiner Heuscheuer schlafen lässt«, sagte Lena, als sie in die Nähe des Dorfes kamen.

Vor einer großen Scheuer lud ein Bauer eben einen Heuwagen ab, als sie ins Dorf Jagsthausen kamen.

»Der Mann sieht freundlich aus. Sollen wir ihn fragen, ob wir in seiner Scheuer übernachten dürfen?«, fragte Marie Luise.

Sogleich trat Lena auf den Bauern zu. »Grüß Gott! Das Heu ist aber schön dürr geworden heute. Dürfen wir beide eine Nacht darin schlafen? Wir sind auf einer Wanderung und wollen morgen früh weiter.«

Der Mann schaute die beiden jungen Mädchen prüfend an. Die sahen ja mit ihren Rucksäcken ganz solide aus und so, als ob sie nicht viel Geld hätten. Im Übrigen wurden auf der Götzenburg gerade die Festspiele vorbereitet, da konnte er die beiden nicht ins Gasthaus schicken, dessen Zimmer vermutlich ausgebucht waren

»Ja, ist gut«, schloss er seine stillen Betrachtungen. »'s ist das erste Heu, das ich hereingebracht habe. So habt ihr genügend Platz und Luft. Wenn mehr frisches Heu drinnen wäre, würde ich euch nicht drin schlafen lassen! Das Heu dünstet nämlich Gase aus, da könntet ihr ersticken. Aber gebt Acht, dass ihr keine Haarspangen oder Haarnadeln im Heu verliert. Wenn die Kühe so etwas verschlucken, muss ich sie notschlachten lassen.«

Schnell versicherte Marie Luise, dass ihre Eltern auch Kühe hätten und dass sie beide sich in der Viehhaltung ein bisschen auskannten.

»Gut so«, antwortete der freundliche Mann. »Wenn ihr etwas braucht, Brot oder Milch oder Eier, fragt meine Frau. Ihr findet sie in der Küche oder im Garten oder im Stall.«

Die Freundinnen bedankten sich, legten ihre Rucksäcke in eine dunkle Ecke der Scheuer und gingen auf die Götzenburg zu. Viele Menschen waren beschäftigt, Bänke aufzustellen. Schauspieler, Statisten, Beleuchter und andere Mitarbeiter wimmelten durcheinander. Es war gar nicht klar zu erkennen, welche Funktion die einzelnen Menschen hatten.

»Komm, wir wollen nicht im Weg stehen. Lass uns zum Hof zurückgehen«, forderte Lena die Freundin auf.

Zum Abendessen verzehrten sie die letzten mitgebrachten Brote. Sie saßen dazu auf dem Rand einer Viehtränke und tranken das kühle, frische Brunnenwasser. Dazu brauchten sie weder Glas noch Tasse. Die Schale der aneinandergepressten Hände war ein nützliches Gefäß. Bei ihrer Mahlzeit beobachteten sie hoch fliegende Schwalben, die sich noch eine Abendmahlzeit erflogen.

»Das bedeutet morgen wieder schönes Wetter«, meinte Marie Luise befriedigt.

»Das bedeutet, dass wir morgen wieder früh aufbrechen, um den Tag vor uns zu haben«, ergänzte Lena. »Also gehen wir lieber jetzt ins Heu.«

Ganz hinten in der Scheuer war etwas Heu locker aufgeschichtet. Es würde eine weiche Lagerstatt werden. Sie holten ihre Leintücher aus den Rucksäcken und breiteten sie auf dem Heu aus. Sie zogen nur Schuhe, Blusen und Röcke aus und wickelten sich in die Leintücher ein, die sie mitgebracht hatten. Es war ziemlich warm, denn das frische Heu strahlte noch die in den beiden letzten Tagen eingesammelte Wärme aus. Ganz leise knackte und raschelte etwas.

»Hoffentlich sind hier keine Mäuse. Vor Mäusen habe ich nämlich Angst«, bekannte Lena.

»Sicher sind es nur Heuschrecken, die mit dem Heu eingefahren wurden. Vor denen hast du doch keine Angst«, beruhigte Marie Luise.

Noch eine Weile unterhielten sie sich über den Tag und die Pläne für morgen. Vom Kirchturm schlug es zehn, dann halb elf Uhr. Lenas Stimme klang leiser und leiser, bis sie ganz verstummte. Tiefere Atemzüge verrieten, dass sie eingeschlafen war.

Marie Luise hätte auch gern geschlafen, aber noch konnte sie keine Ruhe finden. Da, was war das? Ein leises Piepsen, dann ein kaum hörbares Trippeln auf dem Betonboden und dann vermehrtes Piepsen drang an ihre Ohren. Da waren doch Mäuse in der Scheuer! Marie Luise fürchtete sich nicht vor ihnen, aber wie würde Lena reagieren, wenn sie wach würde? Vermutlich würde sie aufspringen und weglaufen. Dann wäre es mit der Nachtruhe vorbei. Marie Luise lag ganz still und ballte die Fäuste über den Daumen. So hatten sie sich schon als Kinder verhalten, wenn sie sich etwas sehr wünschten. »Halt mir den Daumen«, hatte es dann geheißen. Jede Viertelstunde kündigte sich vom Kirchturm an. Marie Luise zählte mit und stellte dann die alte Rechnung auf, wie oft die Uhr mit Viertelstundenschlag zwischen elf und ein Uhr nachts schlage. Über dieser Rechnung schlief sie schließlich ein, ohne sie zu Ende gebracht zu haben.

Auf den Spuren Eduard Mörikes

Trotz des kurzen Schlafs erwachte Marie Luise noch vor Lena.

»Hast du gut geschlafen im Heu?«, fragte sie.

»Wie im Himmel!«, freute sich Lena.

Die Morgentoilette war bald erledigt: den Schlaf am Brunnen aus den Augen waschen, Haare kämmen, flechten und aufstecken – sie hatten beide lange Haare und waren stolz darauf.

Von der Bäuerin kauften sie Brot, Butter und Milch zum Frühstück. Die Leintücher waren bald ausgeschüttelt, zusammengelegt und in den Rucksäcken verstaut. Obendrauf kamen noch die Beutel mit dem Waschzeug, dann wurden die Rucksäcke zugeschnürt. Die Wanderung konnte weitergehen.

Das nächste Ziel war Cleversulzbach, die erste Pfarrstelle Eduard Mörikes. Ihm galt in erster Linie die »Wallfahrt« der Freundinnen. Durch den Unterricht ihrer Deutschlehrerin in der Lehrerinnenoberschule war ihnen der Dichterpfarrer sehr nahe gekommen. Nun wollten die ehemaligen Schülerinnen, jetzt selbst Lehrerinnen, dem »alten Turmhahn«, den Mörike besungen hatte, einen Besuch abstatten und damit die Wirkungsstätte des Dichterpfarrers kennenlernen.

Am Nachmittag trafen sie in dem kleinen Dörflein ein, müde und verschwitzt. Marie Luise meinte, sie hätte Lust auf eine gründlichere Reinigung als am vorigen Abend und auf ein weiches, bequemes Bett. Offenbar machte sich der kurze Schlaf in der letzten Nacht bemerkbar, aber sie wollte der Freundin nichts erzählen von dem nächtlichen Piepsen und dem leisen Getrippel der vierfüßigen Geisterchen. Lena hätte zwar gerne weiter im Heu geschlafen, aber im Stillen war sie doch froh, dass sie im Dorfgasthaus ein Doppelzimmer fanden.

Vor dem Abendessen wollten die beiden Freundinnen aber noch ins Dorf gehen. Schnell erfrischten sie sich, strichen die Haare zurecht und verließen das Gasthaus. Die Kirche war leicht zu finden, denn der Kirchturm war ja überall zu sehen. Außerdem konnten sie dem Klang der Abendglocke folgen, die gerade ertönte.

»Das ist gut, dass wir gerade jetzt kommen, da ist die Kirche offen. Der Mesner muss ja die Glocke läuten.«

Die Kirchentüre war offen, so dass sie ungehindert eintreten konnten. Eine ältere Frau räumte welke Blumen vom Altar. In einem Eimer standen frische Margeriten und lange, duftige Gräser, die die welken Blumen ersetzen sollten. Sonst war das

Gotteshaus recht schmucklos. Man konnte sehen, dass die Gemeinde arm war.

Als die Frau am Altar die Freundinnen bemerkte, unterbrach sie ihre Arbeit und wandte sich ihnen zu.

»Guten Abend«, sagte sie freundlich. »Sie sehen sich unsere Kirche an? Sicher sind Sie nicht wegen der Kirche gekommen, denn da gibt es nicht viel zu sehen. Das, was daran interessant ist, kann man nicht sehen. Hier hat vor 120 Jahren Eduard Mörike manchmal gepredigt. Er war von 1834 bis 1843 hier »bestallt«, wie man damals sagte. Er war ja sehr oft krank, darum hat er einen Vikar bekommen. Dem hat er sehr oft das Predigen überlassen. Die meisten Leute wissen nicht, dass er gemütskrank war. Heute würde man sagen, er war depressiv.«

»Und trotzdem hat er so schöne, oft heitere Gedichte und Geschichten geschrieben«, wunderte sich Lena.

»Ja, vielleicht hat er sich damit vor der Schwermut gerettet«, vermutete die Frau. »Aber in der Novelle ›Mozart auf der Reise nach Prag‹ kommen diese schweren Gedanken zum Ausdruck: ›Ein Tännlein grünet wo, wer weiß, im Walde ...‹«

Offenbar kannte sie sich sehr gut in der Geschichte des vor bald 80 Jahren verstorbenen Dichterpfarrers aus.

»Wo können wir denn mehr von ihm sehen, zum Beispiel den wirklichen alten Turmhahn? Der jetzt auf dem Kirchturm die Windrichtung anzeigt, ist ja ein Nachfolger«, erkundigte sich Marie Luise.

»Da gehen Sie hinüber ins Pfarrhaus, dort finden Sie den Wetterhahn, von Mörike gemalte Skizzen und Bilder, Manuskripte, und ein paar Erstdrucke. Wissen Sie übrigens, dass die Mutter Mörikes auf unserem Friedhof liegt, neben der Mutter von Friedrich Schiller? Sie finden die Gräber leicht. Mörike hat sich schon vor dem Tod seiner Mutter um das Grab von Elisabeth Dorothea Schiller gekümmert. Als dann seine Mutter Charlotte 1841 hier starb, sorgte er dafür, dass sie neben die Mutter Schillers gebettet wurde. Nun ruhen die beiden Dichtermütter im Schatten einer Linde.«

»Ganz herzlichen Dank für Ihre Auskünfte. Auf den Kirchhof gehen wir morgen früh. Heute bleibt uns noch Zeit fürs Pfarrhaus«, verabschiedeten sich die beiden.

»Ich danke Ihnen, dass Sie mir so aufmerksam zugehört haben. Das trifft man nicht oft bei jungen Leuten. Ich wünsche Ihnen noch einen guten Abend.«

Sie streckte den Freundinnen zum Abschied die Hand entgegen. Nach einem herzhaften Händedruck wandte sie sich wieder ihren Blumen zu.

Nach einem längeren Besuch im Pfarrhaus, wo sie den alten, abgesetzten Turmhahn an einer Wand lehnend vorgefunden – er schien noch keinen richtigen Platz gefunden zu haben – und die ausgelegten Schriften Mörikes bestaunt hatten, gingen die Freundinnen zurück ins Gasthaus und bestellten sich ein Abendessen.

Gestärkt gingen sie in ihr Zimmer und machten sich zum Schlafen fertig. Es dauerte allerdings noch eine ganze Weile, bis sie sich gewaschen hatten und im Bett lagen. Dann mussten sie sich noch über die Erlebnisse des Tages austauschen. Diesmal war es Marie Luise, der zuerst die Augen zufielen.

Die Nacht im behaglichen Bett des Gasthauses war wesentlich entspannter als die vorherige im Heu. Am Morgen, als sie aufwachte, spürte Marie Luise den Muskelkater, den sie sich in den letzten beiden Tagen erwandert hatte.

Nach dem Frühstück in der Gaststube schlenderten die beiden Freundinnen gemütlich durch das Dörflein dem Kirchhof zu. Die Gräber der beiden Dichtermütter waren wirklich leicht zu finden. Ein stattlicher, sommergrüner Lindenbaum beschattete das kleine Gärtle, das die Grabstätten umgab. Die Freundinnen standen lange Zeit still davor.

Zurück im Gasthaus packten sie ihre Rucksäcke. Dann begaben sie sich in die Gaststube. Heute hatte die Wirtin mehr Zeit für einen »Schwatz« als gestern Abend. Es waren nur wenige Mittagsgäste da. Zum Essen saßen alle an einem gemeinsamen Tisch, auch die Köchin. Es stellte sich heraus, dass die beiden Frauen Schwestern waren, die das Gasthaus gemeinsam betrieben. Jede verrichtete das, was ihr besonders lag. So hatten sie kein großes, aber ausreichendes Einkommen. Bei einem einfachen, schmackhaften Essen erzählten sie ihren Gästen diese Einzelheiten sowie auch Geschichten aus dem Dörfle. Man merkte ihnen an, dass sie zufrieden und geachtet waren. Nach dem Essen bezahlten die Freundinnen ihre Rechnungen, verabschiedeten sich von den Wirtinnen und pilgerten zum Bahnhof. Ihre Wallfahrt war zu Ende. Es waren schöne Tage des gemeinsamen Erlebens, des gegenseitigen Austausches und der vielfältigen Anregungen gewesen.

Lena fuhr heim zu ihren Eltern, um noch ein paar Tage bei ihnen zu sein, ehe die Schule wieder anfing. Marie Luise fuhr zurück nach Leuzendorf.

Schuljahresende

Marie Luise erwartete ihren neuen Motorroller in den nächsten Tagen und wollte den Rest der Heuferien nutzen, um sich mit dem Fahrzeug vertraut zu machen.

Der Motorroller war zwar noch nicht da, aber Marie Luise war nicht ungeduldig. Sie wusste, dass alles seine Zeit braucht, wenn es gelingen soll. Aber langweilig war ihr doch ohne die Schule und die Kinder. Sie spielte in dieser Zeit auf ihren Flöten, Lieder und freie Fantasien. Auf einmal kamen ihr die Worte eines Gedichts in den Sinn, das sie sogleich aufschrieb:

Singe, o sing, meine Flöte, singe der Einsamkeit,
dass sie die Seele nicht töte, mächtig nicht werde das Leid.
Singe, o sing deine Lieder, mitten aus Schmerzen und Qual.
Schenk sie den Leidenden wieder, leise, voll Trost und Labsal.
Singe, o singe und löse, trage auf Tönen hin
Alles, was widrig und böse lastet auf Seele und Sinn.

Auch an andere Gedichte erinnerte sie sich. Eines, das sie im Englischunterricht gelernt hatte, wurde ihr besonders lieb: »The Lake Island of Innisfree« von W. B. Yeats. Sie versuchte auch, es zu übersetzen. Die Worte stimmten schon, aber Reim und Rhythmus wollten sie nicht befriedigen.

Aufbrechen will ich, gehen, will gehen nach Innisfree,
ein kleines Haus errichten aus Binsen und aus Lehm,
neun Bohnenreihen haben und einen Bienenstand
und sein allein im bienerfüllten Raum.

Dort werd ich Frieden finden, Frieden, der langsam kommt,
tropft aus des Morgens Schleiern dort, wo die Grille zirpt,
wo Mitternacht ein Glimmer, Mittag purpurne Glut,
der Abend voll von Hänflings Flügelschlag.

Aufbrechen will ich, gehen, denn immer, Nacht und Tag,
hör ich Meerwasser plätschern mit leisem Schlag ans Land.
Wenn ich auf lauten Straßen, auf staub'gen Pflastern geh,
hör ich es still in tiefster, tiefster Seel.

Während dieser mühseligen Übersetzungsarbeit überfiel sie die Gewissheit, dass das kleine Dörflein in der Rothenburger Landhege ihr »Innisfree« war. Hier hatte sie ihre Arbeit, die Kinder, hier hatte sie die Natur zum Nutzen und zur Freude, und hier hatte sie Frieden.

Marie Luises »Bella« war Anfang Juli eingetroffen und in Thorwarths Werkstatt fahrbereit gemacht worden. Der Meister führte sie ein in die Handhabung des Motorrollers. Der Gashebel war der rechten Hand zugeteilt, der Hebel für die Kupplung der linken Hand. Gebremst wurde mit dem rechten Fuß. Mit Freude und Stolz betrachtete Marie Luise das weiße Fahrzeug. »Das gehört jetzt mir«, dachte sie. Ja, es gehörte ihr, es war bezahlt. Aber noch beherrschte sie es nicht. Herr Volkmar übte ein paarmal mit ihr. Zuerst saß er hinter ihr auf dem Beifahrersitz und gab von da aus seine Anweisungen. Auf den kurzen, relativ ebenen Strecken fühlte sich Marie Luise bald sicher. Herr Volkmar ließ sie allein fahren, und alles ging gut. Sie freute sich, in den Sommerferien heimzufahren zu ihren Eltern und Geschwistern und von dort aus kleinere Fahrten in die Umgebung zu unternehmen. Doch zuvor musste das Schuljahr in aller Ordnung abgeschlossen werden.

Nach den Heuferien war nicht mehr viel Zeit, bis die Zeugnisse ausgegeben wurden. Die Noten der Erstklässler standen auch ohne Klassenarbeiten fest, aber die der Dritt-, Viert- und Fünftklässler mussten nochmals überprüft und auf den neuesten Stand gebracht werden. Ein Diktat, ein Aufsatz und eine Rechenarbeit pro Klasse mussten geschrieben und korrigiert werden. In Heimat- und Sachkunde und in Religion waren die mündlichen Leistungen und die Mitarbeit maßgeblich. Zeichnungen lagen genügend vor, die begutachtet und bewertet waren.

In Bezug auf Zeichnungen fiel es Marie Luise immer schwer, eine »gerechte« Note zu finden. Vor allem musste sie darauf achten, dass die Kinder nicht die Lust am Gestalten verloren in dem Gefühl: Ich kann ja doch nicht gut zeichnen, drum lass ich es lieber ganz. Genauso war es im Fach Musik. Da mit den Kindern zu Hause nicht viel gesungen wurde, musste die Lust am gemeinsamen Singen erst geweckt werden. Wenn dazu noch Bewegung kam, Klatschen, Stampfen, Tanzen, dann machte es allen Spaß und gelang besser, als wenn die Kinder einzeln singen sollten. Beim »Vorsingen« kam dann noch eine oft unüberwindliche Scheu dazu, so dass die Kinder keinen Ton herausbrachten. Sie gerieten in den Verdacht, dass sie sich den Anforderungen des Lehrers verweigerten. Das sollte nicht sein. Nun war es gut, dass der Gesamtunterricht dominiert war von fröhlichem Singen. Den Kindern machte es auch Spaß, wenn zu einer eingeübten Melodie gemeinsam eigene Verse verfasst und gesungen wurden.

Marie Luise hatte eine sichere Singstimme, obgleich sie nicht sehr stark war. Manchmal spielte sie eine neue Melodie auf der Flöte vor, aber die Sopranflöte war zu hoch, der Ton ein wenig schrill. Die Altflöte war wärmer im Ton, aber trotzdem den Kinderstimmen schlecht angepasst. Deshalb sang sie meist die Melodie vor, die Kinder sangen sie nach, bis das Lied im Gedächtnis festsaß. Beim Zeugnis ging es darum, nicht nur die Singstimme der Kinder, sondern auch ihre Musikalität in Takt und Bewegung zu sehen und zu werten.

In Religion – die Kinder waren alle evangelisch getauft – wurden Sprüche und Lieder gelernt, aufgesagt und gesungen. Marie Luise war überzeugt, dass diese auswendig gelernten Sprüche und Lieder einen großen Schatz darstellten, der im Leben Trost und Halt geben sowie der Freude Ausdruck verleihen konnte. Unterstützt wurde sie in dieser Ansicht vom Schuldekan, der anlässlich der Gemeindevisitation auch die Schule besuchte. Die ausgewählten und im Lehrplan festgeschriebenen biblischen Geschichten lebendig zu erzählen, ohne sie zu sehr auszuschmücken und damit die Botschaft zu verfälschen, war der Hauptinhalt der Religionsstunden. Die Kinder durften sie auch szenisch darstellen und Bilder dazu zeichnen. Hier richtete sich die Zeugnisnote in erster Linie nach der Aufmerksamkeit des Kindes. Weil eine Beurteilung in den Fächern Musik und Religionslehre vorgeschrieben war, bemühte sich Marie Luise, die möglichst gerecht zu gestalten, aber sie war nicht glücklich dabei.

Die Zeugnisse waren geschrieben, unterschrieben und gestempelt. Sie warteten auf die Zeugnisausgabe in der vorletzten Schulwoche. In der letzten Woche mussten sie wieder eingesammelt werden. Die Lehrer kontrollierten, ob sie auch alle unterschrieben waren, und schlossen sie dann wieder ein.

Am 31. Juli war es so weit. Die Kinder waren nach der zweiten Stunde entlassen worden. Eine kleine gemeinsame Feier im großen Schulsaal mit Gedichten und Liedern ging dem Schuljahresabschluss voraus. Es war zugleich die Entlassung der Achtklässler. Danach brachte Marie Luise ihr Kämmerle in Ordnung, schloss die Zeugnishefte in den Schrank und ging nach Hause.

Kaum war sie dort, so läutete es an der Haustür. Zwei Mütter standen davor, jede mit einer Schachtel in den Händen.

»Wir wollen Ihnen etwas bringen und Ihnen Dankeschön sagen ...«

»Kommen Sie doch herein!«, unterbrach Marie Luise und ging ihnen voraus in ihr Zimmer.

Dort stellten sie ihre Schachteln auf den Tisch und öffneten sie. In der einen waren Porzellan-Dessertteller mit bunten Blumen, in der anderen eine dazu passende Tortenplatte mit einer duftenden Obsttorte.

»Die ist selbstgebacken«, sagte eine der Mütter. »Wir hoffen, dass sie Ihnen schmeckt.«

Marie Luise war ganz überwältigt. »Aber das kann ich doch nicht annehmen!«

Abgesehen davon, dass eine solche Annahmeverweigerung erwartet wurde, war es Marie Luise wirklich ernst damit. Nur konnte sie nicht erwarten, dass die Frauen ihre Geschenke wieder einpacken und mitnehmen sollten.

»Doch, doch, das müssen Sie annehmen. Sie haben sich mit unseren Kindern so viel Mühe gegeben, und sie gehen alle so gern zu Ihnen in die Schule. Wir haben Ihnen sehr viel zu danken«, wehrten die Frauen ab. »Wir wünschen Ihnen recht schöne Ferien und hoffen, dass wir uns alle gesund wiedersehen.«

Der Unfall

Nach dem Mittagessen machte sich Marie Luise auf den Weg, um eine Freundin in Münster bei Creglingen zu besuchen. Diana hatte sie eingeladen, einmal bei ihnen vorbeizukommen, um ihre Mutter und ihre Schwester Wilma kennenzulernen. Nachdem sie nun ihren Roller hatte, machte sich Marie Luise gerne auf den Weg, um die Verbindung mit der Freundin und Kollegin aufrechtzuhalten.

Die Fahrt ging über Spindelbach und Schmerbach nach Münster. Bis Spindelbach war ihr der Weg bekannt, und auch nach Spindelbach sah sie keine Schwierigkeiten auf sich zukommen. Doch als sie kurz vor Schmerbach war, ging die Straße in scharfen Kurven ins Herrgottstal. Sie wollte bremsen, erinnerte sich aber in der Aufregung nicht, dass dafür der rechte Fuß zuständig war. Sie drückte die Kupplung, und der Roller geriet in Fahrt. Der Schreck tat das übrige dazu, dass sie geradeaus über den Straßenrand fuhr und über dem kleinen Bächlein drüben am Hang aufprallte. Sie hörte sich selbst stöhnen. Dann sah sie über sich grüne Blättlein im Wind spielen und hörte, wie der Motor des Rollers abstarb.

Da überkam sie eine große Neugier: Wie ist es denn, wenn man stirbt? Nicht, dass sie sterben wollte. Etwas in ihr wehrte sich dagegen, und doch hatte der Gedanke daran keinen

Schrecken für sie. Ihre Gedanken kehrten wieder zu ihrer momentanen Lage zurück. Sie überlegte sich: Jetzt bleibe ich ein wenig liegen und warte, bis ich mich wieder auf die Beine stellen kann. Dann richte ich den Roller auf, starte ihn und fahre weiter. Die Diana erwartet mich doch.

Plötzlich hörte sie eine Männerstimme über sich sagen: »Die stirbt!«

Ein eisiger Schreck durchfuhr sie. »Nein, ich sterbe nicht, ganz gewiss nicht!«, stieß sie heftig hervor.

»Ja, ist ja gut«, versuchte eine andere Männerstimme zu beruhigen.

Als die Männer sie aufheben wollten, durchfuhr sie ein wilder Schmerz.

»Lasst mich liegen, bitte, lasst mich liegen!«, flehte sie.

Zum Glück ließen sie sogleich von ihr ab. Einer von ihnen lief weg, der andere stützte sie mit dem Fuß ab, damit sie nicht bergab rollte und ins Wasser fiel.

Eine gute Weile später kamen zwei Männer wieder und brachten eine Trage mit.

»Ach, grüß Gott, Herr Doktor. Gut, dass Sie kommen«, begrüßte ihr »Unterstützer« den neu Angekommenen.

Marie Luise konnte die Männer nicht deutlich sehen. Es war, wie wenn sie einen Schleier vor den Augen hätte. Zu dritt hoben die Männer sie auf die Trage und deckten sie mit einer Wolldecke zu. Dann trugen sie die Bahre den Hang hinauf und stellten sie oben in einem Hausgang ab.

Der Arzt fragte: »Wohin wollen Sie ins Krankenhaus? Nach Mergentheim ist es am nächsten.«

»Ja, muss ich denn ins Krankenhaus? Kann ich denn nicht nach Leuzendorf in mein Zimmer?«, fragte sie bestürzt.

»Wir wissen ja nicht, wie schwer Sie verletzt sind. Im Krankenhaus können Sie gründlich untersucht und richtig behandelt und gepflegt werden«, sagte der Arzt bestimmt.

Marie Luise überlegte. Frau Volkmar hatte im letzten Herbst in Crailsheim entbunden, und Crailsheim war auch nicht so weit vom Remstal entfernt. Sie teilte dem Arzt ihre Wahl mit, und der ging weg, um den Krankenwagen zu rufen. In Privathäusern war nur selten ein Telefon zu finden.

Marie Luise lag auf der Trage und schaute an die Decke des Hausgangs. Sie konnte nicht deutlich sehen, auch fühlten sich Hände und Füße taub an, als ob sie sie nicht bewegen könnte. Doch hatte sie keine Schmerzen. Hatten die Männer sie so gut gebettet, oder hatte ihr der Arzt ein starkes Schmerzmittel gegeben? Ihr Gehör jedoch funktionierte gut: Sie hörte in einem Raum, dessen Türe offenstand, einen Menschen lallen. Das erinnerte sie an die Kinder, die sie in der Heil- und Pflegeanstalt betreut hatte.

Plötzlich fühlte sie, dass noch jemand im Hausgang war. Es war der Arzt, der zurückgekehrt war.

Er berührte ihr Gesicht und sagte: »Nicht einschlafen! Der Krankenwagen kommt bald, und ich bleibe so lange bei Ihnen. Sagen Sie mir, kann ich jemanden benachrichtigen, dass Sie verunglückt sind?«

Marie Luise bat ihn, Volkmars anzurufen und zu fragen, ob sie ihr Waschzeug und ein Nachthemd bringen könnten. Die Telefonnummer wisse sie nicht.

»Die finde ich heraus, keine Sorge«, beruhigte der Arzt.

Einschlafen sollte sie nicht, aber wie sollte sie das machen? Sie war doch so müde.

Sie fragte deshalb den Arzt: »Was ist denn das für ein Kind, das da nebenan plappert?«

»Das ist kein Kind ...«

»Ja, ich weiß schon«, unterbrach ihn Marie Luise, »es ist ein geistig behinderter Mensch, aber diese Menschen bleiben lebenslang Kinder.«

»Das ist wohl wahr.«

Der Arzt zeigte sich erstaunt über die Wachheit und Urteilsfähigkeit der Verletzten, zugleich war er aber auch froh, dass offensichtlich das Gehirn nicht Schaden gelitten hatte. Abgesehen von einer heftig blutenden Wunde an der Stirn, die er versorgt hatte, deutete eine Einblutung im rechten Auge auf einen Schädelbruch hin.

Marie Luise fühlte, dass ihr Körper kalt wurde, aber sie sagte nichts. Der Arzt war hinausgegangen. Nun kam er wieder mit zwei Rettungshelfern, die eine Bahre trugen.

»Jetzt betten wir Sie um und fahren ins Kreiskrankenhaus nach Crailsheim. Sie sind dort schon angemeldet.«

Marie Luise schloss die Augen und wappnete sich gegen den Schmerz, der sie gleich überfallen würde. Tatsächlich, da war er! So sehr sie sich auch anstrengte, sie konnte ein lautes Stöhnen nicht unterdrücken.

»Gleich wird's besser!«, tröstete der Arzt.

Die Sanitäter schoben sie in den Krankenwagen.

»Ich wünsche Ihnen alles Gute«, verabschiedete sich der Arzt, der zurückblieb.

Die Tür wurde zugeschoben. Wohltuendes Dunkel umfing Marie Luise. Sie hörte draußen noch Stimmen, dann rollte der Krankenwagen an. Sie hatte gehofft, die Augen zumachen und ein wenig schlafen zu können, aber die Straße war so uneben, dass der gedämpfte Schmerz immer wieder neu aufflackerte. So suchte sie sich abzulenken, indem sie die Mollmelodie eines Abendlieds vor dich hinsummte: »Hinunter ist der Sonne Schein, die finst're Nacht bricht stark herein. Leucht' uns, Herr Christ, du wahres Licht, lass uns im Finstern tappen nicht.« Den zweiten Vers wollte sie sich nicht zumuten. »Dir sei Dank, dass du uns den Tag vor Schaden, G'fahr und mancher Plag' durch deinen Engel hast behüt' aus Gnad und väterlicher Güt'.« Das passte heute nicht, sie lag hier mit einem vermutlich schweren Schaden. Der letzte Vers aber kam ihr von Herzen: »Den Engel dein zur Wacht bestell', dass uns der böse Feind nicht fäll'. Vor Schrecken, Angst und Todesnot behüt' uns heut, o lieber Gott.«

Nach einer Weile hielt das Fahrzeug.

Ein Sanitäter öffnete die Tür und schaute herein: »Wie geht es Ihnen?«, fragte er und leuchtete ihr ins Gesicht.

»Gut so weit«, antwortete sie leise.

»Wir sind jetzt auf der Landstraße. Nun können wir schneller fahren, dann sind wir bald in Crailsheim.«

Die Türe schloss sich wieder, und die Fahrt ging weiter. Marie Luise wiederholte den dritten Vers des Abendliedes, die Bitte an Gott, sie zu behüten. Dann waren sie auch schon vor dem Krankenhaus in Crailsheim.

Im Krankenhaus

Marie Luise hatte noch nie im Krankenhaus gelegen. Sie kannte Krankenhäuser nur von kurzen Besuchen bei ihrer Großmutter, die mehrmals am Magen operiert werden musste, und bei ihrem Bäsle, die im Alter von zehn Jahren den Fuß gebrochen hatte. Für sie waren Krankenhäuser erfüllt von seltsamen chemischen Gerüchen. Lange dunkle Gänge führten an Türen vorbei, hinter denen Schmerz und Hoffnung sich die Waage hielten. Nie war ihr in den Sinn gekommen, dass diese Häuser auch Geborgenheit bieten und insofern heimelig werden konnten. Deshalb hatte sie sich nicht vorstellen können, selbst im Krankenhaus zu liegen. Nun war sie da und in den Tageslauf des Crailsheimer Krankenhauses eingebunden.

Als die Rettungshelfer die Trage mit der Verletzten hereinbrachten, waren die Schwestern dabei, der Nachtschwester den Dienst zu übergeben. Das war eine verantwortungsvolle und notwendige Aufgabe. Es gab nur eine einzige Nachtschwester für alle drei Abteilungen, und diese musste informiert sein über jeden einzelnen Patienten. So war es ein junger Arzt, der sie in Empfang nahm. Er ließ sich von den Sanitätern Bericht erstatten. Dann führte er sie in ein Zimmer, in dem nur gedämpftes Licht herrschte, was Marie Luise sehr angenehm war. Der Arzt half den Männern beim Umbetten. Dann verabschiedete er sie.

Marie Luise lag nun auf einem ziemlich harten Bett, den Kopf auf einem knisternden Nackenkissen, das auch recht fest war.

»Gleich kommt eine Schwester und zieht Sie aus. Ich komme nochmals und gebe Ihnen etwas zum Schlafen und gegen Ihre Schmerzen.« Damit ging er.

Kurz darauf trat eine Schwester ins Zimmer. Sie zog mühsam der Liegenden den verbluteten Pullover über den Kopf. Die Unterwäsche war leichter auszuziehen, weil sie nicht so eng war. Zum Schluss zog sie der Patientin ein krankenhauseigenes »Blümleshemd« an. Marie Luise kam sich vor wie ein hilfloses Kleinkind, das alles über sich ergehen lassen musste.

»Waschen wollen wir dann morgen früh. Heute brauchen Sie Ruhe.«

Dann zog die Schwester eine leichte Decke über Marie Luise. Kaum war die Schwester fertig, da klopfte es an der Türe. Es waren Herr und Frau Volkmar. Sie brachten ihr neben ihrem Nachthemd und Waschzeug viele Grüße von Fräulein Mina. Marie Luise war froh, bekannte Gesichter zu sehen und bekannte Stimmen zu hören, aber gleichzeitig schämte sie sich, so hilflos und mit getrocknetem Blut in den Haaren vor ihrem Schulleiter und seiner Frau zu liegen. Sie erinnerte sich, dass auf dem Tisch in ihrem Zimmer die Obsttorte stand, und bat Frau Volkmar, sie an sich zu nehmen und sie morgen zum Sonntagskaffee zu verteilen.

Herr und Frau Volkmar gingen bald wieder. Der Arzt kam zurück und gab Marie Luise eine Spritze. Dann sprach er noch ein paar Worte mit der Frau, die Marie Luise nicht sehen konnte, wünschte den beiden eine gute Nacht und verließ das Zimmer.

Grelles Licht fiel ihr ins Gesicht und weckte sie.

Gleichzeitig ertönte eine frische Stimme: »Guten Morgen, meine Damen! Aufwachen, es ist fünf Uhr.«

Eine untersetzte Schwester trat an ihr Bett. Sie trug ein hellblaues Kleid und eine weiße Schürze. Auf dem Kopf hatte sie das Häubchen der Diakonissen. Sie streckte Marie Luise die Hand entgegen und sagte: »Ich bin Schwester Ursula.«

Da war er wieder, der wüste Schmerz. Sie wusste nicht einmal, wo er seinen Sitz hatte. Er pochte im Kopf, im Genick, in den Armen und Beinen. Nein, in Armen und Beinen pochte er nicht, da war nur lähmende Gefühllosigkeit. Deshalb konnte sie die Hand der Schwester Ursula nicht ergreifen.

Sie lächelte hilflos und sagte mit rauer Stimme: »Guten Morgen!«

Schwester Ursula steckte ihr ein Fieberthermometer unter die Achsel, fühlte ihren Puls und trug die Ergebnisse in ihre Liste ein. Dann wandte sie sich an die andere Frau im Zimmer. Offenbar ging dort dieselbe Prozedur vor sich, doch sehen konnte Marie Luise das nicht. Die Schwester ging aus dem Zimmer und kehrte nach einer geraumen Weile mit einer zweiten Person wieder.

»Das ist Schwester Sophie«, stellte Schwester Ursula vor. »Wir werden Sie jetzt einmal ein bisschen schön machen.«

Schwester Sophie brachte eine große Schüssel mit warmem Wasser, Seife, Waschlappen und Handtücher. Schwester Ursula zog Marie Luise vorsichtig das Flügelhemd aus und wusch sie mit sanften Händen. Das lauwarme Wasser tat der

Patientin gut. Nachdem sie abgetrocknet war, fühlte sie sich erfrischt.

»Jetzt kommen die Haare dran«, sagte Schwester Ursula.

Sie hob vorsichtig Marie Luises Kopf hoch, und Schwester Sophie breitete ein Tuch auf das Kissen. Schwester Ursula ergriff eine Bürste und führte sie vorsichtig über Marie Luises Haar. Es war verfilzt und verklebt mit getrocknetem Blut. Trotz aller Behutsamkeit von Seiten der Schwester hatte Marie Luise heftige Schmerzen im Kopf und im Genick. Obwohl sie das Stöhnen unterdrückte, erkannte die Schwester an dem stoßweisen Atem und am Gesichtsausdruck, dass sie mit dieser Arbeit jetzt nicht weitermachen durfte.

»Lassen wie es für heute. Morgen ist auch noch ein Tag.«

Eine der beiden Schwestern öffnete die Balkontüre.

»Solange es noch kühl ist. Es wird heute wieder ein heißer Tag, der Himmel ist ganz wolkenfrei.«

Damit gingen die Schwestern zum nächsten Zimmer.

Marie Luise döste wieder ein. Wenn sie ganz ruhig lag, waren die Schmerzen erträglich.

Diagnose

Von einer Bewegung auf dem Gang wachte Marie Luise wieder auf. Sie wusste nicht, wie viel Zeit inzwischen vergangen war. Sie hörte Räder rollen und Geschirr klappern. Schwester Sophie brachte das Frühstück an das Nachbarbett. Es duftete nach Kaffee. Die Nachbarin setzte sich auf den Bettrand und ließ die Füße herabhängen. Jetzt sah Marie Luise zum ersten Mal, dass es sich um eine junge, zierliche Frau handelte. Die blonden Haare trug sie in zwei Zöpfen, die ihr zu beiden Seiten über die Schultern fielen.

»So, Frau Reu, lassen Sie sich Ihr Frühstück schmecken«, sagte Schwester Sophie und schloss die Balkontüre. »Sie müssen noch ein bissle warten, Fräulein Seitz. Ihr Frühstück bringt Schwester Ursula«, wandte sie sich an Marie Luise.

Bald darauf kam Schwester Ursula mit einem Schüsselchen und einem Löffel.

»So, Fräulein Seitz, Sie kriegen nur Haferschleim. Sie haben offenbar einen Schädelbruch, da könnte es sein, dass Sie sich erbrechen müssen.«

Damit setzte sie sich auf den Bettrand und fing an, die Patientin zu füttern. Marie Luise bemühte sich, den dünnflüssigen Haferschleim zu schlucken, aber es war, als ob ein dicker Kloß in ihrem Hals stecke, der nichts hinunterlassen wollte.

»Probieren wir's mal mit süßem Tee«, sagte Schwester Ursula nach einer Weile und ging hinaus, um den Tee zu holen.

Ja, der Tee fand wohl eine Lücke an dem dicken Kloß vorbei, aber entfernen, hinunterspülen konnte er ihn nicht.

»Könnte es sein, dass Sie geschwollene Mandeln haben?«, vermutete die Schwester und leuchtete Marie Luise in den Hals. »O ja, die Mandeln sind ganz rot und dick! Ich bringe Ihnen gleich etwas zum Lutschen.«

Marie Luise dachte nach, wo sie sich die Halsentzündung geholt haben könnte bei dem heißen Wetter. Da fiel ihr ein, dass sie in dem Hausgang, wo sie auf den Krankenwagen wartete, gefroren hatte.

Schwester Ursula kam gleich wieder und gab Marie Luise etwas in den Mund. Was es war, sagte sie nicht, aber es war süß und linderte das Brennen im Hals.

Die Uhr über der Tür zeigte halb zehn Uhr an, als draußen auf dem Gang mehrere Schritte erklangen. Es klopfte kurz an der Türe, dann kam als Erstes ein älterer Herr ins Zimmer. Er trug einen weißen Arztkittel und einen Stapel weißer Blätter in den Händen. Hinter ihm kamen zwei Schwestern, eine ältere, etwas kleinere und eine größere, jüngere. Beide trugen dunkle Kleider und darüber eine weiße Schürze. Die weißen Schwesternhäubchen zeigten die Diakonissen an. Schwester Ursula trug einen Notizblock und einen Bleistift.

Er wandte sich zu Marie Luise. »Sie sind vom Roller gestürzt? Ja, haben Sie denn im Turnunterricht nicht gelernt, wie man eine Rolle hinkriegt?« Dabei zwinkerte er ihr verschmitzt zu.

»Nein, eine Rolle vom Roller haben wir nicht gelernt«, konterte Marie Luise.»Was fehlt mir denn?«, wollte sie wissen.

»Morgen, am Montag, werden wir Sie gründlich untersuchen. Haben Sie Schmerzen?«

Als Marie Luise bejahte, griff der Arzt mit sicherer Hand nach dem Hirsekissen in ihrem Nacken und rückte es nur ein klein wenig zurecht. Schon ließ der Schmerz im Nacken ein wenig nach.

Der Arzt wandte sich nun an Schwester Ursula und flüsterte ihr etwas zu. Sie notierte sich die Anweisungen des Arztes. Damit war die Visite für dieses Zimmer vorüber, der Arzt verabschiedete sich und ging mit seinem Gefolge hinaus.

»Das war Doktor Lang, der leitende Arzt. Die beiden Schwestern in Schwarz waren Schwester Maria, unsere Oberschwester, und Schwester Marie. Sie war die Vorgängerin von Schwester Maria. Jetzt ist sie alt, aber sie will noch zu etwas nutz sein. Darum bleibt sie hier und macht schriftliche Arbeiten. Darin kennt sie sich ja aus.«

Frau Reu erzählte in ruhigem Ton, aber Marie Luises armer Kopf konnte das Weitere nicht fassen. Unter dem Einfluss der Medikamente schlummerte sie ein.

Am Montag früh kamen die Schwestern, holten Marie Luise ab und brachten sie in ein dunkles Zimmer. Doktor Lang und sein Assistenzarzt erwarteten sie dort. Mit Hilfe des Krankenpflegers legten sie die Verletzte auf ein erhöhtes Liegebett.

Die Ärzte machten mehrere Röntgenaufnahmen. Dann wurde sie ins Zimmer zurückgebracht. Anscheinend hatten die Röntgenaufnahmen keinen Aufschluss über die Verletzungen gebracht, denn am Nachmittag wurde sie wieder ins Röntgenzimmer geholt. Diesmal war nur der Assistenzarzt da. Wie Marie Luise später erfuhr, hatte Doktor Lang an den Nachmittagen Sprechstunde zur Nachbehandlung seiner Krankenhauspatienten. Diese fanden außerhalb des Krankenhauses statt. Der Assistenzarzt forderte Marie Luise auf, zum Röntgenapparat zu gehen. Gehorsam setzte sie die Füße auf den Boden und erhob sich mühsam. Da erfasste sie ein heftiger Schwindel. Ehe sie stürzte, packte der Arzt ihre Schultern und stützte sie. Gemeinsam legten sie schrittchenweise den Weg zum Röntgenapparat zurück. Wieder wurden Aufnahmen gemacht, es waren nicht die letzten.

Am nächsten Tag eröffnete ihr Doktor Lang bei der Morgenvisite: »Sie haben Millimeterarbeit geleistet! Der zweite Halswirbel, der Dreher, ist gebrochen. Zum Glück ist er nicht ganz abgebrochen, sondern nur abgeknickt. Er berührt das Rückenmark. Darum haben Sie die Lähmungen in den Gliedern und die Schluckbeschwerden. Wenn Sie ganz brav liegenbleiben, wird alles wieder gut.«

Aber das »brav Liegenbleiben« war gar nicht so einfach. Wie gerne hätte sie sich auf die Seite gelegt, wie es ihre Gewohnheit war beim Schlafen. Zum Glück verhinderten das Hirsekissen in ihrem Nacken und eng an ihre Seiten gelegte weiche Stützen, dass sie diesem Bedürfnis nachgab.

»Kommt es auch von der Halswirbelsäule, dass mein rechtes Auge nur Löcher in der Landschaft sieht?«, fragte sie den Arzt.

»Eigentlich nicht. Aber fragen wir die Augenärztin.«

Er gab Schwester Ursula einen Wink, und die notierte sich etwas auf ihren Block.

Am Nachmittag kam die Augenärztin, die ihre Praxis in der Stadt hatte, mit ihren optischen Geräten.

Nach der eingehenden Untersuchung stellte sie fest: »Sie müssen auch einen Schädelbruch erlitten haben. Ihre Netzhaut ist durch eine Einblutung abgeblasst. Das heißt, durch die Blutgerinnsel wurde der Sehnerv teilweise nicht richtig versorgt, und diese Teile sind abgestorben. Es kann durchaus sein, dass sich mit der Auflösung der Blutgerinnsel die Nerven wieder etwas erholen, aber ganze Bilder werden Sie vermutlich nicht mehr sehen können mit dem rechten Auge.«

Das waren klare Worte.

Später fragte sie Doktor Lang: »Wenn ich einen Schädelbruch hatte, müsste ich doch bewusstlos gewesen sein? Ich war aber nicht bewusstlos, ich kann mich genau an das Absterben des Motors und an die Laubblättlein über mir erinnern.«

»Solch eine Bewusstlosigkeit dauert oft nur kurze Augenblicke. Aber es heißt nicht umsonst ›Bewusstlosigkeit‹. Während der Zeit ist alles ausgelöscht. Wenn sie aufhört, geht das Leben weiter, wo es vorher unterbrochen wurde.«

Später erinnerte sich Marie Luise an diese Feststellung des Arztes. Sie hatte einen Schüler mit epileptischen Schwindeln. Wenn der Willi am Lesen war, verstummte er urplötzlich und starrte vor sich hin. Dieser Zustand dauerte eine ganze Weile. Um die Klasse nicht so sehr darauf aufmerksam werden zu lassen, forderte sie ein anderes Kind zum Lesen auf. Plötzlich las der Willi laut da weiter, wo er steckengeblieben war. Wieder hatte Marie Luise etwas gelernt, was auch in ihrer eigenen Geschichte schon verankert war.

Im Übrigen tröstete sich Marie Luise damit, dass das linke Auge unversehrt und sehtüchtig war.

Außer Gefecht

Jetzt ging es in erster Linie darum, dass Marie Luise brav liegenblieb. Das würde eine Menge Geduld brauchen. Doch sie hatte viele Helfer, die sie dabei unterstützten.

Da waren die Schwestern, der Arzt Doktor Lang, den die Schwestern unter sich und den Patienten gegenüber den »Vatter« nannten. Er war wirklich ein väterlicher Mann. Im Krieg war er Stabsarzt gewesen und hatte im Crailsheimer Krankenhaus Soldaten betreut. Daher kannte er sich mit Verletzungen aller Art aus.

Nach einiger Zeit brachte er seine Tochter als Praktikantin mit. Fräulein Lang war in Marie Luises Alter. Sie hatte ihr Physikum bestanden und machte in den Semesterferien ein Praktikum bei ihrem Vater. Obwohl sie noch Studentin war, nannten die Patienten sie »Fräulein Doktor«. Bald stellte sich zwischen den beiden jungen Damen ein vertrautes Verhältnis ein.

Der »Vatter« war auch derjenige, der Marie Luises Schmerzen linderte mit den Spritzen, die sie eine Woche lang täglich erhielt. Was für ein wohliges Gefühl umfing sie, wenn die Spritze zu wirken begann, so warm, so befreiend! Bald erkannte sie, dass sie förmlich danach gierte.

Ab Montag aber bekam sie keine Spritze mehr.

»Warum kriege ich denn keine Spritze mehr?«, fragte sie Schwester Ursula.

»Das ist Morphium, davon könnten Sie süchtig werden«, klärte die Schwester sie auf. »Wir wollen alle nicht, dass Sie abhängig werden von Drogen. Doch wir setzen Sie nicht Ihren Schmerzen aus. Sie kriegen künftig ein anderes Mittel dagegen.«

Dieses Mittel bestand in sehr bitteren Tabletten, die umso schlechter einzunehmen waren, weil sie aufgelöst werden mussten. Aber sonst hätte das Medikament seinen Weg nicht in Marie Luises Magen gefunden.

Besuchsstunden waren täglich von zwei bis vier Uhr nachmittags. Eines Tages klopfte es an der Tür. Marie Luise vermutete, dass der Besuch Frau Reu galt. Wer sollte denn sie besuchen kommen? Aber ein leichter Schritt näherte sich ihrem Bett, und als sie die Augen aufmachte, sah sie, dass es Frau Oechsle war. Sie brachte ein paar duftende Röslein aus ihrem Garten und dazu gleich eine Vase mit.

Marie Luise freute sich sehr. »Woher wissen Sie denn, dass ich hier im Kreiskrankenhaus liege?«, fragte sie.

»Volkmars haben uns angerufen und uns mitgeteilt, dass du einen Unfall hattest. Wissen denn deine Angehörigen schon davon?«

»Nein. Sie haben ja kein Telefon, und schreiben kann ich nicht. Meine Hände und Arme sind ja ganz taub.« Sie erzählte Frau Oechsle, was die Diagnose der Ärzte war.

»Mach dir keine Sorgen. Ich werde ihnen noch heute Abend schreiben. Kann ich sonst noch etwas für dich tun?«

»Ja, ich habe nur ein Nachthemd, und bei der Wärme ist das schnell verschwitzt. Könnten Sie mir eines aus Ihrem Geschäft mitbringen?«

»Nachthemden führen wir nicht. Aber ich kann dir eines nähen lassen, Stoffe haben wir. Ich schlage vor, wir nehmen eine weiche, kühle Bembergseide. Es wird ein paar Tage dauern. Wenn es fertig ist, bringe ich es dir. Und nun lebe wohl. Ich wünsche dir eine gute Nacht und gute Besserung.«

Leise, wie sie gekommen war, ging Frau Oechsle wieder aus dem Zimmer. Noch lange fühlte Marie Luise der angenehmen Stimme nach und nahm den Duft der Röslein auf dem Tisch in sich auf.

Die Halsentzündung war bald ausgeheilt, aber der Kloß saß immer noch im Hals und wollte nur Dünnflüssiges hinunterlassen. Marie Luise stellte sich vor, dass der abgeknickte Zapfen des zweiten Halswirbels auch die Speiseröhre berühre und verenge. Aber der »Vatter« belehrte sie, dass das nicht sein könne. Es sei eine Schlucklähmung, die mit ihrer Speiseröhre nichts zu tun habe. Sie werde mit der Zeit nachlassen. Bis dahin bekomme die Patientin alle Speisen durchpassiert.

In den Händen kehrte das Gefühl bald wieder, aber durchpassierte Speisen musste sie noch wochenlang bekommen, auch als sie schon wieder selbst essen konnte.

Eines Tages hatte Schwester Ursula frei. Die Schwesternhelferin, Schwester Sophie, vertrat sie. Sie brachte das Mittagessen und stellte es auf den Seitentisch. Marie Luise schaute das Essen an. Es war Blumenkohl in Buttersoße und unzerteilte, aber geschälte Schalkartoffeln. Die Speise auf dem Teller sah schön und appetitlich aus, aber Marie Luise wusste, dass ihr zumindest die Kartoffeln im Hals stecken bleiben würden.

Als Schwester Sophie kam, um das Geschirr abzuräumen, war der Teller unberührt.

»Warum essen Sie nicht? Sind sie so schleckig?«, sagte sie vorwurfsvoll.

Marie Luise kamen die Tränen. »Ich kann das nicht schlucken! Ich bringe das einfach nicht hinunter«, schluchzte sie.

»Ich hole die Oberschwester.« Damit lief Schwester Sophie hinaus.

Gleich darauf kam sie mit Schwester Maria wieder. »Jetzt, was ist los?«, fragte sie freundlich.

»Ich kann das Essen nicht schlucken. Die Kartoffeln sind zu trocken.« Erneut flossen die Tränen.

»Ich bringe Ihnen etwas anderes. Sie kriegen Ihr Essen!«, tröstete Schwester Maria.

Sie wies Schwester Sophie an, den Teller mitzunehmen.

Bald kam Schwester Maria wieder mit dickflüssigem Kartoffelbrei, vermischt mit winzigen Fleischstückchen und Gemüse.

»Essen können Sie selber?«, fragte sie und gab Marie Luise ein Dessertlöffelchen.

»Oh ja! Danke, Schwester Maria.«

Marie Luise war glücklich, dass die Oberschwester sie verstand. Dabei hätte Schwester Sophie nur in die Krankenakte sehen müssen, dann hätte sie Bescheid gewusst. Doch Marie Luise wollte ihr keine Vorwürfe machen. Die machte ihr vermutlich die Oberschwester. Fortan hatte Marie Luise das Gefühl, dass Schwester Sophie etwas gegen sie hatte.

Krankenbesuche

Nachdem sie etwa eine Woche im Krankenhaus gelegen hatte, kam Doktor Lang mit dem Pfleger, Herrn Bäuerle, ins Zimmer. Herr Bäuerle trug ein seltsames Gestell, das die beiden Herren am Kopfende von Marie Luises Bett festschraubten.

»Was ist denn das?«, wollte Marie Luise wissen.

»Das ist ein Galgen, daran wollen wir Sie aufhängen«, scherzte der »Vatter« mit verschmitztem Grinsen im Gesicht.

Er legte der Patientin einen weich gefütterten Ledergurt unter den Unterkiefer. Ein zweiter breiter Streifen unter dem Hinterkopf wurde damit verbunden. Diese beiden Gurte wurden angeschlossen an zwei weitere Gurte, die ihren Halt am »Galgen« über Marie Luises Kopf hatten. Während sie die Vorrichtung aufbauten, fragten sie immer wieder, ob auch nichts drücke.

»Dann binden wir Ihnen noch Gewichte an die Füße, die ziehen Sie in die Länge. Geben Sie Acht, wenn wir mit der ganzen Streckerei fertig sind, dann brauchen Sie ein längeres Bett.«

»Zumindest eine längere Decke«, vollendete Herr Bäuerle.

»Das soll unsere kleinste Sorge sein«, meinte der »Vatter«.

Marie Luise lachte. So war er, der »Vatter«. Immer wieder brachte er seine Patienten zum Lachen – oder zum Widerspruch. Damit gab er ihnen bei allen Schmerzen und aller Ungewissheit ein wenig Lebensmut. Fortan wurde zweimal am Tag jeweils für eine halbe Stunde gestreckt. Der Galgen blieb angeschraubt, aber die Gurte wurden in der »freien Zeit« entfernt. Jedes Mal legte der Arzt selbst Hand an, wenn wieder gestreckt wurde.

Eine große Freude bedeutete es für Marie Luise, wenn Herr Volkmar in den Abendstunden kam. Eigentlich war dann keine Besuchszeit, aber die Schwestern kannten ihn und ließen ihn herein. Er brachte frische Wäsche und nahm die getragenen Nachthemden mit zum Waschen.

»Wer wird sie denn in Leuzendorf waschen?«, wollte Marie Luise wissen.

»Ich bringe sie der Fräulein Mina«, meinte er leichthin.

Erst später überlegte Marie Luise, dass Fräulein Mina ja gar nicht so oft waschen musste, während Frau Volkmar für ihre Familie, besonders für den kleinen Jochen, der jetzt neun Monate alt war, täglich wusch.

Bei seinen Besuchen brachte Herr Volkmar die Grüße von Fräulein Mina und der Frau Schultheiß, der Gemeindeschwester Susanne, der Nachbarn und Bekannten mit. Er erzählte ihr von der Entwicklung des kleinen Jochen und den neuen Errungenschaften von Walter, seinem Erstgeborenen.

»Er freut sich schon auf die Schule in zwei Jahren – aber bloß bei Fräulein Seitz.«

Diese ließ dem Kind ausrichten, dass sie alles tun werde, damit sie bei seinem Schuleintritt wieder da sei.

Von Zeit zu Zeit kamen auch andere Leuzendorfer, wenn sie gerade in der Kreisstadt zu tun hatten. Sie brachten Beeren mit. Ein Nachbar, der Herr Beck, brachte ihr ein Glas Honig aus eigener Imkerei.

»Doa memmad Se manchmoal a Leffala voll. Des duat Eahna guat, des kenna Sia aa schlucka.« (Da nehmen Sie manchmal ein Löffelchen voll, das tut Ihnen gut, das können Sie schlucken.)

Offenbar hatte sich herumgesprochen, dass sie Schluckbeschwerden hatte. So durfte sie spüren, dass sie in Leuzendorf daheim war.

Gegen Ende der Ferien kam auch ihre Freundin und Kollegin Gertrud ziemlich regelmäßig. Sie brachte ihr Bücher mit, die Marie Luise nicht nur zum Zeitvertreib, sondern mit großem Interesse las. Durch Gertrud erfuhr sie auch von den anderen Kolleginnen, die mit ihnen im Internat in Markgröningen und Esslingen gewesen waren. Von Gertrud ließ sie sich Briefpapier und Schreibzeug bringen. Seit sie ihre Hände wieder besser bewegen konnte, hatte sie das Bedürfnis, zu schreiben, ihre Gedanken niederzulegen, sowohl für sich selbst, als auch für ihre Angehörigen, Freunde und Bekannten. Eine Auseinandersetzung mit ihrem Geschick war ihr Gedicht »Das Leid«.

Das Leid

Du hohe Gestalt im dunklen Gewand, was stehst du vor meiner Tür?
Noch hast du dein Antlitz von mir gewandt, doch hebst du schon leise, mählich die Hand,
trittst langsam, doch sicher herfür.
Nun wendest du langsam dein blasses Gesicht. Ich seh' deiner Augen Glanz.

Sie strahlen so seltsam hartes Licht. Die Lippen, sie kennen das Lachen nicht,
die Füße nicht Spiel und Tanz.
Nun kenne ich dich, du bist ja das Leid! O gehe, gehe von hier!
Wie bist du so groß, wie ist doch so weit, so schwer und so tief dein aschfarbenes Kleid.
Ich bin nur gesandt zu dir. Der Vater des Lebens von Ewigkeit gebot mir, zu suchen sein Kind,
das fern von ihm treibet im Strome der Zeit, dem Elende zu, der Verlorenheit,
dass es zu ihm wieder find'.

So sei mir gegrüßt, gesegnetes Leid! Komm, stehe nicht vor der Tür.
Tritt zu mir herein im düsteren Kleid, du Bote der ew'gen Barmherzigkeit,
da Gott mich segnet in dir.

So setzte sich die Kranke auseinander mit dem, was ihr am 31. Juli passiert war, woran sie litt und noch lange, vielleicht lebenslang, leiden würde. Darüber wurde sie still. Die Nächte waren es, in denen vorwiegend die dunklen Fragen auftraten und sie nicht zur Ruhe kommen ließen.

Geduldsprobe

Marie Luise hatte im Lauf der Zeit immer wieder andere Zimmergenossinnen. Die einen lagen ruhig. Ihr Atem klang gleichmäßig und wirkte beruhigend. Andere knirschten mit den Zähnen, träumten laut oder, schlimmer noch, »sägten ganze Wälder ab«, das heißt, sie schnarchten. Marie Luise meinte zwar, dass sie nicht schnarche, aber wer konnte das mit Sicherheit von sich behaupten? Es waren aber nicht nur Störungen von außen, die sie wachliegen ließen. Was konnte sie denn tun, um in den Schlaf zu finden?

Ein neues Gedicht fiel ihr ein:

Ich ruf den Schlaf

Komm, kleines, friedliches Lied, das in der Tiefe der Nacht,
wenn der Fiebernde nur und der Sinnende wacht, schlafbringend den Leib mir durchzieht.
Sing mir in trauten Stimmen, vom Bächlein wohlbekannt.
Das murmelt leis und rieselt durchs ferne Kinderland.
Erfüll mit seinem Rauschen das gedankenzerwühlte Hirn.
Die Ohren lasse lauschen, dass glättet sich die Stirn.

Die Hände lasse baden in seinem reinen Quell,
lass gehen auf festem Pfade die Füße ohne Fehl.
Und was in Untergründen das Herz zernagt und quält,
das lasse Ruhe finden, vergessen, was da fehlt.

Komm, kleines, friedliches Lied, klinge, verklinge so sacht.
Stille du Leib und Gemüt, bringe die Ruhe der Nacht.

Nicht nur der Rhythmus und die Gedanken des eigenen Gedichtes, sondern auch die Gesangbuchlieder, die einst die Mutter mit ihr und ihren Geschwistern gesungen und gebetet hatte, lenkten die Gedanken ab von Schmerzen und Unbehagen und führten manchmal zu tiefem, ruhigem Schlaf. Wie dankbar war sie, dass sie diesen Schatz angesammelt hatte und darüber verfügen konnte. Sie nahm sich vor, ihren Schülern so viel wie möglich davon zu vermitteln.

Ein weiterer Trost war die Nachtschwester, Schwester Anna. In den ersten Nächten hatte sie von ihrer Existenz gar nichts mitbekommen, denn sie war ja durch die Morphiumspritzen wie betäubt gewesen. Aber dann bemerkte sie, dass immer wieder die Tür aufging und die Nachtschwester den Kopf hereinstreckte. Wenn sie den Eindruck hatte, dass die Patientinnen schliefen, schloss sie leise die Türe wieder.

»Wenn Sie in der Nacht etwas brauchen, klingeln Sie ruhig nach Schwester Anna. Sie ist die ganze Nacht da. Sie brauchen sich also nicht zu genieren, sie in Anspruch zu nehmen«, sagte Schwester Ursula eines Abends, ehe sie Gute Nacht wünschte.

In der Folgezeit war es manchmal notwendig, die Nachtschwester zu rufen. Die brachte Marie Luise dann ein »Säftle«, ein süßliches Getränk zur Beruhigung. Manchmal nahm sie sich auch noch ein wenig Zeit, mit der Patientin zu plaudern, bis diese einschlief. Marie Luise erfuhr, dass Schwester Anna eine Bauerntochter war aus dem »Wald« hinter Ellwangen. Sie war die jüngste von mehreren Geschwistern und hatte ihre Ausbildung zur Krankenschwester im Diakonissenhaus in Schwäbisch Hall absolviert, aber sie war nicht Diakonisse geworden. Jetzt, in Crailsheim, arbeitete sie ausschließlich als Nachtwache.

»Da redet mir keiner drein, da bin ich allein verantwortlich für das Krankenhaus.«

Sie hatte ihr Zimmer im Schwesternheim neben dem Krankenhaus, dort schlief sie einen Teil des Tages. Bei schönem Wetter schlief sie auch im Park auf einem Liegestuhl. Sie war deshalb schön gebräunt. Dies alles erfuhr Marie Luise so nach und nach zwischen Wachsein und Schlaf. Oft wurde dieses vertrauliche Beisammensein abgebrochen durch einen Notruf aus einem anderen Krankenzimmer. Dann lief Schwester Anna flink hinaus, nachdem sie Marie Luise noch einen guten Schlaf gewünscht hatte.

Eines Tages im September kam Marie Luises Vater zu Besuch. Für ihn, den sehr sesshaften Wengerter aus dem Remstal, war die Reise nach Crailsheim fast einer Weltreise gleichgekommen. Außerdem war in jenen alten Tagen ein »Vollerwerbswengerter« den Sommer über eigentlich unabkömmlich. Nur vor der Weinlese, dem »Herbsten«, konnte er einen Tag freinehmen zu einem notwendigen Krankenbesuch. Marie Luise war erstaunt, als sie ihn in der Türe stehen sah. Er brachte ihr einen seiner streng gehüteten blauen Portugiesertrauben mit. Es war eine besondere Ehre, wenn man vor der Lese einen Trauben geschenkt bekam – im Schwäbischen ist die Traube männlich, also »der Trauben«. Nach den Grüßen von den Verwandten und Nachbarn daheim und den Fragen nach dem Ergehen wurden noch die Neuigkeiten ausgetauscht. Dann war es auch schon wieder Zeit für den Vater, auf den Bahnhof zu gehen, um den vorgesehenen Zug ins Remstal zu erreichen. Vorsichtig, wie er war, hatte er sich vor dem Verlassen des Bahnhofs erkundigt, wann der günstigste Zug abfahren sollte, und den musste er nehmen. Marie Luise trug ihm ganz liebe Grüße auf an alle, die nach ihr fragen sollten, dann verabschiedete sich der Vater.

Als am Abend Dr. Lang noch einmal eine Runde machte bei den Patienten, die ihm besonders am Herzen lagen, fragte er Marie Luise nach ihrem Tag.

»Aber warum hat denn Ihr Vater nicht mit mir gesprochen? Es wäre mir schon wichtig gewesen.«

Marie Luise sah ihn fragend an.

»Ja, ich weiß, ich war nicht im Haus, aber die Schwestern wissen doch, wo ich Sprechstunde habe.«

Nur dass eben keine Schwester um den Weg gewesen war. Marie Luise brauchte dem Arzt nicht zu erklären, dass es nicht Desinteresse des Vaters war, sondern die Weltunerfahrenheit des Landmannes, die ihn nicht zum Arzt der Tochter geführt hatte.

Die »Streckungen«, zweimal täglich mit ständig vermehrten Gewichten an den Füßen, hatten langsam Erfolg: Die Lähmungen in Händen und Füßen sowie die Schlucklähmung nahmen ab. Marie Luise konnte aufstehen. Da zeigte es sich, dass ihre Beinmuskeln sehr dünn geworden waren vom Stillliegen.

Als sie zum ersten Mal aufstehen durfte, war Schwester Ursula bei ihr.

»Setzen Sie sich erst auf die Bettkante und lassen Sie die Füße baumeln«, ordnete sie an.

Nach einer ganzen Weile kam sie wieder und ergriff die Oberarme der Patientin.

»So, jetzt stellen Sie sich langsam auf die Füße. Keine Angst, ich halte Sie fest.«

Fast wäre Marie Luise aufs Bett zurückgesunken, denn ein heftiger Schwindel hatte sie erfasst. Aber nun stand sie auf den Füßen und ging mit Unterstützung der Schwester ein paar Schritte. Bald setzte Schwester Ursula sie wieder aufs Bett.

»Wir dürfen nicht übertreiben. Ruhen Sie sich ein wenig aus. Wenn ich wieder Zeit habe, gehen wir einmal ums Bett.«

So kam Marie Luise wieder auf die Beine, mit viel Übung, immer ein kleines Schrittchen voran. Und immer wieder wurden Röntgenaufnahmen gemacht. Es war gar nicht so einfach, die Schädelbasis und das Ende der Halswirbelsäule auf das Bild zu bekommen. Sie musste dazu stillliegen und dabei den Unterkiefer ganz schnell auf- und abbewegen. Auch dazu bedurfte es vieler Übung, aber zuletzt war sie darin perfekt.

Besserung

Anfang Oktober teilte ihr Doktor Lang mit, dass der zweite Halswirbel, der abgeknickte Kopf, nun »knorpelig« angewachsen sei, wenn auch noch nicht »knöchern«. Danach durfte sie auch draußen im Park spazierengehen. Dazu brachte ihr Herr Volkmar ihre wärmeren Kleider von Leuzendorf mit. Es war zwar noch nicht kalt, aber der Oktober war viel frischer als der heiße August. Sie genoss die milden Herbsttage, die Herbstsonne auf den Bänklein, wo auch andere Patienten saßen, mit denen sie sich unterhalten konnte.

Dann kam eine Zeit, wo sie, die Patientin, dem Arzt nützlich sein konnte. Eines Tages kam er ins Zimmer und sagte: »Na, Schulmeisterle, Sie können doch Englisch? Ich habe da eine Patientin im ersten Stock, die kommt von den amerikanischen Baracken und spricht kein Deutsch. Wollen Sie für uns übersetzen? Sie haben doch keine Vorurteile gegen Farbige!«

Das »Schulmeisterle« hatte keine Vorurteile. Hatte sie doch vor zwei Jahren sehr schöne Sommerferien auf der Diepoldsburg auf der Schwäbischen Alb bei Ochsenwang zusammen mit Joana und Samuel Odam Adjei aus Ghana verbracht. Daher war sie sich ihrer Fähigkeiten zum Übersetzen wohl bewusst. Außerdem war sie froh und zugleich stolz, dass sie helfen konnte. Sie ging also hinauf ins Zimmer, wo die dunkelhäutige, schöne Frau allein lag. Doktor Lang stellte sie vor und ließ die beiden dann allein.

Mrs. Williams erzählte Marie Luise, dass sie mit einem Colonel verheiratet sei, zwei Kinder habe und draußen vor Rossfeld in den »Barracks« wohne. Die Kinder seien bei ihren Großeltern in Amerika geblieben, und sie habe so sehr Heimweh nach ihnen. Nun wolle sie unbedingt ein weiteres

Kind, das bei ihr wäre. Ihr Mann habe so viel Dienst, und mit den anderen Soldatenfrauen komme sie nur schwer in Kontakt.

Bis dahin hatte Marie Luise aufmerksam zugehört und auch alles ohne Mühe verstanden. Aber jetzt wurde es schwierig. Mrs. Williams erzählte, weshalb sie hier sei, und da kamen so viele medizinische Fachbegriffe ins Spiel, die Marie Luise nicht kannte. Dafür hatte Mrs. Williams Verständnis und erklärte in einfachsten Worten und mit vielen Gesten, dass ihre Eileiter verstopft seien und frei gemacht, also »durchgeblasen« werden müssten, damit sie ein Baby bekommen könnte. Die beiden Frauen lachten viel bei dieser »Arbeit«. Beide fühlten sich verstanden und frei. Eine Freundschaft entstand aber daraus nicht, denn Mrs. Williams war nur zwei Tage im Krankenhaus. Marie Luise erfuhr auch nicht, ob die Operation erfolgreich gewesen war.

Dass sie dem »Vatter« einen Dienst getan hatte, war ihr im Nachhinein zweifelhaft. Eher hatte er ihr und der sympathischen Mrs. Williams einen großen Dienst erwiesen, indem er sie zusammenführte und dem »Schulmeisterle« einen Auftrag und eine Bestätigung verschaffte.

Ein Krankenhausaufenthalt kostete Geld, viel Geld. Damals verlangten die Krankenhäuser beim Eintritt eine Vorauszahlung. Marie Luise war nicht »eingetreten«, sondern eingeliefert worden. Ihre Krankenkasse hatte sie aber angegeben. Um die Bezahlung konnte sie sich nicht kümmern, das tat der »Vatter« an ihrer Stelle. Ende August sagte er ihr bei einer Visite, er habe Nachricht bekommen, dass ihre Privatkasse die Kosten übernommen habe.

In den letzten Wochen ihres Studiums, kurz vor der ersten Dienstprüfung, waren Vertreter dieser Krankenkasse am Pädagogischen Institut erschienen und hatten unter den Lehramtskandidaten geworben. Sie hatten besonders günstige Bedingungen angeboten, unter anderem, dass die erste Beitragszahlung erst dann fällig war, wenn das erste Gehalt ausgezahlt worden sei. Wie glücklich Marie Luise nun war, dass sie auf das Angebot eingegangen war und den Vertrag abgeschlossen hatte! Von nun an musste allerdings der Arzt monatlich einen neuen Antrag stellen, um die nächste Zahlung in die Wege zu leiten, aber die Krankenkasse überwies das Geld pünktlich und zuverlässig.

Heimkehr nach Schnait

Sechzehn Wochen war Marie Luise nun im Krankenhaus. Lange Wochen der Angst und des Trostes, der Hilflosigkeit und der Wiedererlangung der Kraft, der Todesnähe und des neuen Lebensmutes lagen hinter ihr. Konnte es sein, dass das Krankenhaus während dieser langen Wochen etwas wie Heimat für sie geworden war?

Aber nun war es Zeit, dass sie dieses warme Nest verließ. Ihre Sehnsucht drängte sie zu ihren Schülern in die Rothenburger Landhege. Von Herrn Volkmar hatte sie erfahren, dass auch ihre Schüler sehnsüchtig auf sie warteten. Zwar waren im September neue Erstklässler eingeschult worden, aber auch die warteten auf ihre Lehrerin. Herr Volkmar hatte die ganze Zeit über die Schule allein versorgt. Marie Luise nahm an, dass es keine Vertretungslehrer gab, aber sie hatten darüber nie gesprochen.

Inzwischen war es Ende November geworden. Draußen war es schon recht kalt. Am Morgen glitzerte Raureif auf den Bäumen und Büschen im Park und löste sich in der Sonne auf. Marie Luise hatte das Gefühl, sie müsse nun das Krankenhaus verlassen und ein normales Leben wieder aufnehmen.

Der Arzt stimmte ihr zu. Herr Volkmar brachte ihr ihre Winterkleider. Er versprach, dafür zu sorgen, dass jemand aus der Gemeinde sie in seinem Auto heimbrachte.

»Der junge Schreiner Bauer hat ein Auto, der wird Sie sicher gerne heimfahren. Sie haben ja seinen jüngsten Sohn in der Klasse. Am Sonntag hat er am besten Zeit.«

Marie Luise packte ihre wenigen Sachen in die Tasche, in der Herr Volkmar ihre Kleider gebracht hatte. Zum Schutz ihres Genicks auf der Reise legte ihr der »Vatter« einen dicken Verband um den Hals, auf dem der Kopf aufsaß. Sie konnte den Kopf ein wenig nach links und rechts drehen, aber nicht vor- und zurückbeugen. Zuhause dürfe sie die Kopfstütze wieder abwickeln.

Am Sonntag kurz nach dem Mittagessen klopfte es an der Tür. Frau Volkmar kam herein, in einen warmen Mantel gekleidet.

»So, Fräulein Seitz, ich werde Sie heimbegleiten. Der Herr Bauer wartet unten im Auto. Er lässt den Motor laufen, damit das Auto warm ist, wenn wir nachher einsteigen. Mein Mann bleibt bei den Buben. Der Kleine ist ja schon dreizehn Monate alt, da kann er die Mama auch mal ein paar Stunden entbehren.«

Marie Luise verabschiedete sich von den Schwestern, die gerade Dienst hatten. Von Doktor Lang hatte sie sich schon gestern verabschiedet. Frau Volkmar nahm ihre Tasche, dann stiegen sie in das Auto zu Herrn Bauer.

Der strahlte über das ganze Gesicht, als er die Lehrerin begrüßte.

Auf der Heimfahrt fiel es Marie Luise plötzlich ein, dass ja Totensonntag war. Am Totensonntag 1947 war ihre Mutter ins Krankenhaus eingeliefert worden mit Verdacht auf Rippfellentzündung. Das Katharinenhospital war damals noch

»ausgelagert« gewesen ins Krankenhaus der Heil- und Pflegeanstalt Stetten im Remstal.

Die Krankheit der Mutter hatte sich als Krebs erwiesen, an dem sie ein gutes halbes Jahr später gestorben war. Die Tochter fuhr heute vom Krankenhaus zurück, zwar noch nicht ganz geheilt, aber ein gutes Stück auf dem Weg der Besserung vorangekommen dank der Hilfe von so vielen Menschen, denen Marie Luise unendlich dankbar war.

»In wie viel Not hat nicht der gnädige Gott über dir Flügel gebreitet«, flüsterte sie leise vor sich hin.

In ihrem Elternhaus wurden sie herzlich begrüßt. Frau Volkmar und Herr Bauer wurden zum Nachmittagskaffee und Hefekranz eingeladen, was sie gerne annahmen. Aber dann mussten sie bald wieder fahren, damit sie nicht »zu weit in die Nacht« hineinkamen. Der Vater holte ihnen noch einige Flaschen Wein aus dem Keller, dann nahmen sie Abschied. Marie Luise gab der Hoffnung Ausdruck, dass sie sich nach den Weihnachtsferien wieder sehen würden, und trug ihnen viele Grüße auf.

Die Advents- und Weihnachtszeit war sehr ruhig. Marie Luise gewöhnte sich langsam wieder an ein normales Leben. Manchmal machte sie Besuche in der Verwandtschaft. Besuche empfangen wollte sie nicht, denn sie litt immer noch unter starken Schmerzen, besonders wenn sich das Wetter änderte. Dann war ihr jeder Besuch zu viel.

So ging das Jahr 1954 zu Ende. Am Silvesterabend hielt sie für sich Rückschau und ließ noch einmal die Ereignisse des vergangenen Jahres an sich vorüberziehen, die schönen und die bitteren. Am Ende dieser Rückschau standen Freude und Dankbarkeit.

Zurück in der Schule

Nach dem Erscheinungsfest am 6. Januar 1955 fuhr Marie Luise zurück nach Leuzendorf, um ihren Dienst wieder anzutreten.

Ihre Schüler empfingen sie mit Begeisterung. Die neuen Erstklässler, die im September eingeschult worden waren, kannten sie zwar noch nicht persönlich, aber sie hatten durch die älteren Kinder von ihr gehört. Sie waren froh, nun ihre eigene Lehrerin zu haben. Ganz besonders selig war die kleine Irmela, die jetzt schon in der dritten Klasse war. Ihre Mutter erzählte später, dass sie vorgehabt habe, die Lehrerin »ganz fest zu drücken«. Sie habe das Kind gewarnt, ja vorsichtig zu sein, damit es der Lehrerin keinen Schaden zufüge nach ihrem Halswirbelbruch.

Direkt vor dem Lehrertisch saß ein Mädchen mit kurzen blonden Haaren und strahlte Marie Luise mit ihren blauen Augen an. Dieses Kind hatte sie schon gesehen im letzten Sommer. Es hatte vor dem Oberen Hof gespielt und die Tochter der Bauern, Elis, hatte es Emmi gerufen. Nach und nach erfuhr Marie Luise, dass die Emilie das Kind der polnischen Landarbeiterin Klara war. Im Alter von 15 Jahren war die junge Polin nach Deutschland verschleppt und auf dem Oberhof eingesetzt worden. Klara war nicht ihr richtiger Name, er war ihr von den Bauersleuten gegeben worden, weil sie den polnischen Namen nicht aussprechen konnten. So hatte das junge Mädchen, fast noch ein Kind, mit der Heimat auch die Identität verloren. Die Bauersleute waren gut zu ihr. Sie arbeitete mit der etwas älteren Tochter Elis zusammen, bekam dasselbe Essen und hatte ihre eigene Kammer. Trotzdem fühlte sich das junge Mädchen entwurzelt und einsam.

Am Ende des Ortes lebte in einem kleinen Häuschen ein älteres Ehepaar in ärmlichen Verhältnissen. Die Frau verrichtete

Putzarbeiten und verdiente damit ein wenig Geld. Im Übrigen baute sie ein kleines Äckerle an, pflanzte Kartoffeln, Gemüse und Kräuter, so dass die beiden weitgehend von ihrer eigenen Ernte leben konnten. Der Mann ging gerne in die Wirtschaft und setzte das Geld, das seine Frau verdient hatte, in Alkohol um. Wie es geschah, dass Klara, die junge Polin, diesem Lüstling in die Hände fiel, wusste niemand zu sagen. Jedenfalls wurde sie schwanger. Als das offenbar wurde, munkelte man im Dorf, der Bauer sei der Vater des Ungeborenen. Dann wurde das Mädelchen geboren und auf dem Rathaus als Emilie angemeldet. Die Bäuerin hatte die Patenschaft übernommen. Es stellte sich sehr bald heraus, dass die Füßchen des Kindes verkrüppelt waren, genauso wie die Füße des alten Mannes vom Ende des Ortes.

Die Klara durfte das Kind behalten und aufziehen. Sie arbeitete nun für zwei, die Haupterziehungsarbeit aber leisteten die Bäuerin und ihre Tochter. Die Emmi war bald der Liebling aller. Als die Emmi zwei Jahre alt war, wurde ihre Mutter wieder schwanger. Wieder war der Vater unbekannt, aber als die kleine Christel zur Welt kam, erwies es sich, dass Emmis Vater nicht der ihre war, denn Christel hatte gesunde, gerade Glieder, also konnte ihr Vater kein Krüppel sein. Der Bäuerin war ein weiteres Kleinkind zu viel der Pflege und der Unruhe. So wurde das Christele nach einiger Zeit in ein Kinderheim im Jagsttal gegeben.

Der Winter 1954/55 war kalt, aber nicht so schneereich wie der vorhergegangene. Die Bauern hatten im Spätherbst, als die Äcker abgeerntet waren, Schneezäune aufgestellt. Das waren schwere Holzkonstruktionen, die in einem gewissen Abstand von der Straße auf der Westseite aufgestellt wurden. Von dorther fegte der schneeträchtige Wind über das ebene Land. Wenn er an die Schneezäune prallte, büßte er an Geschwindigkeit ein, er konnte die Schneemassen nicht mehr halten und ließ sie jenseits des Zaunes zu Boden sinken. So entstanden auf den Äckern lange und mit der Zeit hohe Schneedünen, die einen vermehrten Schutz der Straßen bildeten. Den Rest des Schnees, der direkt auf die Straße fiel, räumten die Schneepflüge mühelos weg. So konnten die Bauern ihre Milch zu den Sammelstellen bringen. Auch die Schüler, besonders die Kleinen, fuhren gerne auf den Schneepflügen oder auf den Traktoren vor den Milchwagen mit zur Schule. Die Älteren kamen lieber mit den Skiern querfeldein.

Die Bossendörfer Kinder waren zu Fuß unterwegs. Warm eingepackt in Mantel, Schal und Mütze, mit wollenen Socken und gefütterten Stiefeln an den Füßen entließen die Mütter sie auf den Schulweg. Die Brüder Franz und Werner passten auf ihre kleine Schwester Ilse auf, halfen ihr, wenn sie ausrutschte, und trieben sie immer wieder zu rascherem Gehen an. So bildeten die drei Geschwister eine eigene Gruppe unter den Mitschülern aus Bossendorf. Als sie in der Schule ankamen, waren die Kleider nass, Hände und Füße eiskalt und die Gesichter rot vor Kälte. Die Mäntel, Schuhe und Strümpfe wurden ausgezogen und im Gang zum Trocknen aufgehängt. Im Klassenräumle war es warm, da fingen die Gesichter und Hände bald an zu glühen. Nach Schluss des Unterrichts wurden die Kleider wieder angezogen, auch wenn sie noch nicht ganz trocken waren. Die Kinder machten sich auf den Heimweg.

Winter und Frühjahr 1955

Am Freitagmorgen kam Ilse mit leicht verschwollenem Gesicht und fiebrigen Augen in die Schule. Ihr Bruder Werner sagte entschuldigend zu Marie Luise: »D Mamma hat gsocht, se sell dehaam blaiwe, awer se hat ubedingt nai d Schuel wella.« (Die Mama hat gesagt, sie solle zu Hause bleiben, aber sie wollte unbedingt in die Schule gehen)

Gerne hätte die Lehrerin die Kleine wieder heimgeschickt, aber es schien ihr zu riskant, sie bei der Kälte auf den langen Heimweg zu schicken. In der Pause fragte sie den Kollegen um Rat. Der sah sich das Kind an und gab dann dem ältesten Bruder Franz den Auftrag, das Schwesterchen heimzubringen, weil es krank sei.

»Kaa Problem«, sagte der lakonisch und lud sich das Schwesterchen auf den Rücken.

Die Ärmchen schlang sie um die Schultern des Bruders, die Füße steckte er sich in die Jackentasche. So zogen die beiden los.

Nach einer Stunde kam Franz wieder und meldete: »I sell an Grueß socha von dr Mamma, und d Ilse is jetz im Bett und schläeft.« (Ich soll einen schönen Gruß sagen von der Mutter, und die Ilse sei jetzt im Bett und schlafe.)

Marie Luise war froh, dass sie die Verantwortung für das kranke Kind los war, und bedankte sich bei Franz.

Der schaute sie ganz erstaunt an und sagte: »Awwer dees is doch mai Schwesterla!« (Aber das ist doch mein Schwesterlein!)

So war es hierzulande, was man für die Familie tut, wurde nicht bedankt.

Am Montag meldete der Werner, dass der Doktor von Schrozberg gerufen worden war. Er habe gesagt, die Ilse habe »Rotlauf« im Gesicht. Marie Luise stutzte. War Rotlauf nicht eine ansteckende Schweinekrankheit? Wie sollte denn die Ilse dazu kommen?

»Eure Schweine sind doch gesund?«, fragte Marie Luise.

»Joa, d Säu sana gsund, bloß d Ilse is krounk« (Ja, die Schweine sind gesund, bloß die Ilse ist krank), war die erstaunte Antwort.

Franz klärte die Sache auf: Bei ihren Schulgängen hatte Ilse einen roten, wollenen Schal nicht nur um den Hals, sondern auch um den Mund gewickelt gehabt. Durch die Kälte waren ihr die Lippen aufgesprungen. Eine rote Wollfaser war in die Wunde an der Unterlippe gelangt und hatte sich entzündet. Schließlich hatte die Wunde zu eitern begonnen, und das hatte das Fieber verursacht. Es war schon eine ernste Sache, eine Vereiterung um den Mund! Aber der Arzt hatte ihr eine teure Arznei verschrieben, und allmählich heilte die Wunde zu. Doch die Ilse blieb zu Hause, bis es milder wurde. Werner brachte ihr die Aufgaben von der Schule mit und nahm die bearbeiteten Blätter wieder zurück zur Korrektur. Diese Zusammenarbeit bewirkte, dass Ilse keine Wissenslücken aufwies, als sie wieder in die Schule kam.

Die Arbeiten am neuen Schulhaus wurden nach der Schneeschmelze wieder aufgenommen. Betreten durfte man die Baustelle aus Sicherheitsgründen nicht. Bei trockenem Wetter ging Marie Luise mit ihren Schülern außenherum. Die Kinder befragten die Bauarbeiter, und diese gaben gerne Auskunft. Besonders der junge Maurer Stahl, der mit seiner Familie gegenüber dem Neubau wohnte, war sehr freundlich. Er freute sich am Interesse der Schüler und hatte immer einen freundlichen Gruß für die Lehrerin.

Alle 14 Tage kamen die Lehrer zu ihren Fortbildungsveranstaltungen zusammen, meist an den größeren Schulen, in Blaufelden oder in Rot am See, seltener in Gerabronn, das abgelegener war. Sie dienten der Fortbildung aller Lehrer, waren aber für die Junglehrer Pflicht. Es kam jeweils eine breit gefächerte und sich gegenseitig inspirierende Lehrergruppe zusammen. Die meisten von ihnen waren an den »wenig gegliederten Landschulen« angestellt. Das heißt, die Schulen hatten maximal drei Klassen, die jeweils jahrgangsübergreifend unterrichtet wurden. Von diesen Veranstaltungen kannten sich alle Lehrer im Umkreis. Zuweilen kamen sie auch zu Spaziergängen und zu Familienfeiern zusammen, meist mit der ganzen Familie. Später empfand Marie Luise diese Zusammengehörigkeit als etwas Schönes, das sie an der ausgebauten Schule sehr vermisste.

Herr Volkmar hatte sich einen roten Volkswagen angeschafft, in dem er nun, geschützt vor Regen und Kälte, seine Kollegin mitnahm. Marie Luises Motorroller hatten Thorwarts abgeholt. Er stand nun in ihrer Werkstatt. Marie Luise wollte ihn im Augenblick nicht reparieren lassen. Der Schrecken des Unfalls war noch zu frisch, als dass sie die Bella wieder hätte besteigen wollen.

Wenn Herr und Frau Volkmar nachmittags verreisen mussten, sei es, dass sie in der Stadt einkaufen oder einen Besuch machen wollten, baten sie Marie Luise, bei ihren Kindern zu bleiben. Sie tat es gerne, denn erstens liebte sie die beiden Buben, und zweitens wollte sie das, was Volkmars ihr Gutes getan hatten und noch taten, ein wenig vergelten. Der Kleine schlief am Nachmittag, der Walter spielte in der Wohnung oder bei gutem Wetter vor dem Haus. Marie Luise bereitete sich auf ihren Unterricht vor, damit sie später, wenn der Jochen aufwachte, ganz für die Kinder da sein konnte.

An einem Tag im Frühling waren Herr und Frau Volkmar wieder unterwegs. Der Walter spielte vor dem Haus mit Steinchen und Stöckchen, der Jochen schlief in seinem Bettchen. Ab und zu schaute Marie Luise aus dem Fenster, was der Walter tat. Da er immer lieb spielte, widmete sie sich längere Zeit nur ihren Vorbereitungen. Auf einmal läutete es an der Haustüre. Drunten stand ein Bauer und hatte den Walter an der Hand.

»Der ghäert doch doa rai?«, fragte er und schob das Kind durch die Tür.

»Ja, wo kommst denn du her?«, fragte Marie Luise.

»Dear is underweags gwea Bossadorf zue, drnoa hob i ean mitgnumma. Mr kou doch so a kloans Kiind nit allaans sou wait fortgeana lassa!«, sagte er vorwurfsvoll. (Der war unterwegs Bossendorf zu. Dann habe ich ihn mitgenommen. Man kann doch solch ein kleines Kind nicht allein so weit fortgehen lassen)

Marie Luise bedankte sich ganz herzlich bei dem Bauern und nahm den Walter mit hoch in die Wohnung. Er hatte inzwischen angefangen zu weinen.

Marie Luise tröstete ihn: »Jetzt bist du ja daheim. Aber wo hast du denn hinwollen?«

»Ich hab die Mama und den Papa gesucht. Die sind doch zu Baurs nach Heiligenbronn gefahren, und da hab ich ihnen entgegengehen wollen.«

»Aber nach Heiligenbronn ist es doch so weit. Hättest du denn überhaupt da hingefunden?«

Der kleine Mann war zuversichtlich, dass er Baurs Haus und seine Eltern gefunden hätte. Marie Luise machte sich schwere Vorwürfe, dass sie nicht besser auf das ihr anvertraute Kind aufgepasst hatte.

Inzwischen waren Herr und Frau Volkmar wieder eingetroffen. Sie hatten nur einen kurzen Besuch bei den Kollegen gemacht, um zum Geburtstag zu gratulieren. Sie hatten auch schon von dem Bauern erfahren, dass er ihr Söhnchen unterwegs aufgegriffen und nach Hause gebracht hatte. Eva Volkmar sah die Verlegenheit Marie Luises und legte ihr die Hand auf die Schulter.

»Ich bin so stolz auf den kleinen Kerl, dass er seinem Gefühl gefolgt ist und sich auf den Weg gemacht hat, um uns zu suchen. Freilich hätte er Ihnen Bescheid sagen müssen, aber daran hat er natürlich nicht gedacht. Ich werde ihm sagen, dass er immer Bescheid sagen muss, wenn er sich vom Haus entfernt.«

In der Folgezeit blieb Marie Luise noch oft bei den Kindern, wenn die Eltern abwesend waren.

Der Leichenchor

»Traurig tönt das Glöcklein nieder, schauerlich der Leichenchor ...«

In Leuzendorf hatte man keinen Berg wie den Kornbühl und keine Kapelle wie die Wurmlinger Kapelle, in deren Friedhof die Toten aus »dem Tal« begraben wurden, aber einen Leichenchor gab es und einen Kirchhof um die Kirche herum. In dieser Kirche wurden alle Kinder aus den Teilorten getauft, alle Toten wurden dort zu Grabe gebracht unter der Begleitung des Leichenchores, der zwar traurige Lieder sang, aber keineswegs schaurig. Herr Volkmar hatte ihn geleitet, seit er die Schulleiterstelle innehatte, ebenso den Kirchenchor. Tatsächlich war das »Leichenchörle« ein Ableger vom Kirchenchor, ein reiner Frauenchor.

Nun war das für den vielbeschäftigten Schulleiter eine Aufgabe, die er gerne los gewesen wäre. In früheren Zeiten hatte es ja zu den Aufgaben des Schulmeisters gehört, dass er sonntags »die Orgel schlug«, ob er nun musikalisch war oder nicht. Herr Volkmar war musikalisch, spielte gerne die Orgel und leitete auch gerne den Chor. Aber der Leichenchor war zu zeitaufwendig und sein Auftreten nicht planbar. So fragte er seine Kollegin, ob sie ihm diese Aufgabe nicht abnehmen könnte.

Marie Luise war auf diese Aufgabe im Seminar vorbereitet worden, sang gerne und spielte auch leidlich Klavier. So sagte sie zu, das Leichenchörle zu übernehmen.

Die Großmutter der kleinen Irmela war gestorben. Sobald der Pfarrer Bescheid wusste, gab er die Nachricht weiter an Marie Luise. Diese ließ dann die Sängerinnen benachrichtigen, dass am nächsten Abend im Schulhaus Probe sei. Die Mädchen kamen gerne. Sie hatten ein bestimmtes Repertoire an Sterbeliedern. Dazu gehörten »Christus, der ist mein Leben«, »Wohlauf, wohlan zum letzten Gang« und »Wenn mein Stündlein vorhanden ist ...«. Diese drei Lieder wurden nochmals geübt an zwei Abenden, dann wurde der Zeitpunkt festgelegt, wann man sich zum Abmarsch treffen wollte. Obereichenrot, der Wohnort der Verstorbenen, war ja gute vier Kilometer entfernt und die mussten zu Fuß zurückgelegt werden.

Der Tag der Beerdigung war ein schöner, klarer Wintertag. Die Straßen waren geräumt und gut zu gehen. Vor Schöngras trat die Gruppe in ein Wäldchen ein, und die Mädchen wanderten nun wie in einem hohen Dom. Die Gipfel der Bäume waren schwer von Raureif und ließen ab und zu, von der Sonne erwärmt, ihre weißen Nadeln auf die Mädchen herunterfallen. Die schüttelten sie lachend ab und gingen unbekümmert weiter. Nur an ihrer traditionellen schwarzen Kleidung hätte man erkennen können, dass sie auf eine Beerdigung gingen.

Als sie am Trauerhaus ankamen, wurden sie hineingebeten und eingeladen, an einem langen Tisch Platz zu nehmen. Dort waren schon große Platten mit Hefekranz aufgestellt und Tassen und Teller gedeckt. Als sie Platz genommen hatten, eilten junge Frauen herbei und gossen Milchkaffee ein. Es waren vermutlich Verwandte, die gebeten worden waren, die Gäste zu bedienen. Wie gut tat der heiße Kaffee nach der langen Winterwanderung! Zwar wurde nach der einen Tasse noch eine weitere angeboten, nach der einen Schnitte Hefekranz noch weitere, aber es war Zeit, draußen auf den Sarg zu warten. Marie Luise stand auf, ging hinaus und stellte sich an die sonnenbeschienene Hauswand. Hier war es angenehm warm. Im kahlen Nussbaum sang eine Amsel ein paar sehnsüchtige Töne. Von den Dächern des Wohnhauses und der Scheune tropfte Schmelzwasser und bohrte kleine Löcher in den Schnee zu Marie Luises Füßen.

Nun kamen die ersten Trauergäste aus dem Haus. Der Chor stellte sich um die Leiterin herum auf. Der Sarg wurde herausgebracht und auf den Leichenwagen geladen. Dann gab Marie Luise den Ton an, und der Chor begann zu singen: »Wohlauf, wohlan zum letzten Gang. Kurz ist der Weg, die Ruh ist lang. Gott führet ein, Gott führet aus, wohlan, hinaus. Zum Bleiben war nicht dieses Haus. Du Herberg' in der Wanderszeit, gehab dich wohl und lass dein Leid. Schließ nur getrost die Pforten zu. Was trauerst du? Dein Gast geht hin zur ew'gen Ruh.« Die engsten Verwandten bestiegen ihre bereitgestellten Pferdewagen, die hinter dem Wagen mit dem Sarg aufgestellt waren. Der Leichenwagen fuhr langsam an, die Wagen mit den Verwandten folgten. Dann reihte sich das Leichenchörle ein, und dahinter gingen die übrigen Trauergäste. An den Straßenrändern standen immer mehr Leute, die sich dem Leichenzug anschlossen.

Es war ein stattlicher Zug, als sie am Friedhofstor ankamen. Hier wurde der Sarg abgeladen. Sechs Träger nahmen ihn in Empfang. Währenddessen sang der Chor: »Nun Tor des Friedens, öffne dich! Hinein, hier schließt die Wallfahrt sich. Ihr Schlafenden im Friedensreich gönnt allzugleich dem Leib ein Räumlein neben euch.« Der Pfarrer, der die Trauergemeinde vor dem Kirchhofstor erwartet hatte, ging voran, dem ausgehobenen Grab zu. Auf drei quergelegten Balken über der Grube setzten die Träger den Sarg nieder. Wieder sang das Chörle: »Christus, der ist mein Leben, Sterben ist mein Gewinn. Ihm hab' ich mich ergeben, mit Frieden fahr ich hin. Mit Freud fahr' ich von dannen zu Christ, dem Bruder mein, dass ich mög' zu ihm kommen und ewig bei ihm sein. Lass an dir, gleich den Reben, mich bleiben allezeit und ewig bei dir leben dort in des Himmels Freud'.«

Mit diesem letzten Gesang war die Aufgabe des Leichenchörles erfüllt, aber die jungen Mädchen blieben bei der Trauergemeinde stehen und folgten dem weiteren Gottesdienst am Grab.

Die Beerdigung von Irmelas Großmutter war nicht die einzige, bei der Marie Luise mit ihrem Chörle sang, aber die einzige von Obereichenrot. Die drei Lieder waren zunächst das ganze Repertoire. Marie Luise fand, dass ein wenig Abwechslung ganz schön wäre. Im Winter war die Zeit, wo man zusammenkommen und üben konnte.

Die Mädchen sangen gerne, und sie sangen dreistimmig, mit mindestens einer tragenden Stimme in jeder Gruppe, also dachte Marie Luise, sie könnte ein paar Lieder einüben, die nicht im Gesangbuch standen. Doch da täuschte sie sich. So jung sie waren, hingen sie doch am Althergebrachten und wollten nichts Neues lernen. Doch Marie Luise fand in einem Musikalienladen in Rothenburg ein kleines Heftchen mit dreistimmigen Trauerliedern mit dem ansprechenden Titel »Mit Fried und Freud«. Das stellte sie den Mädchen vor, und diese ließen sich bewegen, ein paar neue Lieder zu lernen. So wurde das alte Reiselied »Gesegn' dich Laub, gesegn' dich, Gras, gesegn' dich alles, was da war, ich muss von hinnen scheiden« eingeübt. Das Sterbelied »Wenn mein Stündlein vorhanden ist, zu fahren meine Straßen, geleit du mich, Herr Jesu Christ, mit Hilf mich nicht verlasse. Mein Seel an meinem letzten End befehl ich dir in deine Händ. Du wollst sie mir bewahren« stand zwar im Gesangbuch, aber in dem neuen Heftlein war ein sehr ansprechender dreistimmiger Satz, den die Mädchen gerne lernten und sangen. So brachte Marie Luise ein wenig neuen Wind in das kleine Leichenchörle, vor allem zum Nutzen und zur Anregung der Sängerinnen.

Wieder hatte sie etwas gelernt, was sie eigentlich schon lange wusste: Manchmal etwas Neues lernen übt nicht nur das Gedächtnis und das Können, sondern festigt darüber hinaus die Freude am Altbekannten und Vertrauten.

Hausarbeiten

»Man wird so alt wie eine Kuh und lernt doch immer noch dazu«, sagt ein altes Sprichwort. Nun, Marie Luise war schon älter, als eine Kuh normalerweise werden darf, aber das Dazulernen gehörte täglich zu ihrem Leben. Sie war jetzt in ihrem zweiten Dienstjahr, und nach dem zweiten Dienstjahr konnte sie sich zur zweiten Dienstprüfung anmelden. Ein Junglehrer hatte sechs Jahre Zeit, diese entscheidende Prüfung abzulegen. Sie war Voraussetzung für die Verbeamtung.

Zur Anmeldung für diese Prüfung gehörten zwei schriftliche Hausarbeiten von einem gewissen Umfang, die sich mit schulpraktischen Themen befassten, und eine Zulassungsarbeit. Die beiden Hausarbeiten konnten auch dasselbe Thema behandeln aus verschiedenen Aspekten, während die Zulassungsarbeit ein anderes Thema behandeln musste. Marie Luise entschloss sich, die Mundart ihrer Kinder und die Erziehung zur Hochsprache zum Gegenstand ihrer Hausarbeiten zu machen. Dazu musste sie sich noch viel intensiver mit dem Fränkischen in seinen verschiedenen Variationen befassen. Das »Houelouisch«, das zum Beispiel in Neuenstein gesprochen wurde, klang anders als das in Rothenburg: Das Rothenburger Fränkisch klang kehliger. Dem Kenner offenbarte sich die Herkunft eines Sprechers, wenn er nur einfach »Ja« sagte. Auch eine etwas andere Mehrzahlbildung fand man in den beiden Dialekten. Die Neuensteiner sprachen von »viele Madlich«, während es in der Rothenburger Landhege »viele Madla« waren. Dies waren nur einzelne, kleine Beispiele für die sprachlichen Verschiedenheiten in einer nicht sehr großen Region und für den Unterricht in der Schule nicht wirklich wichtig. Aber Marie Luise fand die Materie interessant genug, um sich intensiv damit zu befassen.

Sie beriet sich mit ihrem Schulrat, mit Herrn Volkmar, der ja in Rot am See aufgewachsen war, und auf den Tagungen mit den anderen Kollegen. Von allen Seiten bekam sie nun Hilfe, Anregungen und auch Literatur zu dem Thema. Eine große Hilfe wurde ihr die Arbeit eines alten Kollegen, der nicht mehr im Schuldienst war, Herrn Blumenstock. Dieser stellte der jungen Kollegin seine wissenschaftliche Arbeit gerne zur Verfügung. Das Wichtigste aber war für Marie Luise, »dem Volk aufs Maul zu schauen«, wie Martin Luther es getan hatte, und Übereinstimmungen und Unterschiede genau zu untersuchen. Dazu benötigte sie viel Zeit. So war klar, dass ihre zweite Dienstprüfung noch eine gute Weile brauchte, zumal sie noch unter ihrem Unfall körperlich zu leiden hatte.

Etwa ein Jahr nach dem Unfall ließ Marie Luise die Bella wieder herrichten und fuhr auch wieder. Dabei fand sie heraus, dass sie sich überhaupt nicht wohlfühlte auf dem Roller, und verkaufte ihn.

Schulhauseinweihung

Nach den Sommerferien war abzusehen, dass das neue Schulhaus noch vor der Muswiese eingeweiht werden konnte. Der Schuljahresanfang war geprägt von freudigen Vorbereitungen für dieses Fest. In Zusammenarbeit mit der Oberklasse wurden Gedichte und Lieder gelernt, denn die Schüler sollten auch das ihrige dazu beitragen. Es war ja in erster Linie ihr Fest. Darum sollte ein Kinderfest mit Karussell und Verkaufsständen, mit Wettspielen und anderen Vergnügungen zwischen dem Farrenstall und der Schule aufgebaut werden. Natürlich sollten auch die Erwachsenen nicht zu kurz kommen. Für sie wurde ein kleines Zelt aufgebaut, in dem sie zusammensitzen, sich unterhalten und etwas essen und trinken konnten. Die Kinder würden ja kaum im Zelt anzutreffen sein, vorausgesetzt, das Wetter war gut.

Der Schulleiter hatte vorab einen Schlüssel für das Schulhaus bekommen. So konnte er jederzeit hineingehen und nach dem Rechten sehen. Die Handwerker waren noch im Außenbereich tätig. Sie verlegten die letzten Platten und drückten die letzten Pflänzchen in die Rabatten. Die künftige Hausmeistersfrau, eine »Neubürgerin«, noch immer als Flüchtling bezeichnet, wischte im Gang hinter der Haustüre die letzten Spuren der Handwerker von den Bodenplatten. Herr Volkmar legte da und dort mit Hand an, damit am Einweihungstag alles glänzte und strahlte.

Der Einweihungstag, der 7. Oktober, kam hell und klar herauf. Die Wettervorhersage war gut. Also konnte das Fest losgehen. Vom Staatlichen Schulamt in Crailsheim war der Schulrat Dr. Diesch gekommen. Vom Ort war natürlich auch Bürgermeister Schmidt anwesend. Da in der Zeit mehrere neue Schulhäuser im Kreis eingeweiht wurden, war es eine besondere Ehre, dass der Schulrat gerade nach Leuzendorf gekommen war.

Vormittags trafen sich die Schulkinder, die Lehrer, die Gemeinderäte mit dem Bürgermeister und die übrigen Gäste vor dem alten Schulhaus. Ein Kind der vierten Klasse trug ein Gedicht vor, dann sangen alle Schulkinder unter der Leitung von Herrn Volkmar den Kanon: »Ausgang und Eingang, Anfang und Ende liegen bei dir, Herr. Fülle uns die Hände.«

Nun formierte sich der Festzug zum neuen Schulhaus. Die Kleinen gingen in Dreierreihen voran. Ihnen folgten die Oberklässler, und die Erwachsenen gingen in ihrer eigenen Ordnung hintendrein. Am Aufgang zur Schule standen zu beiden Seiten Birkenbäumchen, an kräftige Pfähle gebunden. Sie sollten nur für den Einweihungstag dort stehen, darum waren sie nicht eingepflanzt. Vor der Eingangstür hielt der Schulrat eine kleine Ansprache und überreichte Herrn Volkmar einen Büchergutschein, damit er den Grundstein lege für die neue Schülerbücherei. Der Architekt übergab dem Bürgermeister als dem eigentlichen Hausherrn den Schlüssel mit ein paar launigen Worten, über die die Erwachsenen lachten. Die Kinder verstanden nicht genügend davon, aber sie lachten freundlich mit. Zuletzt bekam Herr Volkmar vom Bürgermeister den Schlüssel überreicht. Er steckte ihn ins Schloss und schloss auf. Der Hausmeister hielt die Türen auf, während Herr Volkmar die Kinder aufforderte, hereinzukommen. Schön geordnet in Dreierreihen marschierten sie hinein, die Treppe hinauf und auf ihre Klassenzimmer zu. Zwei gleich große, helle Klassenzimmer waren das, ausgestattet mit verschieden großen Tischen und Stühlen. Die konnte man so anordnen, wie der Unterricht es erforderte. Die alten Schulbänke waren nur nach vorne, der Tafel und dem Pult zu, ausgerichtet gewesen. Die Fenster gingen nach Osten, der Morgensonne zu. Wenn sie wärmer schien, konnte man nicht nur Vorhänge zuziehen, sondern auch Jalousien herunterlassen. Heute aber blieben auch die Fenster offen. Einige der Kinder suchten sich gleich einmal probeweise ihren Platz aus und setzten sich auf »ihren« Stuhl. Andere probierten die verschiedenen Stühle aus und freuten sich, dass sie entweder den kleinen entwachsen waren oder in die großen hineinwachsen würden.

Aber noch hatten sie nicht alles gesehen. Unten war der geräumige Handarbeitsraum, dessen Fenster auch nach Osten gingen. Dort hatte Frau Baur eine kleine Handarbeitsausstellung aufgebaut, bunte Socken, gehäkelte Täschchen und Schals, bestickte Tücher und Schürzen, sogar maschinengenähte Klammertaschen und Kissenbezüge mit Spitzeneinsätzen und gestickten Monogrammen. Marie Luise wunderte sich, wie die Mädchen in dem kleinen Kämmerle in der alten Schule solche Meisterwerke fertigstellen konnten. Hatte sie doch nie eine Nähmaschine gesehen. Jetzt standen zwei im neuen Handarbeitsraum. Frau Baur vertraute ihr an, dass sie die maschinengenähten Sachen mitgebracht habe als Beispiel, was die Mädchen in Zukunft alles machen konnten mit den neuen Nähmaschinen.

Inzwischen waren draußen die Würstchen für die Kinder heiß gemacht worden. Mütter teilten jedem Kind eine Saitenwurst und einen Wecken zu. Wer wollte, konnte auch noch Senf dazu bekommen. Tomatenketchup war zu der Zeit noch nicht in Mode, und den Kindern schmeckten ihr Weckle und ihre Wurst auch ohne alles Weitere. Nach dem Essen traten die Kinder klassenweise an zu verschiedenen Wettspielen: Sackhüpfen, Eierlauf (nicht mit Eiern, sondern mit kleinen Bällen), Paarlauf, Hindernisrennen und Staffellauf. An einen glatt geräppelten Baum war oben ein Kranz aufgehängt worden, an dem verschiedene Spielsachen und Gebrauchsgegenstände baumelten. Die größeren Buben kletterten am Stamm hoch. Wenn sie den Kranz erreicht hatten, mussten sie sich mit einer Hand und den nackten Füßen festhalten. Mit der anderen Hand griffen sie nach dem erwünschten Gegenstand und rissen ihn ab. Dabei kam es nicht selten vor, dass der Bub abrutschte, ehe der Gegenstand in seiner Hand war. Unter lauten Mitleidsbekundungen der Zuschauer glitt er wieder zu Boden. Im Augenblick war er erschöpft, aber später wagte es mancher nochmals und hatte Erfolg.

Allmählich neigte sich die Sonne dem Horizont zu, es wurde herbstlich kühl. Ehe die Eltern, von denen die meisten in die Ställe mussten zum Melken, sich auf den Weg machten, versammelte Herr Volkmar die Kinder zum Abendlied »Kein schöner Land in dieser Zeit«. Die Schüler sangen zweistimmig, die Erwachsenen stimmten ein. Manche Männerstimme sang auch einen harmonischen Bass oder Tenor dazu. So endete die Einweihung der neuen Schule in Freude und Harmonie. Marie Luise wünschte im Stillen, dass dieser Tag ein Vorzeichen für das künftige Leben in dieser »Bildungsanstalt« sein möge.

Versetzung? Nein, oh nein!

In der damaligen Zeit galt das Gesetz, dass ein Lehrerehepaar nicht an derselben Schule unterrichten durfte, besonders wenn ein Teil des Paares Schulleiter war. An einer nicht sehr weit entfernten Schule war Herr Aßmann Schulleiter. Seine Frau war auch Lehrerin. Sie hatten ein kleines Söhnchen. Nachdem das Kind nun ein Jahr alt war, wollte Frau Aßmann wieder in den Schuldienst gehen.

Der Schulrat trat Anfang des Jahres 1956 an Marie Luise heran und wollte sie versetzen, weg von Leuzendorf. Marie Luise wehrte sich. Sie konnte jetzt nicht weg, wo sie sich doch auf ihre zweite Dienstprüfung vorbereitete! Herr Volkmar unterstützte sie. Er wusste, dass eine andere Kollegin nach der Geburt ihres Kindes nicht mehr am Ort sein würde, sondern bei Mann und Kind.

Die Aßmanns luden Marie Luise an einem Nachmittag zum Kaffee ein, holten sie auch an ihrer Wohnung ab.

»Lassen Sie sich nicht bereden. Herr Aßmann ist sehr gut in diesem Geschäft, aber er ist nur auf seinen eigenen Nutzen aus«, warnte Herr Volkmar.

Marie Luise hatte nicht vor, sich mit Kaffee und Kuchen bestechen zu lassen, aber das Büblein hätte vermutlich schon seine Wirkung ausüben können. Das trat aber gar nicht in Erscheinung. Und dem Ehepaar Aßmann sagte sie klipp und klar, dass sie keine Möglichkeit sähe, ihrem Wunsch nachzukommen und ihre Stelle zur Verfügung zu stellen. Im Stillen war sie empört darüber, dass eine unverheiratete Frau, die ihre ganze Zeit der Schule widmete, an eine verheiratete Frau und Mutter die Stelle abgeben sollte. Sie war nicht gewillt, hier nachzugeben. Sie waren ja beide noch »unständig«, konnten beide nach Bedarf versetzt werden.

In den Nächten lag sie lange schlaflos und weinte leise vor sich hin. Dann musste sie in einer Nacht unbedingt festhalten, was sie bewegte. So knipste sie das Licht an, holte Papier und Bleistift und schrieb:

Noch bin ich nicht bereit, trotz Schmerz und Einsamkeit,
Dies Dörflein zu verlassen, wo ich so viel geliebt und ach, so viel gelitten!
Noch hält es mich so fest mit vielen feinen Banden. Denn was ich litt, ist frisch und nah.
Was ich geliebt, steht mächtig da, und beides lässt mich nicht
an andrer Stelle wurzeln. Der Kinder Augen leuchten mir
vertrauensvoll entgegen. Der Mütter Wunsch ist: Bleibe hier
die Kleinen treu zu hegen! Und dies Vertrauen trug mich oft
in leidensvollen Tagen, gab Freudigkeit und neuen Mut,
die Schmerzen still zu tragen. Nun soll ich fort, weiß nicht, wohin.
Dort bin ich eine Fremde. Krankheit und Schmerz wird mit mir ziehn,
die werden mich nicht lassen. Und fremd sein, dazu müd und schwach,
wie soll ich das ertragen? Doch Dein, Herr, ist auch meine Sach,
du führst mich ohne Fragen.

Die Last der Gedanken schien abgemildert, der Schulrat, Herr Schwenk (Dr. Diesch war aufs Oberschulamt in Stuttgart abgeordnet worden) jedoch akzeptierte noch nicht, dass das letzte Wort ein Nein sei. Er hatte zwar Weisungsgewalt, aber diese war nicht so unbedingt, dass er sie auf Biegen und Brechen durchsetzen konnte.

Marie Luise verfasste einen Brief an das Oberschulamt, in dem sie bat, an ihrer Stelle in Leuzendorf bleiben zu dürfen. Sie gab auch alle ihre Gründe dafür an und hoffte darauf, dass von höchster Stelle ihrem Antrag die Genehmigung folgen würde. Der Brief wurde vom Schulleiter abgezeichnet und an das Staatliche Schulamt geschickt. Der Schulrat musste den Erhalt bestätigen und ihn weiterleiten an das Oberschulamt.

Ein paar Tage später kam der Schulrat wieder nach Leuzendorf und versuchte noch einmal, die Junglehrerin zu bereden. Marie Luise sagte ihm ruhig, aber entschieden, dass er, bitte, den Brief an das Oberschulamt weiterleiten und dem die Entscheidung überlassen solle. Das war ihr letzter Trumpf.

Als sie vom Staatlichen Schulamt in Crailsheim die Nachricht erhielt, dass sie bleiben dürfe, hatte sie den Verdacht, dass der Schulrat ihren Brief gar nicht abgeschickt hatte. Doch wie auch immer, sie durfte bleiben und in Ruhe für ihre zweite Dienstprüfung arbeiten. Für Frau Aßmann war eine andere Stelle gefunden worden, aber das musste Marie Luise nicht kümmern.

Frau Schultheiß

Das Haus, in dem schon viele »unständige« Lehrer gewohnt hatten und versorgt worden waren, hatte der junge Bürgermeister Schmidt für sich und seine Frau erbauen lassen. Es war, verglichen mit den Bauernhäusern, ein kleines Gebäude, aber der Südwesterker gab ihm ein nobles Ansehen. Das Gärtchen drumherum wurde mit Blumen angelegt, so dass das ganze Jahr über Blüten zu bewundern waren. Selbst im Winter hingen noch rote Ebereschendolden von dem hohen »Vogelbeerbaum«. Die Früchte wurden von den Vögeln gefressen oder auch nur abgerissen und in den Schnee fallen gelassen, wo sie wie Blutstropfen leuchteten, bis sie in das weiße Bett hineinsanken.

Das Haus wäre groß genug für eine große Familie gewesen, aber der Schultheiß und seine Frau hatten keine Kinder. Die Frau war von Jugend auf kränklich gewesen: Sie hatte an Migräneanfällen gelitten.

Anlässlich ihres achtzigsten Geburtstags erzählte sie: »Meine zwei Schwestern waren gesund und frisch mit roten Backen. Ich war immer die Bleiche. Jetzt sind sie beide gestorben, und ich lebe noch.« Ein wenig Stolz, aber auch Verwunderung klang in dieser Erzählung mit. Ein andermal meinte sie: »Wenn ich alle Melabonschachteln, die ich schon geleert habe, auf dem Dachboden aufgehoben hätte, dann könnte man jetzt nicht mehr da hinauf.«

Melabon war ein Schmerzmittel, in den Apotheken frei verkäuflich, das die Frau Schultheiß jedes Mal einnahm, wenn sie »Koupfweah« hatte. Außerdem hatte sie das Bedürfnis, ihren Kopf nicht nur mit einem weißen Kopftuch zu schützen, sondern darüber noch ein schwarzes Wolltuch zu binden. Marie Luise hatte großes Mitleid mit der Frau, denn sie wusste, was Kopfschmerzen waren.

Seit dem Tod ihres Mannes war das große Haus für die alte Frau und ihre Haushälterin zu groß. Wie sie finanziell gestellt war, erfuhr Marie Luise nicht. Wahrscheinlich war es der alten Frau vorwiegend um jüngere Gesellschaft zu tun. Außerdem brauchten die unverheirateten Lehrer ein Zimmer, in dem sie schlafen, essen und sich vorbereiten konnten. Fräulein Mina wurde also nicht nur die Haushälterin der Frau Schultheiß, sondern auch die der jungen Lehrer. Und sie waren alle gut versorgt bei Fräulein Mina. Doch die Frau Schultheiß fühlte sich offenbar nicht genügend beachtet bei ihrer jungen Mieterin.

Es war ein Wintertag gewesen. Marie Luise hatte im vorderen Zimmer ihre Unterrichtsvorbereitungen gemacht und sich danach eifrig mit ihrer Hausarbeit beschäftigt. Das Erkerzimmer sollte den Tag über nicht extra geheizt werden, wenn es im vorderen Zimmer ohnehin warm war. Es waren ja einzelne Öfen, die beheizt werden mussten. Frau Schultheiß und Fräulein Mina saßen auch im vorderen Zimmer, Fräulein Mina strickte und plauderte dabei mit der Hausherrin. Diese saß neben dem Ofen und hatte nichts zu tun. Marie Luise war so in ihre Arbeit vertieft, dass sie gar nicht wahrnahm, wie einsilbig die alte Frau war. Am Abend, sie lag schon im Bett und vermutete, die alte Frau schliefe längst, hörte sie durch die Tür aus dem danebenliegenden Schlafzimmer, dass die Frau Schultheiß laut schimpfte. Fräulein Minas Stimme beschwichtigte, aber es dauerte eine ganze Weile, bis es drüben ruhig wurde.

Am anderen Morgen fragte Marie Luise, was denn gestern Abend so Ärgerliches vorgefallen sei. Fräulein Mina wollte nicht so recht mit der Sprache heraus, aber Marie Luise ließ nicht locker. Schließlich berichtete Mina, dass die Frau Schultheiß sich geärgert hätte, weil Marie Luise den Nachmittag über kaum ein Wort mit ihr gesprochen hätte.

Marie Luise nahm sich das zu Herzen und richtete fortan immer wieder das Wort an die alte Frau, erzählte ihr auch hin und wieder von den Streichen ihrer Schüler. Das Einvernehmen war wiederhergestellt. Zum Glück wurde es bald wärmer, und Marie Luise konnte sich in ihrem Zimmer aufhalten.

Die Frau Schultheiß war bettlägerig geworden. Die Gemeindeschwester kam und versorgte sie. Marie Luise begegnete ihr allerdings nur am Abend. Am Morgen war sie schon in der Schule, wenn die Schwester kam. Fräulein Mina berichtete ihr nach ein paar Tagen, dass sie den Doktor geholt habe. Es stehe nicht gut um die Kranke.

In derselben Nacht, gegen Morgen, wachte Marie Luise an einer ungewohnten Unruhe im Nebenzimmer auf. Leise Stimmen waren zu vernehmen, dann unterdrücktes Schluchzen. Sie wusste instinktiv, die Frau Schultheiß war gestorben.

Am Morgen kam ihr Fräulein Mina schwarz gekleidet entgegen. Marie Luise sprach ihr ihr Beileid aus. Die Leiche wurde im vorderen Zimmer aufgebahrt, damit die Besucher, die die Tote noch einmal sehen wollten, nicht durchs ganze Haus gehen mussten. Es gab ja keine Leichen- oder Aussegnungshalle, die Gestorbenen wurden alle zu Hause aufgebahrt. Dann kamen die Verwandten und Nachbarn, brachten Blumen mit und sprachen den Angehörigen ihr Beileid aus. Nicht selten erkundigten sie sich auch über die näheren Umstände des Todes und gaben so den engsten Angehörigen die Gelegenheit, über ihren Kummer und Schmerz zu reden.

Fräulein Mina hatte zwei Nichten, gesunde, kräftige Bauernmädchen, die ihr bei ihren Pflichten halfen. Der »Leichentrunk« wurde in der Wirtschaft ausgerichtet. Fräulein Mina hatte der Wirtin ja so oft bei den Dorffesten geholfen, so war es nur recht und billig, dass sie nun auch jede mögliche Hilfe bekam. Außerdem hätte das Schultheißenhaus nicht genügend Raum gehabt für eine große Gesellschaft, ganz zu schweigen von den Möglichkeiten der Küche.

Für Fräulein Mina war es einerseits eine Erleichterung, dass sie von den Pflichten als Haushälterin entbunden war. Andererseits war es doch ein schmerzliches Abschiednehmen, nicht nur von der Verstorbenen, sondern auch von ihrem gewohnten Umkreis, dem Garten, dem Haus, den Nachbarn. Wo sie hinkommen sollte, war klar, darüber brauchte sie sich keine

Sorgen zu machen. Ihr Bruder hatte einen Bauernhof, da gab es allerlei leichte Aufgaben für sie, so dass sie nicht nutzlos herumsitzen musste. Im Übrigen hatte sie das verbriefte Wohnrecht auf dem elterlichen Hof. Aber vorläufig blieb sie noch in Leuzendorf und versorgte Marie Luise, das Haus und den Garten.

Veränderungen

Bald war klar, dass der Bürgermeister, Herr Schmidt, das Schultheißenhaus kaufen würde. Er wohnte oben im Rathaus in einer Dachwohnung. Vermutlich hatten er und seine Frau es dort nur ausgehalten, weil sie voraussahen, dass die alte Frau Schultheiß nicht mehr allzu lange leben würde, dann würde das ehrwürdige Schultheißenhaus wieder einen Schultheißen zum Besitzer bekommen.

Marie Luise musste sich dann auch eine neue Wohnung suchen. Vorläufig aber war es noch nicht so weit. Bis die ganzen Erb- und Verkaufsangelegenheiten geregelt waren, dauerte es noch eine ganze Weile. Inzwischen schaute sich Marie Luise um, wo sie weiterhin wohnen konnte.

In der Nähe der Schule stand das zweigeschossige Haus des Maurers Erich Stahl. Im Erdgeschoss wohnte er mit seiner Familie und seinem Vater. Das obere Geschoss war frei. Herr Volkmar ermunterte seine Kollegin, bei Stahls anzufragen, ob sie nicht dort einziehen könnte. Nach längeren Verhandlungen willigten die Stahls ein. Marie Luise war froh. Sie hatte nun einen sehr kurzen Schulweg, und auch privat würde sie mit Kindern zu tun haben. Die Stahls hatten vier Kinder, den Frieder, den Rüdiger, die Iris und die kleine Lissi.

Doch nun mussten die beiden Zimmer mit Möbeln ausgestattet werden. An einem Ferientag fuhr sie nach Schwäbisch

Hall, um im Möbelhaus die Möbel auszusuchen. Ein schmales Bettgestell, ein Nachttisch, eine Couch, einen Couchtisch und vier Stühle, einen Kleider- und Wäscheschrank, zwei Hocker für die Küche, einen Elektroherd mit zwei Platten und eine Anrichte für das Geschirr bestellte sie »auf Abruf«. Die Möbel waren alle aus hellem Rüsterholz, leicht gebaut, weil sie vermutete, dass sie noch öfter transportiert werden mussten. Als Lehrerin stand ihr ja noch mancher Umzug bevor, da wollte sie sich und ihren künftigen Helfern die Mühe des Möbeltransports so leicht wie möglich machen. Für die Küche brauchte sie noch allerlei Geschirr. Die Matratzen und Federbetten kaufte sie in Crailsheim in Bettenhaus Öchsle ein. Nun musste alles noch zum rechten Zeitpunkt geliefert werden.

Mit Frau Lore Stahl war Marie Luise bald sehr vertraut. Sie war eine freundliche, muntere Frau, eine zärtliche Mutter, eine tüchtige Hausfrau und darüber hinaus eine Bäuerin, die nicht nur die beiden Kühe im Stall versorgte, sondern auch auf ein paar Äckern Kartoffeln, Futterrüben und Gemüse anbaute. Von ihr kaufte Marie Luise jeden Tag einen halben Liter Milch, den Frau Stahl immer sehr reichlich zumaß. Am Ende einer Woche wurde die Milch jeweils bezahlt. Nie ließ sich Frau Stahl mehr Geld geben, als die bestellte Milch kostete. Darum bemühte Marie Luise sich, ihr im Haushalt kleine Handreichungen zu tun.

Beim Spülen am Nachmittag erfuhr sie, dass Frau Stahl vor ihrer Hochzeit zusammen mit ihrem Verlobten das Haus, in dem sie jetzt wohnten, in Eigenarbeit gebaut hatte. Es sei ganz schön schwer gewesen, die großen Quader, die die Grundmauern bildeten, an Ort und Stelle zu bringen. Man merkte der Frau an, dass sie stolz war auf ihr Heim.

Im Sommer, wenn fast zur gleichen Zeit das Heu eingebracht, die Kartoffeln gehäufelt und die Erdbeeren geerntet und eingemacht werden sollten, ging es heiß her. Da kam manchmal ihre Mutter von Bettenfeld herüber, um der Tochter zu helfen. Der Großvater konnte auf die Kinder aufpassen, denn zur Feldarbeit war er zu schwach. Die Buben gingen mit hinaus aufs Feld und halfen mit ihren kleinen Kräften. Der Vater hatte ihnen dazu kleine Hacken, Rechen und Spaten gekauft. Es machte ihnen Spaß, damit zu hantieren. Dabei sangen die kleinen Kerle wie die Nachtigallen. Besonders der Ältere, der Frieder, hatte eine bemerkenswert helle Stimme. Er jodelte wie ein echter Älpler.

Als Marie Luise sich später ein Klavier anschaffte, kamen die Kinder am Abend, wenn die Mutter im Stall war, ins Dachgeschoss zu Marie Luise herauf. Dann wurde gesungen und gespielt. Die Kinder durften auch selbst ein wenig Klavier spielen. Wenn der Vater später heraufkam, um die Kinder zum Abendessen zu holen, bleib er manchmal noch eine Weile und sang auch mit.

Eine starke Frau

Im Herbst 1956 sagte Frau Stahl Marie Luise, dass sie wieder schwanger sei. Sie freute sich auf das neue Kind. Aber einen Monat später machte sie einen bekümmerten Eindruck. Auf Marie Luises Frage, was sie denn bedrücke, sagte sie, sie hätte an der Seite ihres Bauches eine merkwürdige Beule. Die komme sicher nicht von der Schwangerschaft her. Ihr Mann wolle morgen mit ihr zum Arzt nach Brettheim fahren, damit der feststelle, was es sei.

Am anderen Tag, als Marie Luise von der Schule kam, saß die Lore (inzwischen waren die beiden Frauen per Du) weinend in der Küche. Marie Luise fragte, was denn der Arzt festgestellt habe.

»Ich habe einen Bruch, der muss so bald als möglich operiert werden. Ich habe gefragt, ob das denn dem Kind nicht schade. Der Doktor hat gemeint, er werde so vorsichtig wie möglich operieren, aber die Operation müsse bald sein, ehe das Kind zu groß sei. Der Bauchschnitt müsse auch noch Zeit haben, gut zu verheilen, sonst würde die Wunde bei der Geburt wieder aufplatzen.«

Erschüttert legte Marie Luise die Arme um die Schultern von Lore. Die schmiegte den Kopf fest an Marie Luises Brust. So verharrten sie eine Weile, bis Lore wieder sprach.

»Der Doktor meint, ich solle übermorgen zur Operation kommen. Ich werde eine Woche im Krankenhaus bleiben müssen. In der Zeit kommt meine Mutter und sorgt für den Erich und die Kinder.«

So hatte sie also schon alles vorgeplant. Marie Luise bewunderte sie.

Der Vater fuhr jeden Abend nach Brettheim zu seiner Frau. Er berichtete, dass die Operation gut verlaufen sei und dass sie wie geplant wieder heimkommen werde. Als sie aber wiederkam, war sie sehr schwach. Das war ja eigentlich auch kein Wunder, aber da war noch etwas, was ihr zu schaffen machte. Eine Großbäuerin am Ort war kinderlos. Sie war Patientin desselben Arztes. Für den Bauern war es sehr schlimm, dass er keinen Hoferben haben sollte, doch hatten sie noch nicht alle Hoffnung aufgegeben. Der Arzt wollte einen Versuch machen, indem er der Bäuerin das Blut einer Schwangeren injizierte. Durch die Schwangerschaftshormone sollten die Organe der Bäuerin angeregt werden, so dass sie auch schwanger wurde. Nun hatte Lore sich vom Arzt bereden lassen, dass sie sich für die Bäuerin Blut abnehmen lassen wollte. Die erste Ampulle hatte er ihr noch im Krankenhaus entnommen. Innerhalb von drei Wochen sollten es noch sechs weitere sein. Lore war gewillt, der Bäuerin zu helfen. Noch zwei Ampullen Blut gab sie ab, aber dann sah sie, dass sie so nicht zu Kräften kommen würde trotz allem guten Essen. Sie erklärte daher dem Arzt, dass sie kein Blut mehr abgeben könne. Sie müsse auch an ihre Gesundheit und an ihre Familie denken.

»Wissen Sie, was Sie mir mit dieser Weigerung antun?«, habe der Arzt gefragt.

»Wissen Sie, was Sie mir und meiner Familie antun mit Ihrer Forderung?«, habe sie geantwortet.

Da sei er ganz verstummt.

Bis zur Entbindung war Lore sehr schonungsbedürftig. Die Arbeiten auf dem Feld im Frühjahr mussten ruhen. Doch die Kühe wollten jeden Tag gefüttert und gemolken werden. In der Frühe, vor seiner Arbeit auf dem Bau, besorgte der Vater den Stall. Am Abend sprang eine Nachbarin ein. So kamen sie über die Runden, auch mit Hilfe der Großmutter.

Im Sommer wurde im Krankenhaus in Brettheim ein kleines Büble geboren. Es bekam den Namen Wilhelm und wurde Willi genannt. Es war ein ganz hellblondes, munteres Bürschle, dem man nichts anmerkte von den Schwierigkeiten, die seine Mutter gehabt hatte, bevor es geboren wurde.

In der neuen Schule

Lehrer und Schüler hatten die neue Schule längst in Besitz genommen und füllten sie mit frohem Leben. Der Unterricht der Unterklasse hatte ein ganz anderes Gepräge bekommen, nicht nur dadurch, dass der neue Schulraum größer und heller war als der alte, die Kinder hatten auch mehr Unterricht. Das bedeutete, dass die Schüler mehr selbständig arbeiteten, während eine andere Altersgruppe direkt unterrichtet wurde. Das wiederum festigte das soziale Gefüge innerhalb der Unterklasse, denn die Kleinen waren oft auf die

Beratung der Großen angewiesen, und die Großen halfen den Kleinen sehr gerne mit ihrem Wissen. Marie Luise beobachtete, dass die Kinder manchmal eine Sache oder ein Vorgehen viel besser erklären konnten als sie, weil sie eben noch gleich dachten und empfanden. Oft dachte Marie Luise an das Bibelwort »Wenn ihr nicht werdet wie die Kinder ...« und nahm die Hilfe dankbar an.

Draußen an der Südseite des Schulhauses war ein Streifen Land, das ein Bauer umgepflügt hatte. Der Hausmeister zog einen Scherenzaun drumherum. Nun wurden den Kindern kleine Beete abgeteilt, die sie jeweils zu zweit bearbeiten durften. Hacken, Rechen, Schaufeln, Körbe und Eimer waren gestiftet worden, die Samen zweigten die Mütter ab von ihrem eigenen Samenvorrat. So konnten die Kinder jeweils das säen, was ihnen selbst gefiel und schmeckte. Das waren vorwiegend Radieschen, Tomaten, Erbsen, Gelberüben und Blumen aller Art. Radieschen, Gelberüben und Tomaten konnte man so geschickt in der Vesperpause holen, sie schnell abwaschen oder auch nur mit den Händen abreiben und zum Vesperbrot essen. Beim gelegentlichen Verzehr von Erde waren die Kinder nicht empfindlich. Es galt die Redensart: »Der Bauer isst nichts ungesalzen«, wobei das Salz durchaus auch durch ein anderes Mineral mit organischem Zusatz ersetzt werden konnte. Auf jeden Fall schmeckte das eigene Erzeugnis besser als alles andere.

Eine sehr angenehme Neuerung war auch, dass jedes Klassenzimmer ein Waschbecken und fließend Wasser hatte. Nun war es ein Vergnügen, die grünen Wandtafeln blitzblank zu putzen, ohne dass sie nachher weiße Streifen von verschmierter Kreide aufwiesen. Nun konnten die Hände gewaschen werden, wenn die Feder gekleckst hatte, denn am Waschbecken war auch eine Seifenschale, die der Hausmeister mit neuer Seife ausstattete, wenn die alte verbraucht war.

Die Kinder hatten immer wieder mit bunter Knetmasse gearbeitet und schöne Figuren hergestellt. Nur hatte die Knetmasse einige Nachteile: Sie klebte an den Händen und Tischen, das Fett trocknete aus und machte die Masse spröde. Dann fielen Teilchen auf den Fußboden, wo sie festgetreten wurden. Die Farben ließen sich nicht einwandfrei voneinander trennen, wenn eine Figur besonders schön und ebenmäßig geworden war, so dass allmählich eine einheitlich graue Farbe entstand. Trotz dieser Nachteile arbeiteten die Kinder gerne mit Knetmasse. Diese Arbeiten regten die Phantasie an und übten das »Fingerspitzengefühl« im buchstäblichen Sinn.

Eines Tages entdeckte Marie Luise in Rothenburg eine Töpferei. Im Schaufenster waren schöne Keramiken ausgestellt. Sie ging hinein und entdeckte hinter dem Ausstellungs- und Verkaufsraum eine Töpferin, die an einer Drehscheibe saß. Interessiert beobachtete sie eine Weile, wie ein kleines Väschen entstand. Dann wandte sich die Töpferin ihr zu und lächelte. Marie Luise, ermuntert durch dieses freundliche Lächeln, stellte sich als Lehrerin vor und fragte, ob man hier für die Schule Ton haben könne und ob eventuell die fertigen Tonsachen auch gebrannt würden. Die Töpferin rief den Besitzer herbei, dem Marie Luise ihr Anliegen vorbrachte.

»Ja, das machen wir oft für die Rothenburger Schulen. Wir können Ihnen auch den Ton liefern und die getrockneten Sachen zum Brennen bei Ihnen abholen.«

Marie Luise war begeistert. Hatte sie doch während ihrer Seminarzeit mit Ton gearbeitet und große Freude an den Gegenständen gehabt, die sie gemacht und auch verschenkt hatte. Sie versprach, sich bald zu melden, nachdem sie mit ihrem Schulleiter Rücksprache genommen hatte. Herr Volkmar war der Meinung, dass sich diese Ausgabe in den Schuletat einbauen ließe, und so bekam die Unterklasse eines Tages Ton zum Töpfern.

Wie gut, dass der Unterricht nicht streng nach Stunden und Fächern eingeteilt war. Die Anfangs- und Endzeiten mussten eingehalten werden, aber dazwischen konnten die Lehrer sich dem widmen, was gerade anstand. Es war ja »Gesamtunterricht«, in dem alle Fächer inbegriffen waren. Das Ziel war, den Kindern das Wissen und die Fertigkeiten zu vermitteln, die der Lehrplan vorschrieb. So wurden vor Weihnachten Krippenfiguren geknetet, die im Handarbeitsraum getrocknet wurden. Was im Klassenzimmer vorging, während die Kinder sich mit dem Ton beschäftigten, erzählt ein Gedicht, das Marie Luise während des eifrigen Arbeitens der Kinder niederschrieb:

Die Kinder formen den Lehm. Sie lieben das spielende Schaffen
und sehen mit Staunen den eigenen Händen entspringen Gefäße zu ihrem Gebrauch.
Sie schaffen und werken mit heißen Wangen, der hier geduldig, mit liebender Sorgfalt,
mit Leidenschaft jener, das Werk bald zu sehn.
Doch sieht er die Form, dem Bild auch nur ähnlich,
gibt er sich zufrieden, sein Werk ist getan.
Hier dieses Kind trägt im Innern ein Vorbild, das zu erreichen es krampfhaft sich müht.
Doch die Bemühung der eifrigen Hände kann es nicht schaffen.
Mit trostloser Geste drückt es zusammen, was liebend es schuf.
So schafft hier ein jedes zerbrechliche Werte, freut sich des Lobes und wartet der Hilfe,
des ordnenden Drucks hier, des glättenden Strichs, und fasst dann zu neuen Bemühungen Mut.
Sie formen mit fiebernden Kinderhänden den trocknenden, bröselnden, heißen Ton.

Wie versprochen wurden die getrockneten Keramiken abgeholt und gebrannt. Nachdem sie zurückgebracht worden waren, bemalten die Kinder ihre Hirten, Heiligen, Engel und das Kind in der Krippe mit Wasserfarben. Heiligenscheine bekamen sie nicht, denn die wären sehr schwer zu formen und zu befestigen gewesen. Nachdem auch die Wasserfarben getrocknet waren, wurde noch Spirituslack daraufgepinselt, damit die Wasserfarben geschützt waren. Nun glänzten die Figuren bunt im Kerzenlicht.

Die hölzerne Krippe bastelten die Oberklässler. Das Christkindlein wurde auf echtes Heu und Stroh gebettet. Der Stall wurde aus einfachen Latten zusammengenagelt. Nun konnte das Ganze mit Tannenreis geschmückt und mit Kerzchen beleuchtet werden. Die ganze Schülerschar samt Lehrern und Eltern freute sich an dem Gemeinschaftswerk nicht nur in diesem Jahr.

Anfang und Ende der Schulzeit

Jedes Jahr war es für Marie Luise ein kleiner Schmerz, wenn sie die ältesten ihrer Schüler in die nächste Klasse geben musste. Die Jüngeren blieben ja noch eine Weile in ihrer Obhut, und sie war sicher, dass auch die Älteren weiter gefördert wurden. Sie kamen alle jeden Tag in dieselbe Schule, wo sie sich begegneten und miteinander reden konnten. In eine andere Schule gehen konnten sie nicht. Erstens waren die Verkehrsverhältnisse so, dass eine Realschule oder ein Gymnasium unerreichbar schien. Zum anderen wollten die Bauern ihre Söhne auf dem Hof halten, und den Töchtern wurde nur zugetraut, dass sie »doch bald heiraten« würden, dann wäre jede schulische Ausbildung »nausgworfes Geld«. Was sie für die Haushaltsführung wissen mussten, brachten ihnen die Mütter und Großmütter bei. Eine »z' gscheite Fraa« (zu gescheite Frau) war ohnehin nicht erwünscht, die stand im Verdacht, auf dem Feld nicht sehr tüchtig zu sein und viele Wünsche zu haben, die der Mann nicht erfüllen konnte oder wollte.

Die Schulaufnahme der Erstklässler gestalteten die älteren Kinder jedes Mal besonders festlich. Am Ende des Schuljahres, nach der Schulanmeldung, schrieben sie Tischkärtchen und bemalten sie mit bunten Blumen, Gärtchen, Bäumen und Sonnen, je nach ihrem eigenen Geschmack. Jedes Tischkärtchen war ein Unikat, schon durch die Verzierungen, aber auch durch die verschiedenen Namen. Dadurch sollten die Neulinge nicht nur ihre Sitzplätze finden, sondern auch ihre Namen kennenlernen. Sie waren ja nicht in eine »Vorschule« gegangen, wo sie die grundlegenden Dinge wie ihre Namen oder den Zahlenraum bis 5 kennengelernt hätten. Die Schule und die Lehrerin waren allein verantwortlich für ihre »Bildung«. Allerdings gab es Kinder, die zu Hause von Eltern oder Großeltern schon das Schreiben gelernt hatten. Die waren ganz besonders stolz, weil sie, wie sie meinten, schon alles konnten. Die Gefahr dabei war, dass sie in diesem Bewusstsein beharrten und meinten, nicht besonders aufpassen zu müssen. Dadurch gerieten sie leicht ins Hintertreffen und verpassten den Anschluss.

Bei der Anmeldung gab Marie Luise den Müttern nicht nur eine Liste mit den nötigen Schulartikeln, sondern auch den Rat mit auf den Weg, dass sie die Kleinen ruhig spielen lassen sollten. Das Lernen komme in der Schule konzentriert auf sie zu.

Allerdings kamen auch Erstklässler, die richtig lesen konnten und auch im Zählen und Rechnen schon sehr bewandert waren. Das waren die Kinder, die ältere Geschwister hatten. Die Zweitgeborenen in einer Familie sind ja bekannt als »Wettläufer«. Sie sind bestrebt, alles zu können, was die Größeren auch können, sie womöglich zu übertreffen. Wenn nun das ältere Kind Hausaufgaben macht, sitzt das jüngere dabei, liest, schreibt, rechnet mit und lässt sich alles erklären, was es nicht gleich versteht. Das ältere Kind ist stolz auf das, was es weiß, und erklärt gerne und ausführlich. Da geschieht es manchmal, dass ein solches früh gefördertes Kind bald die Aufgaben der nächsten Klasse löst und nach einer gewissen Erprobungszeit eine Klasse überspringen kann. Das war in Marie Luises Augen der große Vorteil der wenig gegliederten Schule. Die Gefahr, dass solch ein Kind »verbummelte«, war kaum gegeben, denn der Ehrgeiz, das Bedürfnis, weiterzukommen, war in diesen Kindern sehr mächtig. Doch Marie Luise sah ihre Aufgabe nicht darin, Eliteschüler auszubilden, sondern jedes Kind nach seinen Fähigkeiten zu fördern und nach Möglichkeit dafür zu sorgen, dass es mit Lust und Freude lernte.

Diese Theorien waren den Lehramtskandidaten schon am Pädagogischen Institut nahegebracht worden. Jetzt in der Praxis und im Umgang mit lebendigen Kindern hatten sie erst Gültigkeit erlangt. Was aber am Pädagogischen Institut nicht gelehrt wurde, war der Unterricht in der wenig gegliederten Schule. Marie Luise hatte deshalb in ihrer Zulassungsarbeit zur zweiten Dienstprüfung das Thema aufgegriffen und beschäftigte sich intensiv damit.

Das Ende der Schulzeit war bestimmt von der Konfirmation. Es war ein großes Fest, nicht nur für die Familien, sondern für die ganze Großgemeinde. Die jungen Leute gingen ja nicht nur alle in Leuzendorf in die Schule, sondern auch in den Konfirmandenunterricht. So wurden auch die Lehrer zu den Konfirmationsfeiern eingeladen. Da es aber unmöglich war, bei allen Konfirmanden an ihrem Ehrentag zu Gast zu sein, hatten Volkmars die Vereinbarung getroffen, dass nur die drei ersten Einladungen berücksichtigt werden sollten, die erste zum Mittagessen, die zweite zum Kaffee und die dritte zum Abendessen, das sich dann allerdings weit in den Abend ausdehnen konnte. Marie Luise, die ja nicht an der Oberklasse unterrichtet hatte, tat sich leichter in der Auswahl der Besuche, aber im dritten Jahr musste sie sich den Gepflogenheiten der Volkmars anschließen, weil ihre ehemaligen Schüler sie gerne bei ihrem Fest dabeihaben wollten.

Von jedem Konfirmanden wurde ein großes Stück Gebäck, Gugelhopf oder Hefekranz, ein Stück Obsttorte, eine »Schneeballe« (kugelförmiges Schmalzgebäck, dick mit Puderzucker bestreut, eine Spezialität in der Rothenburger Landhege) am Samstag vor der Konfirmation ins Haus gebracht. In einem Jahr bekam Marie Luise so viel Hefekranz und Gugelhopf, dass sie fürchtete, das Gebäck würde schimmelig, ehe sie es essen konnte. So schnitt sie dünne Scheiben und trocknete die in ihrem Backofen zu Zwieback, an dem sie den halben Sommer zu genießen hatte. Um den Konfirmanden ein Gegengeschenk geben zu können, fuhr sie in den Osterferien nach Rothenburg und kaufte dort in der Rathausbuchhandlung eine Anzahl Jugendbücher ein. Dort bekam sie auch schönes Geschenkpapier dazu. Sie wollte die Bücher nicht gleich einpacken lassen, weil sie zu Hause noch eine persönliche Widmung hineinschreiben wollte.

Der Gottesdienst am Konfirmationstag war besonders festlich gestaltet. Die Konfirmanden hatten die Kirche schön mit Blumen und frischem Birkenlaub geschmückt. Die Buben in ihren ersten schwarzen Anzügen, die den meisten bald zu klein sein würden, und die Mädchen in schwarzen Kleidern, alle mit einer weißen Nelke an der Brust, waren ziemlich aufgeregt. Der Konfirmator, Pfarrer Kilger, hatte die Konfirmanden jeweils gut vorbereitet und die Fragen des Konfirmandenbüchleins nicht nur gut eingeübt, sondern auch versucht, sie so zu erklären, dass die Jugendlichen einen bleibenden Gewinn davon haben sollten. Diese Fragen waren für manche Konfirmanden ein Kreuz, denn wenn man bei einer solchen »Frage« steckenblieb, war das ein Makel für die ganze Familie. Schon seit Generationen kannten die Gemeindeglieder das Konfirmandenbüchle auswendig, und noch lange hieß es: »Dear is in dr Konfirmatio schdeegabliewa.« Wenn dann der Pfarrer erst bei der Predigt war, atmeten nicht nur die Konfirmanden, sondern auch ihre Angehörigen auf. Was dann noch von der schönen Predigt ankam, wurde nicht nachgeprüft.

Nach der Predigt kam das Versprechen der Konfirmanden, dass sie sich an Christus, den Herrn der Kirche, halten wollten »im Leben und im Sterben«. Dieses Versprechen wurde den jungen Leuten vom Pfarrer vorgesprochen, und sie antworteten gemeinsam mit »Ja«. Dann folgte die Einsegnung. Dabei knieten sie zu zweit vor dem Altar. Der Pfarrer legte ihnen die Hände auf und sprach einen Segensspruch. Nun verlas er die Denksprüche, die vorgedruckt, mit dem Datum und der Unterschrift des Pfarrers versehen, auf dem Altar bereitlagen. Mit dem Segen und einem Lobgesang schloss der feierliche Gottesdienst. Nun folgten die leiblichen Freuden beim Mittagessen, das zuhause Verwandte oder Mägde zubereitet hatten, so dass die Konfirmandenmütter beim Gottesdienst mit dabei sein konnten. Am Montagmorgen hatten die Konfirmanden schulfrei. Sie sollten nach dem anstrengenden Tag ausschlafen können. Der ursprüngliche Grund war aber wohl gewesen, dass sie sie sich nochmals auf die geistlichen Inhalte der Konfirmation besinnen konnten. Doch wer kann Leib und Seele so klar auseinanderhalten? Und wer sagt, dass das überhaupt wesentlich ist?

Von den Schülern, die Marie Luise in Englisch unterrichtet hatte, wollten nach der Schulentlassung zwei Mädchen, Elisabeth und Annette, noch weiterlernen. Sie hatten noch keine bestimmten Berufspläne, aber sie waren an der neuen Sprache interessiert. So unterrichtete Marie Luise sie zweimal in der Woche in den Abendstunden. Es waren »lessons« ohne Zwang, ohne Wörterarbeiten, ohne »tests«. Das Gewicht lag auf der »conversation«, auf Lesen, Hören und Sprechen. Hausaufgaben gab es allerdings, damit die jungen Mädchen befähigt würden, einen Briefwechsel mit englischsprachigen jungen Leuten zu pflegen. Die Hausaufgaben wurden auch korrigiert und verbessert, so dass sich die Schreibweise einprägte. Annette ging auf die Handelsschule in Crailsheim und arbeitete nebenher als Schreibkraft auf dem Rathaus. Elisabeth arbeitete auf dem Bauernhof der Eltern, doch die Mutter kam allmählich zu der Erkenntnis, dass die begabte Tochter, die allerdings gesundheitlich nicht sehr stabil war, besser einen Beruf erlernen sollte, in dem sie körperlich nicht so stark gefordert würde. Bei einer Freizeit für Landfrauen hatte sich diese Erkenntnis vertieft. So zog die Mutter Erkundigungen ein, wie die Tochter weiterlernen könnte. Ihr schwebte vor, dass Elisabeth Lehrerin werden sollte, aber schließlich, nach der Mittleren Reife in Wertheim und einer Ausbildung als Sozialarbeiterin in Ludwigsburg fand die junge Frau höchste Befriedigung im abwechslungsreichen Dienst an den Mitmenschen. Beide Mädchen heirateten. Annette bekam Kinder und lebte ganz für ihre Familie. Zu ihrem Leidwesen bekam Elisabeth keine Kinder. Sie übte weiterhin ihren Beruf aus, gleichberechtigt mit ihrem Mann.

Liebe? Ehe? Kinder?

Marie Luise lernte auf einer Reise einen Mann kennen. Frank war Künstler, Bildhauer. Er war verwitwet und hatte ein kleines Töchterlein. Die junge Frau war ein paar Tage nach der Geburt des Kindes an einer Embolie gestorben. Das Kind wurde im Augenblick von der unverheirateten Schwester seiner Mutter betreut, denn Frank musste seinem Beruf nachgehen. Er liebte die kleine Maria Magdalena (der Name wurde ganz ausgesprochen, so lang er auch war) heiß und innig und war traurig, dass er sie so selten sehen konnte. Deshalb fragte er Marie Luise, ob sie ihn heiraten wolle, damit sein Kind eine richtige Heimat bekäme, zumal die Tante verlobt war.

Marie Luise wollte gerne heiraten, aber sie verspürte keine Liebe zu Frank. Ob sie dem Kind zuliebe den Mann ertragen konnte?, fragte sie sich. Nun, eine Chance wollte sie ihm geben und ihn näher kennenlernen. So verabredeten sie sich mehrmals an Sonntagen zu Ausflügen. Frank kam dann auf seinem Motorrad, Marie Luise kam entweder mit öffentlichen Verkehrsmitteln oder Frank besuchte sie in Leuzendorf. Je länger sie sich kannten, desto stärker hatte Marie Luise das Gefühl, dass die Liebe des Vaters dem Kind und der Verstorbenen galt. Konnte er deshalb auch noch Liebe für sie empfinden? Zur Zeit sah es jedenfalls so aus, als ob er innerlich unfrei sei.

Aber war sie denn innerlich frei? Oft stellte sie sich vor, dass sie mit Frank Hochzeit hatte, und suchte Freude bei dem Gedanken zu finden, aber es war nichts von Freude zu spüren. Eher fühlte sie ein leichtes Grauen. Neun Monate lang kamen sie mehr oder weniger regelmäßig zusammen. Frank brachte auch ein paarmal sein Töchterlein mit. Er überließ die Entscheidung ganz und gar Marie Luise, so, als sei er sich auch nicht sicher, ob eine Heirat der richtige Weg für beide, vielmehr für alle drei war.

Da fand Marie Luise, dass es an der Zeit sei, den Widersprüchen und Zweifeln ein Ende zu machen, und erklärte Frank, dass sie ihn nicht heiraten könne. Inzwischen hatte er herausgefunden, dass sein geliebter Beruf als Bildhauer ein brotloser Beruf sei. Grabsteine verkaufen fand er langweilig, ja unwürdig für einen ausgebildeten Künstler. Dabei würde es schwer sein, den Lebensunterhalt für eine Familie zu verdienen. So fing er an, in einem Verlag zu arbeiten. Was genau da seine Aufgabe war, erfuhr Marie Luise nicht mehr. Dagegen teilte er ihr eine Weile später mit, dass er eine Frau und Mutter für Maria Magdalena gefunden hatte. Marie Luise hätte nun ruhig und zufrieden sein können, doch so einfach machte sie es sich nicht. Immer wieder beschäftigte sie der Gedanke, dass sie eine Stiefmutter sein könnte. In gewissem Sinn war sie ja auch so etwas wie eine Stiefmutter.

Als sie im Frühjahr an einer Gärtnerei vorbeikam, hatte der Gärtner gerade große Beete mit bunten Stiefmütterchen bestückt. Sie standen in kleinen Töpfchen zum Verkauf bereit. Das Bild begleitete Marie Luise an ihren Schreibtisch, wo es sich am Abend in einem allegorischen Gedicht manifestierte:

Stiefmütterchen

Im Garten blühen in mannigfacher bunter Pracht
Stiefmütterchen,
des Gärtners erste Kinder, die in das Freiland er gebracht.
Stiefmütterchen, mit ernstem Sinnen sehe ich euch,
denn seht, auch wir sind Stiefmütter geworden.
Nie trugen wir ein Kindlein unterm Herzen und tragen doch
der Leben viele.

Nie haben wir ein Kind geboren und haben doch der Kinder viele
und sorgen für sie und wollen sie lieben mit unsrer ganzen Liebeskraft.
Stiefmütterchen, wie ihr, so leben auch wir von Licht und Wärme,
von Freude und Liebe. Wir wollen unsre vielen Kinder
hinführen mit des Höchsten Hilfe zu Freude und Liebe, zu Licht und Wärme.
Drum wollen wir gerne Stiefmütterchen, nichts weiter sein um ihretwillen.

Damit hatte Marie Luise zurückgefunden zu ihrem geliebten Beruf.

Prüfungsvorbereitungen

Die Jahresarbeiten waren fertiggestellt und dem Schulrat überantwortet. Seine Aufgabe war es nun, festzustellen, ob sie den Anforderungen genügten. Wenn nicht, gab er sie wieder zurück und forderte Nachbesserung. Im Fall von Marie Luise Seitz waren sie offenbar genügend. Der Schulrat gab sie weiter an eine Person, die sich in der Materie auskannte. Nachdem diese Person sie durchgearbeitet und auf einem besonderen Blatt ihre Kritiken festgehalten hatte, gingen die Arbeiten an einen zweiten Experten, der wiederum seine Kritiken auf einem besonderen Blatt festhielt, das er zusammen mit den Arbeiten an den Schulrat zurückgab. Das alles erfuhr der Prüfungskandidat erst nach der Prüfung. Auch die Arbeiten selbst sahen die Kandidaten nicht wieder. Sollte damit verhindert werden, dass andere Prüfungskandidaten abschreiben, also Plagiat betreiben konnten?

Die Erstellung dieser speziellen Arbeiten war gar nicht einfach. Marie Luise schrieb einigermaßen gewandt auf der Schreibmaschine, aber die Laute der Mundart konnten nicht mit den Typen auf der Schreibmaschine festgehalten werden, und auf diese Laute kam es eigentlich an. Sie benützte die internationale Lautschrift, die ihr aus dem Englischen geläufig war. Nur dass diese Lautschrift auf ihrer Schreibmaschine keine Typen hatte. So zeigte das fertige Werk eine Mischung aus Maschinen- und Handschrift. Doch den Korrektoren schien das keine Mühe zu machen, sie befanden die Arbeiten befriedigend. Die erste Hürde war genommen.

Die Zulassungsarbeit zeigte unter dem Titel »Gesamtunterricht an der wenig gegliederten Landschule« die Verbindung mit der Theorie und der Praxis an dieser besonderen Schulart auf. Es war eine Lust für Marie Luise, hier ihre Erkenntnisse und Erfahrungen aufzuzeigen. Sie ergänzte die Zulassungsarbeit mit Bildern und Aufsätzchen ihrer Schüler und mit eigenen Fotos. So wurde das Werk nicht nur aufschlussreich, sondern auch schön bunt.

An einem Donnerstagnachmittag hatte Marie Luise Unterricht mit der ganzen Unterklasse. Sie stand gerade an der Tafel und begann eine erklärende Zeichnung mit bunten Kreiden, als plötzlich die Türe aufging. Mit einem hastigen »Grüß Gott!« kam der Schulrat hereingestürmt.

Marie Luise stand bei diesem Überfall fast das Herz still. Die Beine drohten unter ihr nachzugeben. Ein Glück nur, dass die Tafel hinter ihr Halt gab. Anscheinend hatte der Schulrat erkannt, was er da angerichtet hatte, denn er kam viel langsamer und mit einem freundlichen Lächeln auf die Lehrerin zu, streckte ihr die Hand entgegen und fragte leise, wie es ihr gehe.

»Ich wollte einmal sehen«, wandte er sich an die Kinder, »was ihr so macht, ob ihr auch brav und fleißig seid. Ich setze mich auf einen Stuhl wie ihr, und eure Lehrerin macht weiter. Das ist doch recht so?«

Damit wandte er sich wieder an Marie Luise. Dieser war es eigentlich nicht ganz recht. Sie hatte an diesem Nachmittag eine Wiederholungsstunde geplant gehabt, und eine solche ist in der Regel keine Vorzeigestunde, mit der man Ehre einlegen kann. Spontan disponierte sie um und nahm den weiterführenden Stoff voraus. Zum Glück hatte sie diesen in groben Zügen schon im Kopf. Der Schulrat war hoch befriedigt von dem, was ihm dargeboten wurde, sowohl von der Vorbereitung und Darbietung der Lehrerin als auch von der Mitarbeit und dem Verhalten der Schüler. Bei der nachfolgenden Besprechung meinte er, Marie Luise könnte auch als Übungslehrerin bei Schulpraktika eingesetzt werden. Sie war sehr glücklich über dieses Lob.

Erst später dachte sie darüber nach, welchen Hintergrund es wohl gehabt hatte. War es ihre Zulassungsarbeit oder ihre aktuelle Unterrichtsstunde oder vielleicht sogar eine Entschuldigung für den Überfall gewesen? Doch jetzt wollte sie sich nicht durch zu viele Gedanken irritieren lassen.

Viel Trubel

Im Mai 1958 kam Karolin, das kleine Töchterchen der Familie Volkmar, im Krankenhaus in Schrozberg auf die Welt, ein paar Tage vor dem Geburtstag von Frau Volkmar. An ihrem Geburtstag hätte die Hebamme das Kindchen mit einem Sträußchen Vergissmeinnicht in den kleinen Fäustchen zur Mutter gebracht, erzählte Frau Volkmar später. Die ganze Familie war sehr glücklich. Die beiden Brüder liebten das Schwesterle sehr. Vorläufig konnten sie ja noch nicht viel mit dem Kindlein anfangen. Die Mutter musste aufpassen, dass der dreieinhalbjährige Jochen der Kleinen im Überschwang seiner Liebe nicht allzu viel Gutes tat und ihr damit schadete. Walter war mit seinen sechs Jahren vernünftiger. Ihm konnte man das Schwesterchen auch einmal für ein paar Stunden anvertrauen. Im Herbst sollte er ja in die Schule kommen. Er freute sich schon darauf.

Nach den Sommerferien war die Schulleiterstelle an der Schule in Wallhausen ausgeschrieben. Herr Volkmar bewarb sich darum und bekam sie auch. So stand für Volkmars ein Umzug und für Marie Luise die Vertretung des Schulleiters bevor. Sie war mit beidem nicht glücklich, denn sie verlor die enge Gemeinschaft mit dem Kollegen und seiner Familie. Außerdem musste sie während der Prüfungszeit ganz neue Aufgaben dazu übernehmen. Zwar war Wallhausen nicht allzu weit entfernt, aber bei der aktuellen Verkehrslage nicht leicht zu erreichen. Da kam höchstens an Sonntagen ein Besuch in Betracht.

Im Oktober, ehe die kalte Jahreszeit herankam, zog Familie Volkmar um. Für das Kleinkind war es am besten so, aber auch für die Buben und ihre Mutter. Nach den Muswiesenferien war der geeignete Zeitpunkt für einen Neuanfang. Der Schulleiter und seine Kollegin hatten sehr gut zusammengearbeitet und vieles miteinander erlebt. Marie Luise war der Familie sehr dankbar für die fünf gemeinsamen Jahre. Sie hatte Vertrauen, dass es an beiden Orten gut weitergehen werde.

Zu ihrer Erleichterung kam nach den Muswiesenferien ein junger Kollege, Herr Sattler, an die Leuzendorfer Schule. Er übernahm die Oberklasse, während sie die Unterklasse behielt. Obwohl es seine erste Stelle war, konnte Herr Sattler gut mit den Kindern umgehen. Wie es mit seinem pädagogischen Geschick bestellt war, das musste die Kollegin ihm und dem Schulrat überlassen, darum konnte sie sich nicht kümmern. Er wohnte nicht am Ort, sondern kam jeden Tag mit dem Motorrad von Crailsheim. Die Zusammenarbeit mit ihm gestaltete sich naturgemäß ganz anders als mit Herrn Volkmar. Jetzt war sie die Ältere, Erfahrenere, und Herr Sattler respektierte sie als solche. Nach wie vor unterhielten sich die beiden Lehrer in den Pausen über den Unterricht, über die Schüler im Einzelnen und ihre Geschichte. Sie ließ ihn auch an ihren Vorbereitungen zum schulpraktischen Teil der zweiten Dienstprüfung teilhaben, und der junge Kollege war ihr dankbar dafür. Über kurz oder lang musste er sich ja auch Gedanken darüber machen, da konnte es nur gut sein, wenn er schon eine Ahnung hatte.

In den Weihnachtsferien blieb Marie Luise diesmal am Ort und feierte das Fest mit Familie Stahl. In der Vorweihnachtszeit war Lore für ein paar Tage nach Hamburg gefahren, um ihre Schwestern zu besuchen, die beide dort verheiratet waren.

Am Tag, an dem sie zurückerwartet wurde, packte Herr Stahl die ganze Familie samt Marie Luise in seinen VW-Bus und fuhr am Spätnachmittag nach Rothenburg. Kaum hatten sie Leuzendorf verlassen, sahen sie weit über das ebene Land hinweg nach Nordosten den festlich angestrahlten »Räetlesduura«, den Rathausturm, leuchten. In der Stadt waren die Straßen und Gassen, die Schaufenster und Türen der Geschäfte weihnachtlich geschmückt. Auf dem Marktplatz standen noch einige Stände, wo Glühwein und Gebäck verkauft wurde. Der übrige Markt war schon abgebaut worden. Aber zum Einkaufen waren sie ja nicht »nai d Schdood« (in die Stadt) gefahren. Sie stiegen auch nicht aus, sondern schauten sich die Herrlichkeit im Vorbeifahren an. Ihr Ziel war der Bahnhof, auf dem die Mutter ankommen sollte. Die Zeit hatte Herr Stahl so bemessen, dass sie trotz der Stadtrundfahrt am Bahnhof waren, ehe der Zug eintraf. Da stiegen sie nun aus. Es war kalt, aber die Kinder waren warm angezogen und fieberten außerdem der Mutter entgegen. Als der Zug kam und die Kinder ihre Mutter entdeckt hatten, stürzten sie ihr mit hellem Jubel entgegen. Alle wollten sie gleichzeitig umarmen, so dass sie sich um nichts anderes kümmern konnte. Herr Stahl und Marie Luise nahmen sich der zahlreichen Pakete an und verstauten sie sorgfältig im Busle. Lore und die Kinder stiegen auch ein, und Herr Stahl lenkte das Fahrzeug heimwärts. Nun konnte es Christtag werden.

An Weihnachten lag noch wenig Schnee, aber danach schneite es kräftig, so dass die Welt wunderbar verzuckert erschien. Alles Harte, Spitze war weich überdeckt. Die Stahlsbuben bauten mit ihrem Vater zusammen einen großen, dicken Schneemann. Er bekam einen roten Eimer als Hut auf den Kopf, eine graue Halbschürze der Mutter als Mantel über die Schulter. Die üblichen Kohlen und die Gelberübe markierten das Gesicht. In den Mund bekam er noch eine Tabakspfeife aus einer Kastanie. Mit einem Reisigbesen bewaffnet hielt er am Gartentürle Wache. Aber der Besen konnte ihn nicht schützen vor den Schneebällen der übermütigen Jugend in der Nachbarschaft. So verlor er bald den Hut, dann den Kopf mit all seinen Zierraten. Als nur noch der dicke Unterleib stand, machten die Kinder eine lange Pause. Am nächsten Tag bauten sie auf der Ruine des alten einen neuen, nicht ganz so großen Schneemann auf. So hatten die Kinder tagelang Spaß im Schnee.

Schlittenfahren war im ebenen Gelände nur möglich, wenn jemand den Schlitten zog. Dieses Vergnügen verschafften die größeren Kinder ihren kleinen Geschwistern, der Lissi und dem Willi. Die Mutter zog die Kleinen warm an und setzte sie, die Beinchen in eine Wolldecke gehüllt, auf den Schlitten. Sie ermahnte ihre großen Buben, achtzugeben, dass die Kleinen nicht in den Schnee fielen. Aber gerade das fanden auch die Geschwisterchen besonders lustig. So provozierten die Großen ein paar »Unfälle« und packten die Kleinen nachher wieder fürsorglich auf die Schlitten. Wenn sie dann freudestrahlend, durchgefroren und wohlbehalten wieder zuhause eintrafen, brauchte die Mutter nicht zu fragen, ob es schön gewesen sei. Auch die Nachbarskinder, der Friedhelm, die Marianne, der Felix und die kleine Hildegard hatten teil an diesen winterlichen Vergnügungen. Sie bildeten mit den Stahlskindern eine enge Gemeinschaft und teilten getreulich Freude und Kummer. So gingen die Weihnachtsferien recht vergnüglich vorbei.

Was bringt das neue Jahr?

Das Jahr 1959 brach an.

»Was wird uns dieses Jahr bringen?«, hatte einst Marie Luises Großtante gefragt.

»Prüfungen«, hatte Marie Luise geantwortet.

Der Großtante hatte es, noch im Januar, das Lebensende gebracht. Diesmal würde es für Marie Luise wieder Prüfungen bringen. Die waren vorauszusehen. Was nicht vorauszusehen war, die Versetzung nach Welzheim, stand noch in den Sternen (oder im Plan des Schulrats). Am Neujahrsmorgen betete Marie Luise mit Eduard Mörike: »In ihm sei's begonnen, der Monde und Sonnen an blauen Gezelten des Himmels bewegt. Du Vater, du rate, lenke du und wende! Herr, dir in die Hände sein Anfang und Ende, sei alles gelegt.«

Der schulpraktische Teil der zweiten Dienstprüfung umfasste eine schriftlich ausgearbeitete Lehrprobe, die an einer Klasse (in diesem Fall an Klassen) gehalten wurde, an denen der Kandidat, die Kandidatin, sonst nicht unterrichtete. Das Thema konnte frei gewählt werden, sollte aber im Rahmen des Unterrichtsplans sein. Da konnten nun alle möglichen Lehrmethoden aufgezeigt werden. Die Frage war nur, was war in den 45 Minuten möglich? Eine Zusammenfassung musste dabei sein, womöglich auch ein kurzer Aufschrieb der Schüler. Wie gut, dass Marie Luise genügend Zeit hatte, sich alles reiflich zu überlegen und selbst allerlei auszuprobieren. Sie entschied sich für das Thema »Auf der Teckalb«. Es war ein Thema aus dem Erdkundeunterricht des fünften Schuljahrs. In Leuzendorf nahm die ganze Oberklasse an diesem Thema, somit auch an der Prüfungslehrprobe teil.

In der neuen Schule war ein schöner neuer Sandkasten. Der Nachbar, Maurer Stahl, hatte ihn mit frischem Flusssand füllen lassen. Der bot sich an, ein Modell zu erstellen mit Wasserläufen, Bergen, Wäldern und Dörfern. Der Anschaulichkeit halber und um der eigenen Betätigung der Kinder Raum zu geben, ließ Marie Luise die Wasserläufe mit blauen Fäden legen, symbolhaft kleine Häuschen und Bäumchen aufstellen für Dörfer und Wälder. Kleine Schildchen mit den Ortsnamen markierten die Ortschaften. Die Berge formte sie selbst aus feuchtem Sand. Wenn die Landschaft plastisch gestaltet war mit allen Einzelheiten, konnten auf einer Glasplatte, die den ganzen Sandkasten bedeckte, die Umrisse von Bergen, Flüssen, Wäldern und die Ortschaften mit Kreide aufgemalt und beschriftet werden. Nun war es einfach, den Plan auf durchscheinendes Papier zu übertragen und so zur Landkarte zu kommen. Diese Tätigkeit sollte am Prüfungstag nur eingeleitet und besprochen werden. Marie Luise wollte noch ein paar Erkenntnisse in kurzen Sätzen ins Erdkundeheft eintragen lassen. Sie befürchtete, den Zeitrahmen zu sprengen.

Am Prüfungstag, es war am Nachmittag, war alles bereit, aber die Prüfer kamen zu spät. Sie hatten, wie sie zu ihrer Entschuldigung vorbrachten, am Vormittag anderswo eine Prüfung abgenommen. Danach hatten sie schnell in einer Gaststätte etwas gegessen. Aber nun waren sie da, nun konnte es hier weitergehen.

Die Herren nahmen im Hintergrund an Schülertischen Platz und legten ihr Schreibzeug bereit. Die Schüler hantierten am Sandkasten auf Anweisung der Lehrerin. Sie waren eifrig bei der Arbeit und machten ihre Sache gut. Aber die Prüfer langweilten sich wohl, oder sie waren nach ihrer Mahlzeit müde. Auf einmal ertönte ein leises Schnarchen aus dem Hintergrund. Die Schüler waren so in ihre Arbeit vertieft, dass sie es gar nicht bemerkten. Marie Luise aber ärgerte sich. Sie hatte sich so gut vorbereitet, die Kinder arbeiteten so eifrig mit, und die Herren nahmen davon gar nichts wahr! Oder hatten sie doch alles mitgekriegt? Kurz bevor die Glocke zum Schluss der Stunde läutete, stand der Schulrat auf und kam auf den Sandkasten zu. Er beschaute sich das Gemeinschaftswerk der Lehrerin und der Kinder. Was er davon hielt, zeigte er nicht.

Als die beiden anderen Herren auch herankamen, murmelte er ihnen zu: »Hat nicht der Herr Volkmar auch solch ein Modell vorgeführt bei seiner zweiten Dienstprüfung?«

Marie Luise fühlte sich, als ob man ihr den Boden unter den Füßen wegzöge. Sie überlegte sich nicht, dass der Schulrat bei Herrn Volkmars zweiter Dienstprüfung gar nicht dabei gewesen sein konnte. Die lag ja schon Jahre zurück und hatte in Bronnholzheim stattgefunden. Herr Schwenk aber war erst seit kurzem Schulrat in Crailsheim.

Marie Luise verabschiedete die Kinder, jedes einzelne mit Handschlag, was sonst nicht üblich war. Sie wollte nicht, dass sie ohne Dank für den Extranachmittag und ihre eifrige Mitarbeit weggehen sollten. Sie wenigstens sollten diesen Prüfungstag nicht in unguter Erinnerung behalten. Die Prüfer hatten wohl für heute auch genug. Sie packten ihr Schreibzeug und die Unterlagen der Lehrerin zusammen. Dann verabschiedeten sie sich, auch mit Händedruck.

»Wir lesen ihre Vorbereitung durch und besprechen auch Ihre Lehrprobe morgen unter uns. Sie kriegen dann Bescheid, aber es dauert einige Tage.«

Obwohl sie den Tränen nahe war, versuchte Marie Luise ein freundliches Lächeln. Nein, sie würde nicht zeigen, wie enttäuscht sie war! Über sich selbst oder über ihre Prüfer, war ihr in diesem Augenblick nicht ganz klar.

Zum Glück war drüben in ihrer Wohnung ihre Schwester. Die war zur Zeit im Diakonissenkrankenhaus, im »Diak«, in Schwäbisch Hall als Pflegerin auf der Seniorenstation. Sie hatte vor, Krankenschwester zu werden, aber als sie im März die Landwirte auf die Felder gehen sah, da hielt es sie nicht mehr in den Krankenzimmern. Noch war es aber nicht so weit. Sie hatte ein paar Tage Urlaub und verbrachte die bei Marie Luise. Zusammen machten die Schwestern einen langen Abendspaziergang und aßen anschließend gemütlich ein leckeres, selbst gekochtes Abendessen. Danach musizierten sie zusammen. So fand dieser Prüfungstag trotz allem einen guten Abschluss.

Nach 14 Tagen hielt Marie Luise das Prüfungsergebnis in Händen. Es war nicht sehr gut, aber immerhin gut. Marie Luise, die sehr ehrgeizig war, war einerseits enttäuscht, aber mit einem »Gut«, einer Zwei, konnte sie durchaus Staat machen. So entschloss sie sich, die zweite Dienstprüfung abzuhaken. Sie war bestanden, also stand ihrer Verbeamtung nichts mehr im Wege. Frauen wurden in jener Zeit frühestens mit dreißig Jahren Beamtin. Sie hatten zwar den Diensteid geleistet, waren aber nur »außerplanmäßige« Beamtinnen, obwohl damals Lehrermangel herrschte. Ein paar Jahre später wurden Kindergärtnerinnen und Hausfrauen, deren Kinder erwachsen waren, aufgefordert, sich in einem Schnellkurs zur Lehrerin ausbilden zu lassen. Sie sollten dann vorwiegend an Grundschulen eingesetzt werden.

Alltag

Nach den aufregenden Prüfungstagen kehrte wieder der Alltag ins Klassenzimmer ein. Aufsätzchen und Diktate wurden geschrieben und korrigiert. Einige der kleinen Aufsätzchen, die originellsten, durften die Kinder in ein besonderes Heft schreiben. Sie wurden von Marie Luise aufbewahrt zur Erinnerung an die Kinder.

So schrieb der Bauernbub Karl: »Die kleine Schnecke. Die Schnecke denkt: Ich bin groß. Dann laufen die zwei kleinen Schnecken in den Wald. Es hat geregnet. Jetzt weint die Schnecke, jetzt möchten sie wieder heim. Aber sie wussten nicht mehr heim. Da liefen sie in den Wald. Sie sehen ein Häuschen. Da meinten die zwei, es wäre ihr Häuschen. Jetzt liefen sie weiter. Da kommt der Fuchs und frisst sie auf. Dann brauchen sie sich nicht mehr zu fürchten.«

Der Hof von Karls Vater liegt im Wald. Spiegelt die Angst der Schnecken die Angst des Buben wider? Seltsam ist auch, dass die Angst zu Ende ist, nachdem der Fuchs die Schnecken gefressen hat.

Zum selben Thema schreibt Inge: »Da ist die kleine Schnecke fortgelaufen. Und da ist ein Gewitter gekommen. Und da hat die kleine Schnecke geweint und geweint. Die kleine Schnecke ist auf der Wiese gewesen. Da ist ein Engel gekommen. Und da hat der Engel gefragt: Warum weinst du denn?«

Eine Antwort hat die Inge nicht gefunden. Vermutlich war der Zweitklässlerin das Schreiben zu viel geworden. Sie hat dagegen die Schnecke, die Wiese und ein kleines Bäumle gemalt.

Viel ausführlicher und gewandter behandelte der Paul dasselbe Thema. Er war schon ein bisschen älter. Auch hatte seine Patentante, eine kinderlose Lehrerswitwe, die auf dem Hof lebte, viel mit ihm gelesen, so dass der Bub sehr gefördert wurde. Seinen Aufsatz schrieb er in relativ klarer Schrift. Er lautete: »Als einmal eine kleine Schnecke von ihrer Mutter fortlief, kam sie an einen Wald. Die kleine Schnecke wollte wieder zu ihrer Mutter zurück. Aber sie fand den Weg nicht mehr. Als es Abend wurde, kam der Abendengel. Und als der Abendengel die kleine Schnecke sah, sagte er: Warum bist du denn allein? Dann sagte die Schnecke: Ich bin allein fortgelaufen und finde nicht mehr heim. Der Engel fragte: Soll ich dich heimtragen? Und die Schnecke sagte: Ja. Da nahm sie der Engel und trug sie heim. Von da ab blieb die kleine Schnecke immer daheim.«

Den Aufsätzen war der Heimatkundeunterricht zum Thema »Tiere in Wald und Feld« vorausgegangen. Zum Aufsatz waren die Wörter Schnecke, Regen, Wald vorgegeben, die die Kinder benützen sollten. Es gab noch weitere schöne Beispiele, für Marie Luise interessant und aufschlussreich, in größerer Menge jedoch, ohne dass man die Kinder dahinter sehen konnte, eher eintönig.

Als die Sonne wärmer schien, wurde das Schulgärtlein umgegraben, die Erde mit den Rechen geebnet und die Beetchen, schmale Streifen, abgesteckt. Die Kinder, die Lust zu dieser Arbeit hatten, sollten ja alle ein kleines Fleckchen Erde bekommen, in das sie ihre Samen legen konnten. Sie taten das mit großer Sorgfalt. Ein besonderer Teil wurde noch freigehalten. Da wurden im Mai, nach den Eisheiligen, Tomatenpflanzen gesetzt, die der Gärtner gestiftet hatte. Es waren diejenigen, die er nicht verkauft hatte, zumeist schwächliche Pflänzchen, aber in solcher Anzahl, dass einige »drausgehen« konnten. In der sonnigen Lage und bei der Betreuung durch die Kinder kamen die meisten davon und trugen Früchte. Doch diesmal sollte Marie Luise weder Tomaten pflanzen noch Tomaten ernten.

Ferienfreizeit in der Schweiz

Die Osterferien kamen heran. Diesmal hatte Marie Luise sich zu einer Freizeit in der Schweiz, in Boldern, angemeldet. Der »Freundeskreis Evangelischer Erzieher« hatte dazu eingeladen. Die Anreise mit öffentlichen Verkehrsmitteln war langwierig und umständlich. Aber der Aufenthalt hoch über dem Zürichsee gestaltete sich zugleich erholsam und anregend.

Morgens vor dem Frühstück fand eine kurze Morgenandacht statt, die ein Kollege hielt. Nach dem Frühstück war in den ersten zwei Tagen Zeit für kleine Spaziergänge, Lesen, Schreiben oder einfach Nichtstun. Das Wetter war frühlingshaft warm. Forsythienzweige standen voll mit gelben Blüten, um die Bienen, Hummeln und Schmetterlinge flogen. Der Ausblick auf den See war bezaubernd bei dem klaren Wetter. Ab dem dritten Tag wurden Ausflüge mit gemieteten Bussen in die geschichtsträchtige Umgebung gemacht. Manche Stätten, die die Schweizer Dichter Conrad Ferdinand Meyer und Gottfried Keller genannt und beschrieben haben, wurden für Marie Luise lebendig, so die Stadt Zürich mit ihrem großen Münster, die Limmat, die die Stadt durchfließt, die Insel Ufenau, auf der der Ritter Ulrich von Hutten gestorben sein soll. Auf einem Schiffsausflug sahen sie die Ufenau, aber sie landeten nicht an.

Den Höhepunkt bildete eine Tagesfahrt den Lago Maggiore entlang nach Stresa, wo die Kamelien blühten. Sie setzten über zu der borromäischen Insel Isola Bella und bestaunten die vielen exotischen Pflanzen und die prächtigen Säle.

»Dass ein Kirchenmann solch einen Haufen Geld angesammelt hat, um diese Pracht aufbauen zu können ... Kein Wunder, dass das Volk Not litt und unzufrieden wurde!«, meinte eine Dame aus der Gruppe, als der Fremdenführer gerade außer Hörweite war.

Auf der Rückfahrt nach Boldern kamen sie durch die enge Straße am Nordufer des Lago Maggiore. Zur stillen Verwunderung Marie Luises standen die Magnolienblüten entlang der Straße noch in der Knospe. Kein Blütenblatt lag auf dem Boden, es war alles wie erstarrt. Als der Bus an einer Tankstelle hielt, stiegen die Passagiere aus, um sich die Füße zu vertreten. Marie Luise fragte einen Passanten, was denn mit den Magnolien geschehen sei, dass sie so starr dastünden.

»Wir haben ein paar kalte Nächte gehabt, keinen Frost, aber den Magnolien war es zu kalt. Die werden in diesem Frühling nicht aufgehen, aber wenn wir Glück haben, fällt es ihnen im Herbst ein, doch noch zu blühen.«

Marie Luise fiel ein altes Volkslied ein: »Es fiel ein Reif in der Frühlingsnacht. Er fiel auf all die Blaublümelein. Sie sind gestorben, verdorben.«

Die Heimreise gestaltete sich viel angenehmer als die Herfahrt: Ein Kollege, der in Schwäbisch Hall wohnte, war mit dem Auto angereist und hatte noch einen Platz frei. Marie Luise hatte jedoch schon eine Fahrkarte.

»Die können Sie ja noch brauchen von Hall bis Rot am See«, meinte der Kollege.

Marie Luise war sehr froh über das Angebot. Nicht nur, dass ihr das lästige Umsteigen mit dem schweren Koffer erspart blieb, mit dem Auto kamen sie auch viel schneller voran, so dass sie eher in Rot am See sein würde. Dort allerdings musste sie auf den Abendbus nach Rothenburg warten.

Abschied

In Leuzendorf wartete Lore Stahl mit ihrem Ältesten an der Bushaltestelle. Sie sah ein wenig bedrückt aus.

»Der Schulrat hat am Freitag angerufen, du sollest gleich nach Welzheim fahren und morgen dort anfangen«, sagte sie nach der Begrüßung.

»Aber das geht doch nicht! Heute komme ich ja nicht mehr fort, und morgen will ich mich von den Kindern verabschieden. Ohne Abschied kann ich doch nicht einfach wegfahren!«

Lore hatte nichts anderes erwartet. »Ich habe dem Schulrat gesagt, dass du in der Schweiz seist und am Sonntagabend zurückkommst. Ich glaube, dass er gar nicht ernstlich erwartet, dass du morgen in Welzheim anfangen wirst.«

Nun war es also unabänderlich, sie musste dieses Dörflein, die Schule, die Kinder verlassen und in Welzheim neue Wurzeln schlagen.

In der Nacht, als sie wieder einmal nicht schlafen konnte, griff sie zu Bleistift und Papier, um sich mit dem Gedanken an die Abberufung auseinanderzusetzen.

Bei einer Abberufung

Nun lasse fahren, was deine Hand in Lieb begonnen hat.
Vertrau, dass eine andre sich fand, die hegt an deiner statt,
was du bereitet und gesät, dass einstens schön die Ernte steht.

Nun löse sachte dich, wo dein Herz so fest verankert war,
wo Liebe, Hilfe in Freud und Schmerz dich trug so manches Jahr.
Erfülle, was dein Schöpfer will, und füge seinem Ruf dich still.

Du meinst, es werde dir allzu schwer? Dich dünkt, dein Herze bricht?
Spannt nicht der Himmel auch dort sich her? Scheint dir nicht dort auch Licht?
Und einsam wirst du dort nicht sein, denn andre Kinder warten dein.
Sie sind dir fremd, und deine Treu kannst du so wechseln nicht?
Ja, halt die alte und füg' die neu', Neigung verein' und Pflicht.
Befestige das alte Band, ein neues knüpf' im neuen Land.

So geh mit Gott, sein Auge ist stets offen dort und hier.
Bewähr' dich ferner als rechter Christ und trachte mit Begier
Nach Lieb', Gehorsam, Zucht und Treu'! Dein Heiland helfe dir dabei.

Nachdem sie dieses Gedicht zu Papier gebracht hatte, fand sie Ruhe und Schlaf.

Am Montagmorgen ging sie hinüber in die Schule, wo die Kinder schon auf sie warteten. Sie ahnten noch nichts von Abschied. Sie freuten sich, die meisten wenigstens, dass sie einander wiedersahen nach den Ferien und meinten, der Schulunterricht gehe so weiter wie üblich. Am Anfang des Vormittags bekamen sie den Sommerstundenplan, den Marie Luise an die Tafel geschrieben hatte. Die Kinder hatten Formulare, teils auf die Heftschoner gedruckt, teils auf Extrablättern. Die füllten sie nach der Vorlage an der Tafel aus. Dann durften sie über ihre Ferien erzählen, was sie an Ostern gemacht und was ihnen der Osterhase ins Nest gelegt hatte.

Vor der großen Pause erklärte Marie Luise den Kindern, dass sie jetzt nicht mehr bei ihnen sein werde, dass sie an eine andere Schule versetzt sei. Der neue Schulleiter, Herr Schedler, war ja schon da und unterrichtete in der Oberklasse. Sie hatten ihn am Morgen schon gesehen. Die Unterklasse würde Frau Aßmann übernehmen. Sie war heute noch nicht da, daher konnte sie auch noch nicht vorgestellt werden. Marie Luise ermahnte die Kinder, genauso artig und fleißig zu sein wie bisher und der Frau Aßmann keinen Ärger zu machen.

Um zehn Uhr entließ Marie Luise die Unterklasse. Sie wollte noch packen, damit sie am nächsten Tag mit dem Postauto wegfahren konnte. Sie hatte schon einiges zu packen, aber der Umzug musste erst später erfolgen, wenn sie in Welzheim eine Unterkunft gefunden hatte. Die gebrauchte Wäsche hatte sie vor den Osterferien nach Hause geschickt, damit ihre Mutter sie wasche. Die konnte sie sich, frisch gewaschen und gebügelt, nach Welzheim schicken lassen. Es gab außerdem so viele Dinge zu planen. Ach ja, auf dem Rathaus musste sie sich auch noch abmelden. Dazu war gerade noch Zeit, ehe das Standesamt schloss. Doch der Bürgermeister meinte, da sie ja noch keine Adresse in Welzheim habe und ihre Möbel noch hierblieben, so hätte sie auch hier ihren ersten Wohnsitz. Wenn sie dann eine Unterkunft gefunden habe und mit dem Umzugswagen komme, dann könne sie sich auch abmelden.

War das eine Erleichterung, dass ihre Wurzeln nicht auf einmal herausgerissen werden konnten? Sie wollte es so sehen und sich aufs Wiederkommen freuen.

Nach ihrer Rückkehr vom Rathaus machte sie sich daran, ihr letztes Mittagessen zu wärmen. Es gab noch einige Reste, die sie aufbrauchen wollte. Doch wenn dann noch etwas übrig blieb, war das auch nicht schlimm. Im Stall wurde ein Schwein gefüttert, das versorgte alle Reste, die man ihm in den Trog gab.

Kaum hatte sie den Herd angeschaltet, da rief Lore von unten: »Marie Luise, komm einmal runter, da ist jemand für dich.«

Schnell schaltete sie den Herd wieder aus und lief hinunter. Als sie auf den untersten Stufen der Treppe stand, hörte sie vor der Haustür, die einen Spalt offen stand, mehrstimmigen Gesang. Sie öffnete die Türe ganz und stand nun vor dem Staffelgeländer. Drunten hatte sich der Kirchenchor versammelt und sang: »Schaff's mit mir, Gott, nach deinem Willen. Dir, dir sei alles heimgestellt. Du wirst mein Wünschen so erfüllen, wie's deiner Weisheit wohlgefällt. Du bist mein Vater, du wirst mich treu führen, darauf hoffe ich. Zu dir, mein Gott, steht mein Verlangen. Du bist mein Gott, mein Heil, mein Schutz. Auf dich will ich beständig trauen. Mit dir biet' ich dem Teufel Trutz. Ist Gott für mich und bleibet mein, wer kann mir dann zuwider sein?«

Sie erkannte den Bachsatz, den Herr Volkmar mit dem Chor eingeübt hatte. Das Lied war also in doppelter Weise ein Geschenk, der tröstliche Text und die Erinnerung an den Kollegen, der sie einfühlsam ins Lehramt eingeführt hatte. Nach diesem Lied trat Elis vom Oberhof vor und überreichte ihr mit einem kurzen Gedicht einen großen Strauß Frühlingsblumen.

Marie Luise dankte ihr und den Sängern. Sie dachte, das sei alles. Aber der Dirigent hob noch einmal die Hände, um die Aufmerksamkeit der Sänger auf sich zu lenken. Er summte die Töne für die einzelnen Stimmen, dann sang der Chor »Ich fahr dahin, wenn es muss sein. Ich scheid' mich von der Heimat mein. Zuletzt lass ich ihr 's Herze mein, dieweil ich leb, so soll es sein. Ich fahr dahin, ich fahr dahin.«

Die letzten Töne verklangen leise, leise, und Marie Luise kamen die Tränen. Sie wandte sich ab und war froh, dass sie sich schon bedankt hatte.

Das war der Abschied von Leuzendorf, der zwar nicht endgültig sein sollte, aber entscheidend war.

WELZHEIM

Neue Schule, neue Wohnung

Welzheim ist für Marie Luise Seitz nur eine Zwischenstation gewesen. Sie war 1959 dort hingeschickt worden, weil sie Erfahrung hatte im Gesamtunterricht an der Grundschule und besonders im ganzheitlichen Erstleseunterricht. Die erste Klasse wurde, wie alle Klassen, doppelt geführt, und sie sollte den Kollegen, einen älteren, erfahrenen Lehrer, unterweisen in dieser modernen Methode. Diese Zumutung war von vorneherein zum Scheitern verurteilt.

Dazu kam, dass die Unterkunftsfrage noch nicht geklärt war. Die erste Nacht kam sie bei der Kollegin Fräulein Kiefer unter, die über ein Gastzimmer verfügte.

Am zweiten Tag führte Rektor Gall sie in das Kollegium ein. Sie erfuhr, dass sie zweiunddreißig Erstklässler, Buben und Mädchen, in ihrer Klasse haben würde. Ja, sie wollte den Kindern, die sie ja noch nicht kannte, eine gute Lehrerin sein, an die sie später gerne denken würden. Heute jedoch waren sie noch nicht da, denn die Schulneulinge wurden ja erst am nächsten Tag eingeschult.

Den Nachmittag hatte sie frei, um sich nach einer ständigen Bleibe umzusehen. Fräulein Kiefer hatte ihr die Adresse von Frau Wahl gegeben. Die hatte in der Vergangenheit ein Zimmer an die Junglehrer vermietet und ihnen auch das Frühstück besorgt. Sie wollte das zwar in Zukunft nicht mehr tun, sie fühlte sich zu alt, aber für ein paar Wochen könnte sie an die junge Lehrerin vermieten.

Marie Luise spürte wohl, dass Frau Wahl das nicht gerne tat. »Ich habe auch schon den Ofen gerußt. Jetzt heize ich nicht mehr ein«, sagte sie entschuldigend.

Eigentlich war es ja schon recht warm gewesen in diesem Frühjahr. Als der Vorgänger Marie Luises ausgezogen war, hatte Frau Wahl im Zimmer Großputz gemacht in der Annahme, dass es jetzt als Gästezimmer für ihre Übernachtungsbesuche dienen würde.

Marie Luise zog also bei Frau Wahl ein mit dem, was sie in ihrem Koffer hatte. Nun konnte sie ihren Unterricht beginnen, sich mit den Kindern vertraut machen und auch das Kollegium kennenlernen. Außer Fräulein Kiefer und dem Rektor Gall kannte sie ja noch niemanden. Wie gut, dass Fräulein Kiefer schon lange Jahre hier unterrichtete. Sie kannte sich aus, nicht nur im Kollegium, sondern auch in der Stadt und gab Marie Luise manche nützlichen Ratschläge. Ihre Geschwister waren verantwortlich für das lokale Blatt »Bote vom Welzheimer Wald«. Sie war es auch, die Marie Luise eine kleine Wohnung vermittelte, die allerdings noch im Umbau war. Wenn die dann fertig sein würde, könnte Marie Luise ihre Möbel in Leuzendorf abholen.

Dass im Kollegium Spannungen herrschten, spürte Marie Luise bald. Da war ein älterer Kollege, der sich immer abseits hielt, bei den Konferenzen kaum zu Wort meldete und dann seine Meinung in sehr brummigem Ton vorbrachte. Fräulein Kiefer berichtete, dass dieser Kollege schon mehrere Jahre hier unterrichtete. Als die Rektorenstelle neu ausgeschrieben war, hatte er sich beworben in dem guten Glauben, dass seine Bewerbung Erfolg haben würde. Dann wurde ihm Herr Gall vor die Nase gesetzt. Der hatte zuvor an einer benachbarten

Schule unterrichtet. Das war solch eine bittere Enttäuschung für den Erfolglosen, dass er schwor, ein ganzes Jahr lang sich nur in seiner Klasse einzusetzen, sich nur dann auf dem Hof zu zeigen, wenn er Pausenaufsicht hatte, und so »Dienst nach Vorschrift« zu machen. Die Kollegen nahmen diese Einstellung hin, wenn auch mit einigem Unverständnis.

Für Marie Luise aber waren diese Spannungen eine Belastung. War sie doch gewohnt, mit ihrem Vorgesetzten alles zu besprechen. Somit hatte in ihrem Lehrerinnenleben bislang Einigkeit geherrscht, und an Spannungen dieser Art trug sie schwer. Verständnis für ihre Enttäuschung fand sie bei dem Konrektor, Herrn Trautwein. Wie sich herausstellte, stammte er aus der Rothenburger Landhege, aus Brettheim. Auch darum bildete sich zwischen dem älteren Konrektor und der jüngeren Kollegin ein besonderes Vertrauensverhältnis.

Der Unterricht in der Klasse 1/b fand bei den Eltern rasch Anklang. Die neue Methode bedurfte intensiver Zusammenarbeit zwischen Eltern und Lehrerin, und die war für beide Teile gut. Nicht nur, dass die Elternabende gut besucht waren, auch zwischendurch kam es immer wieder vor, dass eine Mutter ihr Kind abholte und bei der Gelegenheit ein Gespräch mit der Lehrerin suchte.

Eine Schülerin brach sich beim Spielen in der Freizeit das Bein und musste einige Zeit ins Krankenhaus. Die Mutter kam, um ihre Tochter Claudia zu entschuldigen. Zugleich bat sie, dass einem Nachbarskind die Hausaufgaben mitgegeben würden, damit das kranke Kind nicht allzu viel versäume. Marie Luise schrieb jeden Tag extra einen Zettel und gab ihn der Irene mit. Nach ein paar Tagen kam die Mutter Claudias wieder und erzählte ihr, wie ihre Tochter im Krankenhaus so begeistert die vorgegebenen Aufgaben machte und auch schon selbständig versuche, aus noch unbekannten Wörtern die einzelnen Buchstaben und Laute auszugliedern. Natürlich hatte das Kind, zumal es keine Schmerzen hatte, viel Zeit, sich den Schulaufgaben zu widmen. Für die Eltern aber war es ein Zeichen, dass die Ganzheitsmethode wirklich kindgerecht sei und deshalb nicht nur den Eltern die Hilfe erleichtere, sondern auch die Kinder fröhlich lernen lasse.

Wie es in der Klasse 1/a aussah, das mochte Marie Luise nicht erfragen. Der Kollege, der die Klasse unterrichtete, gab von sich aus keine Auskunft. Ihm kam es wohl nicht richtig vor, dass eine viel jüngere Kollegin ihm sagen sollte, wie er zu unterrichten habe, wo er doch eine so viel längere Schulpraxis hatte. Die »Offene Schultür« war noch nicht eingeführt, kein Lehrer betrat unaufgefordert das Klassenzimmer eines Kollegen.

Im April und Mai war es noch einmal recht kalt geworden. Marie Luise fror in ihrem Zimmer, auch wenn sie eine dicke Jacke und wollene Socken anhatte. Am Abend, wenn sie ins Bett ging, wurde sie lange nicht warm, denn auch die Federn des Bettes waren durchgekühlt. Sie ließ sich von Frau Wahl am späten Nachmittag eine Messingbettflasche mit heißem Wasser füllen und stellte sie ins Bett. Das erleichterte das Einschlafen. Aber am Tag fror Marie Luise ständig, sobald sie im Haus ihre Vorbereitungen und Korrekturarbeiten machte. Zum Glück war in der Schule noch geheizt. Sie zog sich eine fiebrige Erkältung zu, wegen der sie für einige Zeit ins Krankenhaus musste.

Kurz vor den Pfingstferien, sie war kaum wieder genesen, war ihre kleine Wohnung in der Drosselgasse fertig. Sie bestand aus zwei Zimmern, einer Küche und einem Badezimmer mit Badeofen, der mit Öl beheizt wurde. Es war eine recht feudale Wohnung für eine Person, und Marie Luise richtete sie sich behaglich ein mit den Möbeln, die sie schon in Leuzendorf gehabt hatte.

Die Neubürgerfamilie Koschina hatte dereinst ein altes Haus gekauft und baute es jetzt nach und nach um. Die Kinder waren nun erwachsen und hatten zum Teil geheiratet. Sie waren alle seht tüchtige, fleißige Leute, die sehr viel in Eigenarbeit herstellten. Trotzdem war nun das Geld knapp geworden, so dass sie jetzt nicht weiterbauen konnten. Da war es gut, wenn für die Wohnung etwas Geld hereinkam.

Wohnungen waren 1959/1960 in den Städten sehr knapp. Marie Luise hatte Glück, und die Fürsprache von Fräulein Kiefer nützte wohl auch viel, dass sie die Wohnung bekam. Marie Luise erfuhr später, dass eine junge Familie die Wohnung auch mieten wollte und alle Hebel in Bewegung gesetzt hatte, sie zu bekommen. Das Wohnungsamt der Stadt Welzheim hatte ihnen den abschlägigen Bescheid damit begründet, dass die Familie Koschina keine öffentlichen Mittel zum Umbau in Anspruch genommen hatte, dass sie also frei über ihre Wohnung verfügen konnte. Koschinas hatten auch wohl bedacht, dass eine einzelne Person später leichter eine andere Unterkunft finden würde als eine Familie, die möglicherweise auch noch Kinder hatte. Sie hatten ja vor, nach dem vollständigen Umbau ihres Hauses auch die verheirateten Kinder mit ihren Familien im eigenen Haus unterzubringen.

Die Miete war angemessen, weil die Wände der Wohnung noch ziemlich feucht waren. Das zeigte sich, als Marie Luise in den Sommerferien eine Zeitlang nicht zuhause war: Alle ihre Ledersachen, Schuhe, Schultasche und andere Ledertaschen trugen weißliche Schimmelblümchen. Die Federbetten mussten häufig gelüftet werden, damit sie nicht unangenehm schwer und feucht wurden. Doch sorgte Marie Luise dafür, dass sie nicht muffelten. Die Zentralheizung im Herbst half mit, dass die Atmosphäre in der Wohnung recht angenehm wurde.

Leidvolle Erlebnisse

Die Kinder in der Schule machten Marie Luise viel Freude, aber es war nicht wie in Leuzendorf, wo sie zu jedem Einzelnen ein besonderes Verhältnis gehabt hatte. Dazu waren es zu viele. Auch war sie ja erst kurz da, so dass sie einander noch nicht lange genug kannten. Sie versuchte, ihnen nicht nur Lesen, Schreiben, Rechnen beizubringen, sondern auch eine bestimmte Schulordnung einzuüben. Wenn die Kinder am Morgen zu spät kamen, sollten sie sich entschuldigen. Auch bei sonstigen Ungeschicklichkeiten drängte Marie Luise auf eine Entschuldigung.

Eines Morgens kam die kleine Jessika erst in der zweiten Stunde. Ganz kurz klopfte es an der Türe, und Jessika kam herein. Sie wollte sofort an ihren Platz gehen.

Marie Luise hielt sie auf. »Willst du dich nicht entschuldigen? Warum kommst du denn erst jetzt?«

Jessika stand ganz still da, das Gesicht zu Boden gesenkt.

»Nun, dann bleibst du eben stehen und überlegst dir, was du sagen sollst.«

Der Unterricht ging weiter, und Jessika stand vorne an der Seite der Tafel. Nach einer guten Weile wandte sich Marie Luise wieder zu ihr.

In ziemlich scharfem Ton fragte sie: »Willst du dich denn nicht entschuldigen und mir sagen, weshalb du so spät kommst?«

Da fing das Kind an, herzzerreißend zu schluchzen. Marie Luise merkte, dass da etwas Unbegreifliches vorgefallen sein musste, was das Kind zutiefst erschüttert und sprachlos gemacht hatte. Sie schickte Jessika an ihren Platz und fuhr mit dem Unterricht fort.

Nach Schulschluss an diesem Vormittag kam der Vater Jessikas, um seine Tochter abzuholen. Er fragte Marie Luise, ob sie noch eine Weile Zeit hätte. Er brachte das Kind zum Auto und kam dann zurück. Die Lehrerin bot ihm einen Platz an und setzte sich neben ihn auf einen der kleinen Kinderstühle.

»Bitte, haben Sie in der nächsten Zeit besondere Geduld mit meiner Tochter«, begann er. »Es ist nämlich etwas Schreckliches passiert. Meine Frau hat heute Morgen die Kinder nicht versorgt. Jessika geht alleine in die Schule, aber den Kleinen hole ich in meiner Vesperpause ab und bringe ihn in den Kindergarten. Als ich heute kam, hatten die Kinder noch kein Frühstück und waren noch nicht angezogen. Ich schimpfte mit meiner Frau. Sie lief ins Schlafzimmer im Obergeschoss, und ich richtete schnell die Kinder. Zuerst brachte ich Jessika hierher, dann den Kleinen in den Kindergarten. Als ich um halb zwölf nach Hause kam, lag meine Frau auf der Treppe. Sie hatte sich in den Kopf geschossen.«

Marie Luise war entsetzt.

»So ist sie tot?«

»Nein, sie hat sich nicht tödlich getroffen, aber sie liegt jetzt im Koma im Krankenhaus. Die Ärzte wissen nicht, ob und wann sie wieder zum Bewusstsein kommt.« Der Vater war zutiefst erschüttert.

»Warum tut eine Mutter so etwas? Sie hat mir nicht den Eindruck gemacht, dass sie depressiv sei, als ich sie beim Elternabend traf«, sagte Marie Luise.

»Nein, das war es nicht.« Der Vater schaute Marie Luise verzweifelt an. Nach einer Weile fuhr er zögernd fort: »Sie hat mit der Morgenpost ein Päckchen bekommen, von einem Hotel in Rom abgeschickt. Als sie es auspackte, fand sie ein fremdes Kleid darin. Auf einem beiliegenden Zettel stand, dass sie dieses Kleid im Hotel vergessen hätte. Sie war darüber so erschrocken und wütend und verzweifelt, denn sie war gar nicht in Rom gewesen. Ich hatte zu einer mehrtägigen Tagung meine Sekretärin mitgenommen und sie für meine

Frau ausgegeben. Ja, wir hatten seit Kurzem eine Affäre, aber es war nichts Ernstes. Ich liebe doch meine Frau und meine Kinder!«

Der Mann bedeckte sein Gesicht mit seinen Händen, und Marie Luise schaute zur Seite.

Nach einer Weile fuhr er fort: »Vor langer Zeit habe ich eine kleine Pistole gekauft, weil wir doch so einsam draußen wohnen. Ich habe sie nie gebraucht und sorgfältig versteckt. Ich weiß nicht, wie sie darangekommen ist. Ich kann es nicht begreifen! Ich kann und kann es nicht begreifen!«

»Wer sorgt denn jetzt für die Kinder?«, fragte die Lehrerin.

»Meine Mutter kommt her und sorgt für uns. Sie wissen nun Bescheid, wenn meine Tochter verstört ist. Und entschuldigen sie, bitte! Im Augenblick weiß sie noch nicht, was genau passiert ist, aber es kann ihr nicht länger verborgen bleiben. Sagen Sie den anderen Schülern nichts! Doch ich vertraue auf Sie, dass Sie Fragen richtig und schonend beantworten.«

Damit verabschiedete sich der Vater.

Marie Luise war nicht nur tief erschüttert über das Vorgefallene, sie schämte sich auch für ihr stures Verhalten dem armen Kind gegenüber. Warum hatte sie es nicht ohne Entschuldigung an seinen Platz gehen lassen? Warum hatte sie es so gequält mit ihrer Forderung? Jessika hatte doch selbst nicht gewusst, warum sie so verstört war. Sie hatte nur die unbegreifliche Verzweiflung der Mutter widergespiegelt. Und was sie jetzt in der nächsten Zeit zu verkraften hatte, das sollte kein Kind von sieben Jahren aufgebürdet bekommen. In dieser Hinsicht wollte Marie Luise ihr Möglichstes tun, dass dem Kind keine neuen Verletzungen zugefügt wurden.

Die Mutter Jessikas lag noch eine Woche im Koma. Die Kinder durften nicht mit ins Krankenhaus. Sie sollten ihre Mutter nicht so teilnahmslos, so verletzt und fremd sehen. Auch aus hygienischen Gründen waren Kinder im Krankenhaus nicht zugelassen. Dann starb die Mutter, ohne das Bewusstsein wiedererlangt zu haben.

Spaziergänge um Welzheim

Die Landschaft um Welzheim herum ist sehr abwechslungsreich: Wälder wechseln mit offenen Flächen ab, Hochebenen mit tief eingeschnittenen Tälern, geschlossene Ortschaften mit einzelnen Bauernhöfen. Nicht umsonst ist Welzheim Luftkurort. Zwar wehen die Winde da oben stärker und kühler als im Remstal, dafür ist die Luft frischer als in den engen Tälern.

Was war es nur, das Marie Luise sehr häufig heftige Kopfschmerzen bereitete? War es eben diese herbe Luft oder kamen diese Schmerzen aus ihrer Seele, die noch nicht endgültig Abschied genommen hatte von der Rothenburger Landhege? Waren es die Nachwehen von ihrem Unfall?

Der Vater eines ihrer Schüler war Arzt und hatte viel Verständnis für Marie Luise. Die Familie war noch nicht sehr lange nach Welzheim gezogen, die Arztpraxis erst im Aufbau. So hatte der Herr Doktor genügend Zeit für seine Patienten.

Ganz in der Nähe der Innenstadt war ein kleines Wäldchen, Fräulein Kiefer nannte es das »Salonwäldchen«. Dort erhoben sich sehr hohe Nadelbäume auf dicken Stämmen. Die Nadeln waren nicht wie Tannen-, Fichten- oder Eibennadeln, sondern viel größer und anders geformt, auf jeden Fall ganz außerordentliche Gewächse. Sie kämen aus Amerika und wüchsen dort so groß, dass man durch einen Stamm im Nationalpark die Straße gesägt habe. Der Baum habe den großen Eingriff überlebt und wachse fröhlich weiter, so wurde erzählt. Die Mammutbäume hier jedoch konnten mit denen in Amerika nicht verglichen werden. Sie standen ja auch noch nicht so lange hier im Welzheimer Wald. Der Überlieferung nach soll König Wilhelm I. die Samen geschenkt bekommen haben. Der Monarch, der Württemberg landwirtschaftlich aufbaute, soll in Amerika »1 Lot« (alte Gewichtseinheit) bestellt haben. Der Übersetzer hatte das wohl nicht richtig verstanden, das »Lot« mit »viel« übersetzt und veranlasst, dass die Samen in großen Säcken geschickt wurden. Die Samen wurden im Rosensteinpark in Cannstatt ausgesät. Unter anderen Gegenden in den Wäldern Württembergs wurde der Welzheimer Wald als geeignetes Gebiet für die Anpflanzung befunden. Der König beauftragte den Oberförster, die kleinen Pflänzlein inmitten einer Tannenpflanzung zu setzen und zu pflegen. Seitdem stehen die riesigen Koniferen hier. Der Boden ist nur mit abgestorbenen Nadeln bedeckt, kein Pflänzlein kann sonst hier wachsen. Einige Bänke sind aufgestellt, auf denen sich Besucher ausruhen können.

Manchmal ging Marie Luise den kurzen Weg und setzte sich unter die hohen Bäume. Die Stille und die würzige Luft taten ihrem schmerzenden Kopf gut, so dass sie wieder gestärkt in die Drosselgasse und an ihre Arbeit zurückkehren konnte.

Oft wanderte Marie Luise in den Wäldern umher. Einmal stieg sie hinunter zur Laufenmühle und saß da eine Weile am Rain. War es hier, wo Justinus Kerner, damals Amtsarzt in Welzheim, »in süßer Ruh« gesessen und »dem Räderspiele« und »den Wassern« zugesehen hatte? Dem Wasserfall zusehen konnte sie auch heute noch, aber das Räderspiel fand nicht mehr statt. Auch die blanke Säge bahnte ihre langen Wege nicht mehr in einen Tannenbaum. Der Dichter Justinus Kerner hatte längst sein »Wörtlein gelallt«. Er hatte noch viele Wörter gesagt und geschrieben. Das Rad seines Lebens hatte ihn nach Weinsberg geführt und war dort zum Halten gekommen, das der Mühle ging längst nicht mehr. Das Mühlengebäude war vor langer Zeit abgebrannt. Stattdessen war nun ein Heim für behinderte Menschen an der Stelle. Das »Spiel« der Kinder beobachtete Marie Luise nun eine Weile und auch das Spiel der Schmetterlinge über den blühenden Wiesen und das Spiel des Windes mit den Blumen, Gräsern und den umstehenden Bäumen. Dann machte sie sich wieder auf den Rückweg. Unten im Tal war die Sonne schon hinter dem Wald verschwunden, die Schatten des Abends hüllten Flüsschen, Wege und Häuser ein. Aber als sie höher hinaufstieg, sah sie durch die Stämme der Waldbäume die goldenen Lichtbahnen der Abendsonne, in denen Sonnenstäubchen und Schnaken spielten.

Manchmal ging sie auch in der entgegengesetzten Richtung, dem Wasserturm zu. Dort ist weites, ebenes Land, es gab dort Äcker mit Getreide, Futterrüben, Kartoffeln und Klee, angepflanzt nach den Regeln des Fruchtwechsels. Neben Weiden, auf denen Kühe und einzelne Pferde grasten, zeigten sich da und dort Offenställe und Schuppen, in denen das Vieh sich bei schlechtem Wetter unterstellen konnte.

Dort waren auch die Weiler und Höfe, aus denen einige ihrer Schüler kamen. Sie hatten einen weiten Schulweg, den sie als Erstklässler zu Fuß zurücklegten. Die Kleinen durften noch nicht mit den Fahrrädern in die Schule kommen. So viele Fahrradständer waren nicht vorhanden, hätten auch kaum Platz gefunden um das Schulhaus herum.

Schule im Lauf der Jahreszeiten

Der Herbst 1959 kam mit seinen Früchten und bunten Blättern. Marie Luise ließ die Schüler besonders schöne Blätter sammeln. Daraus klebten sie bunte Herbstbilder auf Zeichenpapier und schmückten die Wände des Klassenzimmers damit. Aus Kastanien und »geköpften« Streichhölzern bastelten sie allerlei Tierchen, Vögel mit zwei Beinen, Phantasietierchen, die Kühe, Pferde oder Schweine sein konnten mit vier Beinchen, und Menschen auf zwei Beinen mit zwei Armen. Die brauchten auch noch Schuhe, damit sie stehen konnten. Dazu waren besonders kleine Kastanien oder halbierte Eicheln gut.

In den umgebenden Wäldern fanden sie bei Lerngängen auch Eicheln, »Buchele« (Bucheckern) und Hagebutten. Manchmal hatte ein Eichele noch ein Käpple auf. Die abgefallenen Käpple konnten den Kastanienmännchen als Tabakspfeife angesteckt werden. Die zahlreichen Nussbäume an den Straßenrändern ließen ihre Früchte auf die Wege und in die Gräben fallen. Die Kinder lasen sie gerne auf. Nachdem sie die süßen Kerne verzehrt hatten, dienten auch die leeren Nussschalen zum Basteln, sofern sie nicht in Trümmer gegangen waren beim Knacken. Nussschiffchen mit Papier- oder bunten Blattsegeln konnten zwar nicht schwimmen, waren aber lustig anzusehen. Eine kleine Künstlerin bastelte sogar aus einer übergroßen Nussschale ein zierliches Puppenbettchen. Blattstückchen dienten als Bettzeug, in dem ein Streichholzkind zur Ruhe gelegt wurde. Voll Stolz trugen die Kinder ihre Kunstwerke heim und ließen sie von den Eltern und Großeltern bewundern. Bei diesen Bastelarbeiten hatten sie auch den vorsichtigen Umgang mit Schneidwerkzeugen gelernt. Manchmal musste Marie Luise einen kleinen Schnitt mit einem Pflaster versehen. Zum Glück war kein Kind dabei, das beim Anblick von Blut ohnmächtig wurde!

Der Winter brachte reichlichen Schnee zum Schneemännerbauen und für Schneeballschlachten. In ihrer Freizeit hatten die Kinder Gelegenheit, an manchen Stellen ihre Schlitten oder Ski zu aktivieren. Diese Erlebnisse gaben wiederum Marie Luise Gelegenheit, die Kinder erzählen zu lassen und dazu eigene Textchen aufzuschreiben. Sie benutzte dafür einen sehr einfachen Wortschatz.

Zuerst erzählten einzelne Kinder ihre Erlebnisse. Dabei wurden sie von ihren Kameraden ergänzt, wenn irgendetwas ungenau oder unvollständig dargestellt war. Dann schrieb die Lehrerin die Überschrift an die Tafel: »Es hat geschneit.« Die Kinder selbst machten Vorschläge, wie ein schöner Text zu dieser Überschrift gestaltet werden sollte. So entstand nach und nach unter der aktiven Mitarbeit der Schüler ein kleiner Text. Der wurde zunächst an der Tafel festgehalten und von den Kindern abgelesen, immer wieder, von verschiedenen, schnelleren und langsameren Kindern. Während des Lesens schrieb sich die Lehrerin den Text in ihr Vorbereitungsheft, damit sie ihn zuhause auf Matrize schreiben konnte. Am nächsten Morgen, vor dem Unterricht, druckte sie dann die Matrize im Lehrerzimmer aus, so dass jedes Kind eine Kopie bekam. Diese wurde einem Leseordner eingefügt, den die Kinder in ihrem Ranzen hatten. Viele solcher Kopien waren schon darin, von den ersten Textchen an. Da stand zu lesen: »Eva ist da. Arno ist da. Paul ist da.«

Diese Sätzchen waren bereits am ersten Tag entstanden, und die Kinder waren mit dem Bewusstsein nach Hause gegangen: »Ich habe schon ein wenig Lesen gelernt.« Darauf achtete Marie Luise immer: dass die Kinder das Gefühl hatten, nicht umsonst in der Schule gewesen zu sein. Sie wusste von ihrem Neffen, für den es eine große Enttäuschung gewesen war, dass er nichts gelernt hatte am ersten Tag. Auf die Frage seiner Mutter, wie es denn gewesen sei in der Schule, antwortete er: »Ach, da gehe ich nicht mehr hin! Gar nichts haben wir gelernt heute. Ich kann immer noch nicht lesen. Nur gespielt haben wir, wie im Kindergarten.« Er ist aber doch wieder hingegangen, öfter noch als die meisten seiner Schulkameraden, denn er hat schließlich studiert.

Der Kritik ihrer Schüler und der Eltern, dass die Kinder bei ihr nichts lernten, wollte und konnte sich Marie Luise nicht aussetzen. Trotzdem durften auch die Langsamen und die Spätentwickler nicht überfordert werden. Auch sie sollten ihre Erfolge haben. Deshalb nahm sie das Spiel in den Unterricht herein, indem sie die Kinder berichten ließ von ihren Freizeitbeschäftigungen und die Berichte in Lesestoffe aufbereitete. Diese wurden nicht nur gelesen, sondern auch aufgeschrieben, zunächst in »Druckschrift«, in »Gemischt Antiqua«, kopiert, neuerdings auch in Schreibschrift übertragen.

Nun war aber das Lesen und Schreiben nicht das Einzige, was die Kinder lernen mussten. Deshalb wurde die Tafel mit dem Lesetext umgedreht. Auf der Rückseite war die grüne Fläche in Karos eingeteilt. Es war nun der Zahlenraum bis 100, in dem sich die Kinder rechnerisch bewegten. Zählen jedoch konnten sie bis 1000, nachdem sie den Aufbau des Dezimalsystems erfasst hatten. Es galt also, die Zahlen schriftlich festzuhalten und zu erkennen, welche Zahl größer war. Dazu gab es im Klassenzimmer die »Zählmaschine«, an der die Kinder große Kugeln hin- und herschieben konnten. In einen Rahmen waren zehn starke Drähte eingefügt, jeder mit zehn Kugeln bestückt. Diese waren halbseitig rot und weiß gefärbt. Hier war es augenfällig, zu welcher Zahl die meisten Kugeln gehörten. Außerdem gab es eine Hundertertafel. Die war über der großen Wandtafel angebracht und zeigte in zehn Reihen je zehn Kreise. Die konnte man zählen und auf sie zeigen, aber bewegen ließen sie sich nicht. So wurden die Kinder allmählich vom Gegenständlichen, Greifbaren zum lediglich Sichtbaren, zum abstrakten Rechnen, nur mit Zahlen, geführt. Dass manche Kinder noch die Finger zum Rechnen benutzten, war völlig in Ordnung. An den Fingern abzählen war nicht mehr nötig, der Blick auf die bereitgehaltenen Finger reichte schon, um den Rechenvorgang zu unterstützen. Bald war auch der nicht mehr nötig, die Abstraktion war vollzogen.

Aufbruchstimmung

Das Jahr 1960 hatte begonnen. Im Februar stand die Hauptprüfung aller Klassen durch den Schulrat an. Sie dauerte eine ganze Woche, denn sie umfasste alle Klassen. Am letzten Tag bekam jedes Kind eine Laugenbrezel, die traditionsgemäß die Bäcker der Stadt gestiftet hatten.

Die Lehrer bekamen einige Zeit später einen schriftlichen Bescheid vom Staatlichen Schulamt in Schorndorf. Darin stand sehr ausführlich, wie der Schulrat den Lehrer und die Lehrerin beurteilte.

Marie Luise hatte dieser Beurteilung nie viel Wert beigemessen. Zwar hatte sie sie zur Kenntnis genommen, aber dann weggeschlossen. Bei irgendeinem Umzug ist das amtliche Dokument verlorengegangen. Das zeigt, wie nachlässig es verwahrt worden war.

Trotz aller Annehmlichkeiten, der schönen Wohnung und der landschaftlichen Schönheit wusste Marie Luise, dass sie nicht in Welzheim bleiben konnte. Das Gefühl, dass ihr Platz auch weiterhin in der Rothenburger Landhege sein sollte, ließ sie im Frühjahr Kontakt aufnehmen zu ihrem ehemaligen Schulrat. Schon nach kurzer Zeit kam die Antwort, dass in Brettheim ein Schulversuch gestartet werden sollte, bei dem begabte Schüler in Deutsch, Mathematik und Englisch Extraunterricht bekommen sollten. Für das Fach Englisch fehlte bisher noch die Lehrkraft. Deshalb sei der Schulrat sehr erfreut, dass sie die Lehrbefähigung mitbringe. Sie solle sich auf dem Dienstweg bewerben, und er werde ihre Ernennung befürworten.

So waren also die Weichen neu gestellt, und eine stille Freude, ein Glücksgefühl begleitete Marie Luise durch ihre letzten Tage in Welzheim.

Aber noch war das Schuljahr zu Ende zu bringen. Die Erstklässler bekamen noch keine Einzelzeugnisse, sondern eine schriftliche Gesamtbeurteilung. Die machte sehr viel mehr Arbeit, als Einzelzeugnisse in Deutsch, Rechnen und Heimatkunde gemacht hätten. Die Gesamtbeurteilung zwang die Lehrer, sich intensiv mit den einzelnen Schülern zu befassen, nicht nur ihre Einzelleistungen, sondern auch ihre Mitarbeit, ihr Sozialverhalten und ihre Reife mit einzubringen, aber Negatives war nicht erwünscht. Die Lehrer mussten also sehr wohl überlegen, wie sie ihre Kritik positiv formulieren sollten, damit sie nicht als Lob gewertet würde.

Marie Luise hatte sich im Laufe des Jahres immer wieder Notizen gemacht, die sie jetzt auswertete. Die größte Arbeit war nun die Schreibarbeit. Immer wieder war Marie Luise nicht zufrieden mit dem, was sie geschrieben hatte, nicht dem Inhalt nach, der war gut durchdacht, aber die Formulierung und die äußere Form gefielen ihr nicht. Zum einen sollten die Kinder durch das »Zeugnis« nicht deprimiert werden, zum anderen sollten die Eltern klar erkennen, wo ihr Kind den Anforderungen genügte und wo es eventuell Hilfe brauchte. Diese Fragen waren zwar schon in Einzelgesprächen besprochen worden, aber viele Eltern suchten diese Unterredungen mit den Lehrern erst gar nicht. Hausbesuche bei den Eltern waren nicht möglich und auch nicht vorgesehen.

Ein Bub war in der Pflege seiner Großmutter. Ob die Mutter überhaupt noch lebte, ob sie den Buben bei ihrer Mutter ließ, weil sie an einem anderen Ort Arbeit hatte, wusste Marie Luise nicht. Die Großmutter war nie zu einem Elternabend gekommen, der Bub erzählte nie von zuhause. Er war sehr verschlossen Marie Luise gegenüber, aber sonst zu allem Unfug bereit. In diesem Fall war es sehr schwierig, sich ein objektives Bild zu machen für seine erste Beurteilung. Vermutlich würde die Großmutter einfach unterschreiben, ohne sich Gedanken über den Inhalt zu machen. Trotzdem musste Marie Luise versuchen, dem Buben gerecht zu werden. So verfasste sie ihre Beurteilung nach bestem Wissen und Gewissen.

Die Zeugnisse waren ausgehändigt, der letzte Schultag vor den Osterferien kam und ging wie ein normaler Schultag. Marie Luise hatte zwar ihre Ernennung nach Brettheim schon in den Händen, die Kollegen wussten, dass sie im neuen Schuljahr nicht mehr da sein würde, aber eine offizielle Verabschiedung gab es nicht. Die einzelnen Kollegen wünschten ihr schöne Osterferien und einen guten Anfang an ihrer neuen Schule.

Mit frohem Herzen kehrte sie an diesem letzten Schultag in ihre Wohnung zurück. Ihr war, als ob sie nach einer kurzen Abwesenheit wieder heimkehre in die Rothenburger Landhege.

Als sie ihren Vermietern den letzten »Hauszais« (Miete) zahlte, zeigten sie sich sehr erfreut, dass es nun so hingekommen sei. Sie hatten nämlich jetzt so viel Geld beisammen, um mit der Renovierung der übrigen alten Gebäudeteile beginnen zu können. Dazu musste die Familie, die jetzt dort wohnte, in die schon renovierte umziehen.

Marie Luise bestellte den Möbelwagen und packte ihre kleineren Gegenstände in Umzugskartons. In der Woche nach Ostern war es so weit, der Möbelwagen kam mit zwei Männern, die alles sachgerecht verstauten. Die Familie Koschina wünschte ihr viel Glück, und dann fuhr Marie Luise mit dem Möbelwagen nach Brettheim, in die Rothenburger Landhege.

BRETTHEIM

Im Schulhaus 1960

Die Wohnung für den zweiten Lehrer war im Schulhaus in Brettheim, neben der des Schulleiters Breitling. Sie umfasste ein Wohnzimmer, ein Schlafzimmer, eine helle, geräumige Küche, ein Bad, eine Toilette und einen recht geräumigen, aber fensterlosen Flur. Er bekam ein wenig Licht durch die Glastüre, die den Gang gegen das Treppenhaus abschloss. Das Wohnzimmer hatte eine Wand gemeinsam mit dem der Familie Breitling. Dort wohnten mit den Eltern zwei Töchter und zwei Söhne. Die Älteste, Sigrid, war zwölf Jahre alt und ging ins Gymnasium in Crailsheim. Der ältere Sohn, Wolfgang, ein Jahr jünger, war auch Schüler des Gymnasiums. Zusammen mit dem Sohn des Bürgermeisters und später dem »Abodeechers Madli« (Apothekers Töchterlein) wurden sie abwechselnd von den Vätern zur Bahn gefahren. Hartmut wurde Marie Luises Schüler, und die Jüngste, Gisela, ging noch nicht in die Schule. Sie sollte sich in den nächsten Jahren sehr oft bei »Fräulein Seitz« aufhalten, denn es gab keinen Kindergarten. Bei schönem Wetter durfte das Kind auch manchmal mit auf einen Lerngang der Unterklasse. Sie wurde dann von den Mädchen der dritten und vierten Klasse liebevoll betreut.

Unter den Lehrerwohnungen waren die beiden Schulräume. Dem Raum der Oberklasse gegenüber, links vom Haupteingang, befand sich der Handarbeitsraum, der in der Folgezeit auch als Unterrichtsraum für die »Aufbauklasse« diente. Darunter, halb in die Erde gegraben, die Schulküche, der große Materialraum für Lehrmittel wie Landkarten, Bücher, Utensilien fürs Werken. Die Schulküche war für die Fortbildungsschülerinnen eingerichtet worden, die aus der ganzen Umgebung kamen. Sie hatten zwei Jahre lang einmal in der Woche Unterricht in »ländlicher Hauswirtschaft«. Die Hälfte des großen Gartens zwischen Straße und Schulhaus war diesen Schülerinnen eingeräumt, damit sie auch den Gartenbau praktizieren konnten. Die andere Hälfte bewirtschaftete Herr Breitling.

Außerdem gab es noch den Heizraum. Der war während der Schulzeit ein Teil des Arbeitsraums der Frau Schurtz. Sie zündete im Winter am frühen Morgen den großen Kohleofen an, so dass die Heizkörper in den Klassenzimmern und in den Wohnungen warm waren, wenn die Schulkinder zum Unterricht kamen. An den Sonn- und Feiertagen übernahm Herr Breitling diese Aufgabe, so dass Frau Schurtz nicht vom anderen Ende des Ortes zum Heizen kommen musste. Die Reinigung der Klassenzimmer und des Ganges erledigte Frau Schurtz meist am späten Nachmittag. Dann schaute sie noch einmal nach dem Ofen und legte noch ein paar Schaufeln Kohle nach, damit das Haus nicht ganz durchkühlte. Oft waren ja am Abend auch noch Singstunden im großen Klassenraum oder Elternabende.

Kellerräume für die Lehrer waren nicht vorhanden, deshalb schaffte sich Marie Luise bald einen Kühlschrank und eine Waschmaschine an, die sie bequem in der geräumigen Küche unterbringen konnte. Dadurch kam sie schnell mit der kinderreichen Familie des Elektrikers Zanzinger in Verbindung.

Als sie ihre Wohnung am Umzugstag betrat, kam ihr im Gang ein penetranter Geruch von der Toilette entgegen. Es war kein Wasserklosett, sie musste mit einer großen Kanne im Bad oder in der Küche Wasser holen zum Spülen. Sie machte Herrn Breitling darauf aufmerksam, dass etwas nicht stimme mit der Toilette. Er fand heraus, dass die Klappe zwischen Sitz und Rohr nicht dicht geschlossen war.

»Sie müssen darauf achten, dass die Klappe nach dem Spülen fest geschlossen ist. Schütten sie noch ein wenig Wasser auf die geschlossene Klappe, sonst kommt der Gestank herauf und verbreitet sich in der Wohnung. Überhaupt ist dieses Klo eine Notlösung. 1945, am Ende des Krieges, war nämlich der größte Teil von Brettheim in Schutt und Asche gelegt worden durch – ja, durch die Sturheit der SS. Danach wurde das Schulhaus so schnell wie möglich wieder aufgebaut, und im Eifer des Gefechts vergaßen die Gscheidle das Klo in dieser Wohnung. Vom Bad wurde ein kleiner Raum abgeteilt, so dass gerade die Kloschüssel Platz hat und die Türe noch aufgeht. Das Ablaufrohr richteten sie direkt ins Freie. Da geht es senkrecht an der Nordwand entlang in die Grube. Im Winter müssen Sie immer wieder heißes Wasser hinunterschütten, damit das Rohr nicht zufriert.«

Jetzt allerdings war Frühling, da war die Gefahr des Einfrierens recht gering.

Schuljahresbeginn 1960

Bald hatte sich Marie Luise in ihrer Wohnung eingerichtet, die Umzugskartons weggebracht und sich mit dem Schulhaus vertraut gemacht, denn in der Woche nach dem Sonntag Quasimodogeniti fing der Unterricht an. Mit Herrn Breitling war der Stundenplan festgelegt worden. Die Handarbeitslehrerin, Fräulein Volk, hatte für ihren Unterricht den Handarbeitsraum zur Verfügung. Sie unterrichtete Handarbeit in allen Klassen sowohl in Brettheim als auch in Hilgartshausen und Reubach und Mädchenturnen in den Oberklassen. Ihre Unterrichtsstunden an den anderen Schulen lagen seit Jahr und Tag fest, so dass die übrigen Stunden darum herumgelegt werden konnten.

An den ersten beiden Tagen der Woche war normaler Unterricht. Fräulein Seitz unterrichtete zuerst ihre Dritt- und Viertklässler, dann kam eine gemeinsame Stunde für die ganze Unterklasse. Die Großen wurden um elf Uhr entlassen. Dann hatten die Erst- und Zweitklässler noch zwei Stunden Unterricht. Derselbe Stundenplan galt auch am Donnerstag, nur dass dann noch zwei Stunden Nachmittagsunterricht anberaumt waren. Im Großen und Ganzen verlief die Schule an diesen Tagen wie einst in Leuzendorf. Am Mittwoch, Freitag und Samstag war der Unterricht an der Unterklasse um eine Doppelstunde verkürzt.

In dieser Doppelstunde hatte Marie Luise Englischunterricht in der Aufbauklasse. Die Schüler kamen nicht nur aus Brettheim mit seinen vielen Teilorten, sondern auch aus Gammesfeld, Hausen am Bach, Reubach und Michelbach an der Lücke. Der »Hausherr« in Brettheim, Herr Hermann Breitling, unterrichtete in Mathematik, der Schulleiter von Gammesfeld, Herr Walter Langenbucher, hatte den Deutschunterricht übernommen. Ihn sah Marie Luise eher selten. Er kam zum Unterricht und verschwand danach gleich wieder. Er hatte ja auch in seiner Schule viel zu tun. Aber seine jüngere Tochter wurde in dieser Förderklasse unterrichtet und kam so mit Marie Luise in engeren Kontakt.

Es war ein wunderbares Arbeiten mit diesen Schülern. Sie waren sehr motiviert und stolz, dass sie zu dieser »Elite« gehörten. Marie Luise fing mit ihren Schülern ganz einfach an. Zunächst wurde ohne Lehrbuch gearbeitet, denn noch waren keine Lehrbücher vorhanden. Der Hauptakzent wurde auf die mündliche Verständigung gelegt. Erst in zweiter Linie wurde der schriftliche Ausdruck geübt. Da die Unterrichtszeit begrenzt war, wurde sie vorwiegend benutzt für Hören und Sprechen. Die schriftlichen Übungen wurden auf die Hausaufgaben verlegt. Beim Sprechen legte Marie Luise Wert darauf, dass die Aussprache stimmte nach der »received pronunciation«. Manche Leute gebrauchten den Begriff »King's English«, aber nach Meinung ihres ehemaligen Mentors, dem Rektor des Pädagogischen Instituts in Esslingen, Dr. Hoyler, war die Aussprache der »Royal Family« nicht unbedingt vereinbar mit dem Englisch, das britische Wissenschaftler als Norm festgelegt hatten. Diese Form hatte Dr. Hoyler mit seinen Studierenden intensiv geübt. Keine Englischstunde war vergangen, in der sie nicht eine Kurzgeschichte zum Auswendiglernen als Hausaufgabe bekommen hatten, und sie wurden auch regelmäßig abgefragt und die Aussprache korrigiert.

Viele weitere Tipps für erfolgreiches Lernen hatte der Mentor seinen Studierenden mitgegeben: »Arbeiten Sie bildhaft, möglichst mit realen Gegenständen, aber auch mit Bildern. Lassen Sie die Kinder Handlungen ausführen, die Verben untermalen. Lassen Sie viele Lieder lernen und singen Sie mit den Kindern.«

Diese Ratschläge hatte Marie Luise verinnerlicht und ging nun entsprechend ans Werk. Die Schüler gingen begeistert mit und hatten bald die ersten Erfolge. Zur rechten Zeit, als der erste Elan schon etwas nachgelassen hatte, waren die Lehrbücher mit den Übungsheften eingetroffen. Nun konnten Texte gelesen, die Bilder beschrieben und die dazugehörigen Übungen ins Heft geschrieben werden.

Schriftliche Hausaufgaben ohne Kontrolle des Lehrers sind sinnlos. Deshalb hatten die Schüler zwei Hausaufgabenhefte. In das eine schrieben sie ihre Übungen, das andere hatte die Lehrerin zum Korrigieren. Am Anfang der nächsten Stunde ließ sie die neuen Aufgaben einsammeln und teilte die korrigierten Hefte aus. Sie wies die Kinder an, erst die rot korrigierten Fehler zu berichtigen, ehe sie sich an die neuen Aufgaben machten.

Es dauerte nicht lange, bis Marie Luise in die Gemeinde integriert war. Es waren nicht nur die Kollegen, die die Zusammenarbeit angenehm gestalteten, sondern auch die Mütter der Schüler, die ihr volles Vertrauen entgegenbrachten. In ganz besonderer Weise half Frau Schurtz, dass sie Zusammenhänge und Verhältnisse in den Familien erkannte. Frau Schurtz war im »Rohrduera« (Rohrturm) zwischen Musdorf und Hilgartshausen aufgewachsen. Der »Rohrduera« war einst eine von vielen Verteidigungstürmen und Stationen der Hegereiter gewesen. Einreisende Händler mussten hier auch den Zoll entrichten. Später, nach dem »Reichsdeputationshauptschluss« 1803, war er dann von Bauern übernommen worden, die nicht nur selbst Unterkunft hier fanden, sondern auch ihr Vieh und ihre Gerätschaften. Die Eltern von Frau Schurtz und die Familie ihres Bruders bewirtschafteten nun die Felder um den Rohrturm und wohnten dort in einem neu errichteten Wohnhaus.

Im Frühjahr 1945 hatten deutsche Soldaten den »Duera« besetzt und wollten »das Vaterland verteidigen«. Die amerikanischen Panzer, die von Rot am See herkamen, waren damit nicht einverstanden und schossen den oberen Teil in Trümmer. Damals hatte Hilda Schurtz nicht mehr im Rohrturm gewohnt. Sie hatte den Wilhelm Schurtz geheiratet und war nach Brettheim gezogen. Herr Schurtz arbeitete bei der Sägerei Keitel. Sie sägten große Stämme zu Dachbalken und Dachsparren, die sie auch an Ort und Stelle aufbauten. So war Herr Schurtz manchmal tagelang auf Montage. Frau Schurtz, ihr Sohn Ulrich und die etwas ältere Tochter Elsbeth waren dann allein in dem kleinen Haus zwischen Friedhof und der

Sägerei Keitel. Doch untätig war Frau Schurtz nicht: Sie hielt das Schulhaus sauber und in der kalten Jahreszeit warm. Oft gönnte sich Marie Luise eine Verschnaufpause und ging hinunter, um von Frau Schurtz die neuesten und auch alte Informationen zu bekommen. Sie war immer willkommen, und die »Putzfrau« ließ sich gerne in ihrer Arbeit unterbrechen, um sich mit der Lehrerin zu unterhalten.

Ein Gang durch Brettheim

Brettheim hatte in der Umgebung eine besondere Bedeutung dadurch, dass sowohl der Arzt, Doktor Lorenz, als auch die Hebamme, Frau Keitel, und ein kleines Krankenhaus hier angesiedelt waren. Die Kranken im »Krankenhäusle« wurden von Schwäbisch Haller Diakonissen gepflegt. Auch Operationen wurden ausgeführt unter Assistenz des Gammesfelder Arztes. Doktor Lorenz und seine Familie wohnten direkt neben dem Schulhaus. Wenn an warmen Sommerabenden die Arztfamilie mit Freunden im Garten saß, hörte Marie Luise ihre Gespräche und ihr herzhaftes Lachen durch die geöffneten Fenster ihrer Wohnung schallen.

An der Hauptstraße war auch die Zahnarztpraxis. Der Dentist, Herr Wagner, war ein alter Herr, der schon lange praktizierte. Marie Luise brauchte nur einmal seine Hilfe, als ihr eine Plombe ausgebrochen war.

Die Sonnenapotheke stand neben dem Doktorhaus an der Hauptstraße. Im Sommer 1961 waren die Apotheker Herr und Frau Schwarz mit ihren Kindern Hansjörg und Dorle sowie ihrem Dackele dort eingezogen und versorgten die Leute aus der näheren Umgebung mit Medikamenten. Die Apotheke war auch am Sonntag nach der Kirche eine Stunde lang geöffnet, so dass die Leute aus den Teilorten von Brettheim sich nach dem Kirchgang mit dem Nötigsten aus der Apotheke versorgen konnten.

Außerdem waren viele Handwerker am Ort ansässig. Der schon erwähnte Elektriker Zanzinger hatte sein Haus und seine Werkstatt an der Straße nach Wiesenbach, am Ende des Ortes. Die Metzgerei Heißwolf befand sich in der Mitte des Orts. Über dem Laden war eine Gaststube, in der manchmal die auswärtigen Schüler ihr Mittagessen einnahmen.

An der Straße, die nach Wallhausen über Reubach und Michelbach an der Lücke führt, lag das zweite Gasthaus von Brettheim, das von Familie Bender bewirtschaftet wurde. Die beiden Töchter Christa und Margret Bender waren Marie Luises Schülerinnen, ebenso das Bäsle Ute Bender. Die Familie Bender bot den Gästen Speis und Trank sowie auch Übernachtungsmöglichkeiten.

Im Laden der Bäckerei Heißwolf bediente zuerst Frau Heißwolf allein, später mit der Tochter Karin, auch eine Schülerin von Marie Luise, die nach der Schule im elterlichen Geschäft gelernt hatte. Von ihr erfuhr Marie Luise, dass zum Bedienen in einem Bäckerladen nicht nur die Genehmigung der Handelskammer nötig war, sondern auch die der Handwerkskammer. So hatte Karin zur Überraschung Marie Luises, zwei gesonderte Prüfungen zu bestehen, die sie auch gut schaffte.

Gegenüber der Sonnenapotheke war die Autowerkstatt des Georg Strohmaier. Herr Strohmaier reparierte nicht nur Autos, er verkaufte auch den VW Käfer und hielt Fahrstunden ab. Hier hatte Marie Luise 1954 ihren Führerschein erworben.

In der Mitte des Dorfes hatte der Bruder Hermann Strohmaier sein Geschäft für landwirtschaftliche Geräte. Dort kaufte sich Marie Luise ihren ersten Spaten, den Gartenrechen und die »Felghaue« (leichte Hacke).

Ein kleines Stück vom Autohaus Strohmaier entfernt war das »Milchhäusle«, die Molkerei. Sie war damals im Besitz von August Schmetzer. Die Milchfuhrwerke aus der Umgebung kamen am frühen Morgen und brachten die Milch zum Milchhäusle, wo sie umgefüllt und gekühlt wurde. Dort holte auch Marie Luise ihre Milch.

Außer Bäckerei, Metzgerei und Molkerei gab es noch dem Gemischtwarenladen Rühling. Frau Rühling verkaufte neben Lebensmitteln aller Art auch Keramikwaren, Kochlöffel und sonstige Haushaltsgegenstände. Marie Luise ging gerne dorthin; Frau Rühling war nicht nur eine sehr freundliche Frau, sondern auch Mutter von drei Söhnen, von denen die zwei Jüngeren, der Karlheinz und der Otto, in die Grundschule gingen. So waren die Mutter der Rühlingsbuben und Marie Luise in stetem freundschaftlichem Kontakt.

Die Kinder des Sattlermeisters Kleinhenz gingen auch in die Grundschule. Der Älteste, Karl, kam 1961 in die Schule. Er war ausgesprochener Linkshänder. Oft haben Linkshänder große Mühe beim Schreibenlernen, und Marie Luise ließ ihnen die Freiheit, ob sie mit der linken oder der rechten Hand schreiben wollten. Trotzdem waren die Handschriften der Linkshänder meist recht ungelenk und verwischt. Doch der Karle schrieb sehr klar und schön, anfangs noch langsam, später auch recht gewandt. Es gab damals noch das Fach »Schönschreiben«, und der Karle verdiente die Note »Sehr gut«. Seine beiden Schwesterchen Wilma und Christel waren dagegen beide Rechtshänderinnen. Auch sie waren, wie der Bruder, interessiert und lernten gern und freudig.

Der zweite Sattler hatte sein Wohn- und Geschäftshaus neben der Apotheke. Nach zwei älteren Schwestern war der Familie Wolz am 31. Juli 1954 der kleine Willi geboren worden. Als das Büblein 1962 zur Schule angemeldet wurde, stutzte Marie Luise. Sein Geburtstag war ja der Tag ihres Unfalls in Schmerbach! So brachte dieses Büble sie immer wieder zur Erinnerung und zur Dankbarkeit gegenüber dem, der sie bewahrt hatte, und gegenüber denen, die ihr zur Genesung verholfen hatten.

Frau Wolz hatte vor der Werkstatt ihres Mannes, der Straße zu, ein Ladengeschäft, in dem sie Lebensmittel aller Art verkaufte. Ihre Töchter halfen ihr dabei, bis sie sich verheirateten und wegzogen.

Brettheim hatte auch einen Polizeiposten. Der Polizist, Herr Reber, war Vater von zwei Kindern, dem Sohn Willi und der Tochter Agnes. Beide waren sehr muntere, lebhafte Kinder. Bei Agnes bewahrheitete sich die Prognose des Psychologiedozenten in Esslingen: »Zweitgeborene sind häufig Wettläufer. Sie wollen den Erstgeborenen den Rang ablaufen, sowohl in geistiger als auch in körperlicher Hinsicht. Da Letzteres meist nicht gelingt, sind sie oft aggressiv oder versuchen, durch Streiche aufzufallen.« Doch bei allen Streichen war Agnes ein liebenswürdiges Kind.

Die Post mit dem Eingang an der Hauptstraße wurde besorgt von Frau Hahn. Bei ihr konnte man Briefmarken kaufen, Briefe und Pakete aufgeben und auch, wenn sonst keine weitere Kundschaft wartete, ein kleines Schwätzle halten und verlässliche Informationen bekommen, wenn man gezielt danach fragte. Sie wollte aber gefragt sein, und auch dann gab sie ihre Informationen nur vorsichtig preis. Sie achtete nicht nur das Briefgeheimnis, sondern auch das Recht auf Intimsphäre.

Es gab noch ein Textilgeschäft an der Hauptstraße, in dem es außer fertigen Kleidern auch Stoffe und Garne, Näh- und Stricknadeln sowie Strickmuster zu kaufen gab. Diesen Laden führte zunächst eine ältere Dame, Fräulein Trumpp. Als die gestorben war, übernahm Familie Braun den Laden und führte ihn später in der ehemaligen Molkerei fort.

Erlebnisse in Brettheim

Die Tochter des Molkereibesitzers Schmetzer, Frau Braun, hatte eine Tochter, Gudrun, ein kräftiges, begabtes Kind. Zu gerne hätte Gudrun ein Geschwisterchen gehabt, aber immer wieder hatte Frau Braun eine Fehlgeburt. So bekam Gudrun einen großen Berner Sennenhund als Spielgefährten und Begleiter. Das war ein sehr zuverlässiger Kamerad. Einmal kam Marie Luise ins Haus, um den Eltern etwas zu bringen. Friedlich lag der Hund im Gang und schlief. Doch als Marie Luise wieder gehen wollte, stand er vor der Haustüre und knurrte böse.

»Warten Sie einen Augenblick!«, rief Frau Braun, lief die Treppe herab und nahm den Hund am Halsband.

Sie streichelte ihn und redete ihm begütigend zu. Nun konnte Marie Luise die Türe öffnen und hinausgehen. Wenn sie mit dem Tier auf dem Weg war, war Gudrun absolut sicher.

Manche auswärtigen Schüler aßen in der Gaststube über der Metzgerei Heißwolf zu Mittag. Doch ein schlankheitsversessenes Mädchen aus Gammesfeld stand lieber vor der Metzgerei herum und rauchte. Sie rechnete nicht damit, dass sie auch in dem anderen Ort, an dem sie keine Verwandten hatte, beobachtet wurde. Irgendeine Brettheimerin trug Marie Luise zu, dass das große, dunkelhaarige Mädchen vor der Metzgerei stehe und rauche.

Marie Luise nahm das Mädchen ins Gebet.

»Warum tust du das? Du weißt doch, dass du nicht in der Öffentlichkeit rauchen darfst. Du bist ja noch nicht sechzehn. Wissen deine Eltern, dass du rauchst?«

Beschämt blickte das Mädchen zu Boden. »Nein, sie dürfen es auch nicht wissen. Sie geben mir Geld zum Essen, aber vom

Essen wird man dick, und ich möchte doch abnehmen.«

»Hast du denn keinen Hunger nach dem Vormittagsunterricht?«

»Doch, aber durch das Rauchen geht der Hunger weg, dann kann ich den Nachmittagsunterricht überstehen.«

Marie Luise sah, dass hier noch eine ganze Menge Aufklärungs- und Überzeugungsarbeit zu leisten waren. Ob diese Schülerin sich das zu Herzen nahm, erfuhr die Lehrerin nicht. Vielleicht sorgte das Mädchen nur dafür, dass sie nicht beobachtet wurde. Aber es hatte ja keinen Sinn, der Fünfzehnjährigen nachzuspionieren. Es gibt eine Zeit, wo die Heranwachsenden die Verantwortung für sich selbst übernehmen müssen.

Im Gasthaus Bender quartierte Marie Luise ihren Gast aus Ghana, Samuel Odam A'djei ein, als er sie auf der Durchreise nach München besuchte. Marie Luise hatte ihn und seine junge Frau auf der Diepoldsburg auf der Schwäbischen Alb kennengelernt. Sie hatte dort mit ihrer Schwester und der zwölfjährigen Nichte Elisabeth die Sommerferien verbracht. Das junge Ehepaar hatte seine Hochzeitsreise nach Deutschland gemacht auf Einladung ihrer ehemaligen Lehrerin.

Marie Luise bewunderte im Stillen die dunkelbraune, glatte Haut der jungen Menschen. Da sie gut Englisch sprach und keine Gelegenheit versäumte, die Sprache auch zu üben, war bald ein freundschaftliches Verhältnis zwischen den jungen Deutschen und den Afrikanern entstanden. Samuel Odam A'djei studierte Ingenieurwissenschaft in London. Jetzt nahm er an einer mehrtägigen Tagung in München teil. Marie Luise hatte ihn und seine Frau eingeladen, bei ihr vorbeizukommen. Joana könnte dann bei ihr bleiben, bis Sam sie wieder abhole. Doch dieser Plan konnte nicht verwirklicht werden, weil Joana schwanger war. So kam Sam allein und wurde im Gasthaus einquartiert.

Zwischen der Apotheke und dem Doktorhaus führte ein kleiner Nebenweg zum Schreiner Schwenk und zum Maler Bratzel. Noch ein paar Wohnhäuser schlossen sich an, dann kamen weite Felder, die mit Getreide, Kartoffeln, Futterrüben und Klee abwechselnd bepflanzt wurden. Die andere Seite dieses Weges war begrenzt von der Hecke des Schulplatzes.

In dieser Hecke versteckten sich tagsüber Igel, um bei Nacht hervorzukommen und ihre Nahrung zu suchen. Die kleine Gisela, das jüngste Töchterlein Breitlings, pflegte eine besondere Freundschaft mit den Igelchen. Im Geräteschuppen stellte sie ihnen Schüsselchen mit Milch und verrührtem Ei auf und war hochbeglückt, wenn die Tierchen ihre Nahrung ausgeleckt hatten. Ja, das Kind hatte Kosenamen für die Igelchen, auf die sie hörten, angelockt auch durch den Duft der Milch und der Eier. So kamen sie nicht nur bei Nacht zum Vorschein, sondern ließen sich auch bei Tag beobachten. Diese Beobachtungen machten einen Teil des Glücks für das Landkind aus. Im Schuppen waren auch Heu und alte Lumpen, in denen die Igel sogar überwintern konnten.

Die Hecke umgab den Schulhof auf drei Seiten. Die vierte Seite wurde durch das Schulgebäude begrenzt. Eine breite Einfahrt von der Straße her ließ auch großen Fahrzeugen Platz zur Kohleanlieferung. Der umfriedete Platz diente sowohl als Pausenhof als auch zum Sportunterricht. Er war mit schütterem Gras bewachsen, das in den Sommerferien von einem Bauern sachgemäß abgemäht wurde.

Der vordere Teil des Platzes war von den vielen Kinderfüßen sehr abgetreten und bei Regenwetter schmutzig. Wenn sich dann die Buben rauften – nicht im Streit, sondern um herauszubekommen, wer der Stärkste und Geschickteste sei, so beklagten sich die Mütter, dass die Buben so dreckig nach Hause kämen. Sie hatten zum großen Teil noch keine Waschmaschinen, sondern mussten zu ihrer anderen Arbeit die Kleider von Hand waschen. Außerdem sollten die Hosen und Kittel nicht zu oft gewaschen werden, denn sie sollten mindestens so lange halten, bis die Kinder hinausgewachsen waren, wenn sie nicht auch noch einem jüngeren Bruder dienen sollten.

Marie Luise verstand die Beschwerde der Mütter. So vereinbarte sie mit ihren Schülern, dass sie in der nächsten Zeit die Pause ein wenig verlängern würde. Wenn die Oberklässler den Schulhof verlassen hatten, stellten sich die Unterklässler im Kreis auf. Die Buben durften sich nun einen Gegner aussuchen, aber nur einen gleich starken oder einen stärkeren. Dann durften die ihre Kräfte auf die Probe stellen. Es durfte nicht getreten oder geschlagen werden, und wenn ein Gegner andeutete, dass er nicht mehr kämpfen konnte oder wollte, so musste der Sieger sofort aufhören. Nur ein Paar war jeweils im Kreis, so konnten die Zuschauer genau sehen, ob auch alles fair zuging. Natürlich suchte Marie Luise auch den saubersten Platz aus für diese Wettkämpfe. Nach einer Viertelstunde gingen die Kinder befriedigt in die Klasse zurück, der Unterricht ging weiter.

»Wie haben Sie denn das gemacht? Mein Hans kommt jetzt immer sehr zufrieden und sauber nach Hause«, erkundigte sich später eine Mutter.

Die Peter-und-Paul-Kirche

In früheren Zeiten waren Kirche und Schule eine Einheit, der Ortspfarrer und über ihm der Dekan waren Vorgesetzte der Lehrer, die Lehrer Angestellte der Kirche. Zu den Pflichten des »Schulmeisters« gehörte es, jeden Sonn- und Feiertag die »Orgel zu schlagen«, für das Geläute zu sorgen und noch andere Dienste für die Kirche zu verrichten. Das Läuten der Glocken delegierten die Schulmeister oft an die ältesten Schüler, nicht ohne ihnen strikte Verhaltensregeln mit auf den Weg zu geben. So durften sie sich nicht an die Glockenseile hängen und sich von ihnen hochtragen lassen. Die Gefahr, dass sie mit dem Kopf an die Decke stießen und bewusstlos abstürzten, war sehr groß, denn die zwölf- oder dreizehnjährigen Buben waren in den meisten Fällen leichter als die ehernen Glocken. Auch mussten sie dem Schwung der Glocke gemäß anziehen und loslassen, damit der Glockenklang voll und harmonisch über das Land schallte. Doch für die Buben war das Glockenläuten nicht nur eine Ehrensache, sie bekamen auch eine kleine Entlohnung, besonders bei Hochzeiten und Beerdigungen.

In Brettheim gab es in den Sechzigerjahren noch das »Vortragskreuz«, das bei Beerdigungen von einem Oberklässler dem Leichenzug vorangetragen wurde. Der Friedhof lag nicht bei der Kirche, sondern an Ende des Ortes.

Der junge Pfarrer Hohl war der Gemeindepfarrer. Er hatte das Amt Mitte der Fünfzigerjahre von Pfarrer Ißler übernommen. Dem älteren Herrn war die Arbeit in der weit verstreuten Gemeinde zu viel geworden, aber der Rothenburger Landhege blieb er treu: Er trat nun seinen verminderten Dienst in Leuzendorf an. Das große Pfarrhaus dort war den alten Leuten zu groß, deshalb kauften sie sich ein kleines Häusle als Alterssitz. Mir ihrer »Pfarrmagd«, die in Hegenau Verwandte hatte, versah Frau Ißler den kleinen Haushalt. Daneben unterstützte sie noch ihren Gatten bei der Arbeit in der Gemeinde. »Pfarrmagd« war zu der Zeit, besonders im Bauernland, ein Ehrentitel. Nicht jedes junge Mädchen konnte im Pfarrhaus dienen. Die Pfarrmagd hatte einen Vertrauensposten, sie bekam viel von den Anliegen der Gemeindeglieder mit und musste daher verschwiegen sein. Außerdem lernte sie im Pfarrhaus »vornehmere« Umgangsformen und hatte damit auf dem Heiratsmarkt viel bessere Chancen.

Pfarrer Hohl hatte Zwillinge, Stephan und Martin, die in den sechziger Jahren Marie Luises Schüler wurden. Später kam noch ein Töchterlein, Irene, dazu.

Die Peter-und-Paul-Kirche liegt auf einer kleinen Anhöhe neben dem Rathaus. Sie ist gegen die tiefer liegende Straße mit einer festen Mauer abgestützt. Eine breite Staffel führt zum südlichen Eingang. Hat man diese Staffel erstiegen, befindet man sich auf einem ebenen Vorhof, der rings um die Kirche geht. Dort standen nach dem Gottesdienst einzelne Grüppchen beisammen, die sich über die Neuigkeiten unterhielten. Die Treppe ist ein günstiger Ort für Fotoaufnahmen von Konfirmationen, Hochzeiten und Jahrgangstreffen.

Zum Pfarrhaus gelangt man durch eine Gasse und über die Straße. Im Pfarrhaus lebte neben der Pfarrfamilie eine ältere, freundliche Dame, Fräulein Woelffle. Wie Frau Schurtz Marie Luise erzählte, war Elisabeth Woelffle in Stuttgart ausgebombt worden und mit ihrem alten Vater und mehreren anderen Stuttgartern nach Brettheim gekommen. Sie hatte zunächst im Pfarrhaus eine Heimat gefunden. Später zog sie in ein Bauernhaus. Zuerst war sie in der Post beschäftigt. Sie hat dann auch die Aufgaben der Mesnerin der Kirchengemeinde übernommen, die sie jetzt noch, als der Krieg schon über zehn Jahre zu Ende war, treulich und sorgfältig ausführte.

Die Kinder fuhren in ihrer Freizeit gerne mit ihren Fahrrädern auf dem ebenen Platz um die Kirche. Das ging natürlich nie ohne Lärm ab. War Fräulein Woelffle um den Weg, so jagte sie die Kinder weg. Ihr war es ein Anliegen, dass in der jungen Generation die Ehrfurcht vor sakralen Räumen gepflanzt wurde, auch wenn kein Gottesdienst oder Konfirmandenunterricht war.

Sie hatte auch die schrecklichen Tage im April 1945 ganz nah miterlebt. So wird erzählt, dass das Haus, in dem Fräulein Woelffle und ihr Vater lebten, 1945 von den Amerikanern in

Brand geschossen wurde. Der alte, gehbehinderte Herr Woelffle wurde aus dem brennenden Haus gerettet und auf freiem Feld auf einen Stuhl gesetzt. Hier erlebte er den ganzen Schrecken des Angriffs unbeschadet. Nur sein Hut, der ihm vom Kopf gefallen war, sei durchschossen gewesen. »Eine gnädige Bewahrung Gottes«, erkannten die Nachbarn und Freunde.

1945 – ein dunkles Kapitel

In der Unterklasse waren zuerst zwei Bäsle, die Ulrike und die Monika Walther. Ein Jahr danach kam die Schwester von Ulrike, Gislinde, dazu. Im Lauf der Zeit unterrichtete Marie Luise auch die beiden jüngeren Brüder von Ulrike und Gislinde, Wilhelm und Hans. Marianne und Brigitte Uhl und später ihr Bruder Waldemar, die in der Nachbarschaft des Schulhauses wohnten, kamen fast täglich nach der Schule zum Spielen auf den großen Schulplatz. Dass diese Kinder Enkelkinder von Männern waren, die 1945 eng verwickelt waren in die schrecklichen Ereignisse am Ende des Zweiten Weltkriegs, erfuhr Marie Luise erst nach einiger Zeit.

Anfang Juli 1960, kurz vor den Sommerferien, war in Brettheim große Aufregung. Die Kinder kamen in die Schule und berichteten, dass viele Leute im Dorf gewesen seien, auch drei Polizisten, aber nicht der Herr Reber. Drunten beim Milchhäusle hätten sie den Herrn Schmetzer befragt. Dann seien sie zum Friedhof gegangen und hätten dort die Linden angeschaut und den Opa und die Oma von der Marianne Uhl allerlei gefragt. Sie hätten sehr böse geredet, laut und – halt böse. Die Oma Uhl habe »gflannt« (geweint).

Marie Luise hatte den ganzen Auflauf nicht mitbekommen, aber die Mutter von Marianne und Brigitte erzählte ihr: »Ja, da war ein Ortstermin wegen der Gerichtsverhandlung.«

»Welche Gerichtsverhandlung?«, fragte Marie Luise.

»Ja, wissen Sie denn nicht, dass draußen an den Friedhofslinden im April 1945 drei Männer aufgehängt wurden?«

Noch hatte Marie Luise davon nur andeutungsweise gehört, aber jetzt war die Gelegenheit, Genaueres darüber zu erfahren, denn es war ja wichtig für ihren Umgang mit den Nachkommen der Betroffenen.

So erkundigte sie sich bei verschiedenen vertrauenswürdigen Leuten und erfuhr, dass am Samstag, 7. April 1945, die Einwohner Brettheims die Ankunft der amerikanischen Truppen erwarteten. Schon seit einiger Zeit hörte man den Donner der Geschütze, bald näher, bald wieder ferne, aber immer anhaltend. Ihnen war sehr wichtig, dass die Besetzung durch die amerikanischen Truppen friedlich vonstattenging, dass keine Menschen zu Schaden kamen und die Gebäude, die Ställe und die Scheuern erhalten blieben. Sie wussten, dass es die Amerikaner waren, die sich näher und näher herankämpften, und waren froh darüber. Von den Franzosen und Russen war nichts Gutes zu erwarten.

Da sahen einige Männer vier Hitlerjungen, vierzehn-, fünfzehnjährige Kinder, mit Panzerfäusten durchs Dorf ziehen. Auf die Frage, was sie denn tun wollten, antwortete einer stolz: »Die Heimat verteidigen!«

Vor der Molkerei Schmetzer trafen der Bauer Friedrich Hanselmann und der Gemeindediener Friedrich Uhl auf die Buben, als sie am Straßenrand Rast machten. Stolz auf ihren »wichtigen Auftrag« und ihre Waffen, reagierten sie frech auf die Fragen der Männer. Der Bauer Hanselmann hatte selber Söhne, von denen der Ältere gefallen war. Der Jüngere stand bei der Flak in Regensburg. Er selbst war im Ersten Weltkrieg verwundet worden. Er sah also in diesen Kindern, die da in den sicheren Tod geschickt worden waren, seinen jüngeren Sohn und sein eigenes Geschick, aber auch das verheerende

Geschick seiner Heimat, wenn die fanatisierten Burschen ihren Befehlen nachzukommen versuchten. Deshalb wollte er sich der Panzerfäuste bemächtigen, unterstützt von mehreren anderen Männern. Es gab ein Gerangel, der Anführer der Hitlerjungen bekam eine kräftige Ohrfeige. Dann fiel irgendwo in der Nähe ein Schuss. Die drei jüngeren Kameraden liefen weg. Allein konnte der Anführer die Panzerfäuste nicht verteidigen, zumal mehrere Männer gegen ihn standen. So lief er unter Drohungen auch weg.

»Was machen wir jetzt mit den Waffen?«, fragte Herr Schmetzer.

»Am besten, wir vernichten sie, werfen sie ins ›Seala‹« (Seelein, der Feuerlöschteich), befanden alle als die beste Lösung. Sie schraubten die Zünder ab, zerlegten die Panzerfäuste und warfen sie ins Wasser. Dann ging jeder wieder seiner Beschäftigung nach. Herr Hanselmann radelte weiter nach Hilgartshausen, um auf den Nachmittag den Hausmetzger zu bestellen. Er hatte einen Schlachtschein und wollte für die morgige Konfirmation ein Schwein schlachten.

Herr Uhl, der Gemeindediener, brachte die Post aufs Rathaus. Dabei berichtete er dem Bürgermeister Leonhard Gackstatter, dass sie den Hitlerjungen die Panzerfäuste abgenommen und ins »Seala« geschmisssen hatten. Der Bürgermeister fand das gar nicht gut. Er fürchtete die Reaktion der Burschen, die der Waffen-SS unterstellt waren, viel mehr aber die Reaktion ihres Befehlshabers. Er hatte immer wieder von Bürgern gehört und gelesen, die wegen »Wehrkraftzersetzung« standrechtlich hingerichtet worden waren.

Die Hitlerjungen waren schnurstracks zurückgelaufen zu ihrem Standort, nach Hausen am Bach. Dort berichteten sie, was ihnen in Brettheim geschehen war. Ihr Unteroffizier ging mit ihnen nach Brettheim, um die Sache an Ort und Stelle zu klären. Da der Bürgermeister ihnen hier nicht weiterhelfen konnte – er war ja nicht dabei gewesen, sondern nur von Herrn Uhl unterrichtet worden –, machte sich der Unteroffizier auf den Weg zum Ortsgruppenleiter und Hauptlehrer Wolfmeyer. Der versprach, alles dafür zu tun, dass die Hitlerjungen ihre Panzerfäuste wiederbekamen. Das war allerdings nicht möglich. Dass der Grund des »Seala« jetzt im Frühjahr sehr schlammig war, das war sicher. Die schweren Eisenteile waren sicher seht tief eingesunken. Außerdem konnte man ja nichts sehen, wenn der Schlamm einmal »aufgruedlet«(aufgerührt) war. Das Wasser abzulassen würde zu lange dauern, und selbst dann wäre nicht sicher gewesen, dass die einzelnen Teile der Panzerfäuste auch gefunden würden.

Das Urteil gegen die Männer von Brettheim

Schnell sprach sich im Dorf herum, dass der Führer der Hitlerjungen sehr erbost sei über die Entwaffnung seiner Untergebenen. Herr Langhoff, der mit dem Gemeindediener Uhl befreundet war, ging hin, um ihn zu warnen.

»Fritz, geh weg! Geh nach Rot am See oder sonst wohin, wo schon die Amerikaner sind. Der SS ist nicht zu trauen.«

Herr Uhl nahm sich diese Warnung zu Herzen. Als die Soldaten an seine Haustür klopften, öffnete ihnen Frau Uhl und verwickelte sie in ein längeres Gespräch. Währenddessen ging ihr Mann hinten hinaus und stieg über die Friedhofsmauer. Dies war ihm leicht möglich: Er hatte sich ein Brett gelegt, um ohne Umweg auf den Friedhof zu kommen, wenn ein Grab ausgehoben werden musste. Inzwischen war es dunkel geworden, so ging er um das Dorf herum und über die Felder auf Rot am See zu.

Herr Langhoff versuchte auch, Herrn Hanselmann zu warnen. Der war gerade beim Abendessen. Er war überzeugt, dass er nichts Unrechtes getan hatte, warum sollte er denn fliehen? Aber kurz nach Herrn Langhoff kamen die Leute des Sturmbannführers Gottschalk und forderten ihn auf, mit aufs Rathaus zu kommen. Er ging in Hausschuhen mit.

Im Rathaus waren mehrere Männer versammelt, die der Sturmbannführer verdächtigte, an der Entwaffnung beteiligt zu sein. Er führte ein strenges Verhör durch, das nicht nur sachliche Fragen, sondern auch beleidigende Unterstellungen enthielt. Als er sah, dass er nicht zu seinem Ziel gelangen würde, drohte er, er lasse das Dorf anzünden, wenn sich der Täter nicht melde. Auf diese Drohung hin bekannte Friedrich Hanselmann, dass er den Hitlerjungen die Panzerfäuste abgenommen und im Wasser versenkt habe.

Nach diesem Schuldeingeständnis berief Sturmbannführer Gottschalk ein Standgericht ein. Er führte den Vorsitz. Den Lehrer Leonhard Wolfmeyer und den Bürgermeister Leonhard Gackstatter ernannte er zu seinen Beisitzern. Die beiden Beisitzer setzten sich sehr für den Bauern Friedrich Hanselmann ein. Sie versuchten geltend zu machen, dass er in diesem Krieg seinen älteren Sohn verloren hatte und dass sein jüngster Sohn zur Zeit Wehrdienst leistete bei der Flak in Regensburg. Er selbst habe im Ersten Weltkrieg gekämpft und sei verwundet worden. Aber an dem Sturmbannführer prallten all diese Argumente ab.

»Diese Männer (er meinte damit auch den flüchtigen Friedrich Uhl) haben ein todeswürdiges Verbrechen begangen und müssen sterben!«

Er unterschrieb das schon fertige Todesurteil und forderte Leonhard Wolfmeyer als den ersten Beisitzer auf, auch zu unterschreiben.

»Nein, das kann ich nicht! Er ist ein ehrenwerter Bürger der Gemeinde, stets hilfs- und opferbereit, und ich habe seine Kinder unterrichtet. Das Urteil finde ich viel zu hart, denn die Leute wollten nichts als ihre Heimat retten, nachdem die Amerikaner schon vor der Tür stehen.«

Nun forderte der Sturmbannführer den Bürgermeister Gackstatter auf, das Urteil zu unterschreiben. Doch dieser weigerte sich mit der Begründung, dass er seinen Nachbarn nicht zum Tod verurteilen könne. Der Friedrich sei immer ein guter Nachbar gewesen, der geholfen habe, wo er konnte. Der Sturmbannführer wurde wütend und drohte, die Sache vor den kommandierenden General zu bringen. Damit brach er die Verhandlung ab.

Friedrich Hanselmann durfte in Begleitung von Soldaten noch einmal heimgehen, um seine Hausschuhe gegen Stiefel zu tauschen. Auf diese Weise konnte er sich von seiner Familie verabschieden. Ahnte er, dass er sie nicht mehr sehen würde? Und morgen war Konfirmationstag. Das Fest für das Pflegekind war schon vorbereitet.

Noch in der Nacht wurde Herr Hanselmann nach Schillingsfürst gebracht und einer SS-Mannschaft übergeben. Von dort wurde er am Montag nach Rothenburg transportiert, wo er ins Gefängnis kam. Er wurde wieder von SS-Sturmbannführer Gottschalk verhört, der ihn und die anderen Verdächtigten in Brettheim so scharf in die Zange genommen hatte. Er betonte wieder und wieder, dass er mit der Wegnahme der Panzerfäuste seine Heimat schützen wollte, sein Dorf, seinen Hof und alle seine Mitbürger. Das interessierte aber den Sturmbannführer überhaupt nicht. Er verlangte, Herr Hanselmann solle ihm den Aufenthaltsort von Friedrich Uhl und die Namen von weiteren Beteiligten angeben, doch er schwieg.

»Dann bleibt nur noch das Todesurteil!«

Dem schon unterschriebenen Dokument fügte er noch hinzu: »Tod durch Erhängen.« Um der Form Genüge zu tun, verlas er den Anwesenden das Urteil.

Am Montagnachmittag wurden Herr Wolfmeyer und Herr Gackstatter von der SS-Feldgendarmerie in Brettheim abgeholt und auch nach Rothenburg gebracht. Zunächst dachten sie, sie wären als Zeugen in der Gerichtsverhandlung geladen, aber als man ihnen den Haftbefehl vorhielt, da ahnten sie, dass es um Leben und Tod ging, auch für sie beide.

Am Dienstag, 10. April 1945, war die Gerichtsverhandlung. Leonhard Gackstatter und Leonhard Wolfmeyer wurden zu Wehrkraftzersetzern, zu Verbrechern, erklärt. Die Begründung für ihre Weigerung, das Todesurteil gegen Friedrich Hanselmann und den flüchtigen Friedrich Uhl zu unterschreiben, wurde in Bausch und Bogen verworfen. Sie war für die kriegsbesessenen, menschenverachtenden, dem »Führer« hörigen Fanatiker nur ein Zeichen für den Eigennutz der Dörfler und für ihre Untreue gegen Volk und Vaterland. So wurden auch sie verurteilt zum »Tod durch Erhängen«.

Am Dienstagabend kamen mehrere Hitlerjungen mit einem Untersturmbannführer am Friedhof in Brettheim an. Sie gingen in die umliegenden Häuser und fragten nach Tischen und Stühlen.

Frau Uhl fragte: »Wozu braucht ihr denn die Möbel?«

»Ha, zum Leute Aufhängen«, antworteten sie frech.

Frau Uhl wollte sie wegschicken.

Da wurde sie bedroht: »Wenn Sie sich da nicht heraushalten, kommen Sie selbst an die Linden!«

Sie knüpften drei schwarze Kabel an die Äste der Linden und stellten unter jede Schlinge einen Tisch, darauf eine Kiste und obendrauf einen Stuhl.

Im Dämmerlicht kamen die SS-Männer mit den Verurteilten und vielen Hitlerjungen von Hausen am Bach her angefahren. Sturmbannführer Gottschalk verlas die Todesurteile. Darauf halfen die Hitlerjungen dem alten Bürgermeister auf einen Tisch, dann auf den Stuhl und legten ihm die Schlinge um den Hals. Auch Friedrich Hanselmann wurde auf das Todesgestell geholfen und die Schlinge um den Hals gelegt.

Es wurde später erzählt, dass die Hitlerjungen die Kisten und Stühle weggestoßen hätten. Herr Wolfmeyer, so wird weiter berichtet, sei selbst hinaufgestiegen auf das provisorische Schafott, habe sich die Schlinge selbst um den Hals gelegt und auch Stuhl und Kiste selbst weggestoßen.

Die Informantin meinte anerkennend: »Das finde ich sehr gut, dass er sich nicht von den unreifen Rotzbuben in den Tod stoßen ließ.«

Zum Schluss wurden den Leichen noch Pappplakate an die Füße gehängt. Herr Friedrich Hanselmann bekam eins mit der Aufschrift: »Ich bin der Verräter Hanselmann.« Diejenigen von Leonhard Gackstatter und Leonhard Wolfmeyer trugen die Aufschrift: »Ich habe mich schützend vor die Verräter gestellt.«

Außerdem verfügte der SS-Sturmbannführer Gottschalk: »Die bleiben da hängen, sonst werden noch zehn weitere aus den Dorf dazugeknüpft!«

Es muss eine gespenstische Nacht gewesen sein, die Nacht vom 10. auf den 11. April 1945, nicht nur in Brettheim, sondern auch sonst im Land, aber in Brettheim ganz besonders. Nicht dass die Ermordeten an den Friedhofslinden herumgegeistert wären. Sie waren in der ewigen Ruhe, denn sie hatten keine Schuld auf sich geladen. Aber die übrigen Brettheimer waren in größter Unruhe, teils, weil sie um die drei Männer trauerten, teils, weil ihnen ihr eigenes Schicksal und das ihrer Angehörigen und ihrer Heimat keine Ruhe ließ. Noch immer waren ja SS-Leute und Soldaten am Ort, willens, das »Vaterland bis zum letzten Blutstropfen zu verteidigen«. Und aus verschiedenen Richtungen waren die Schüsse der Amerikaner zu hören, die Mündungsfeuer zu sehen. Wahrscheinlich fanden nur die ganz kleinen Kinder einen unruhigen Schlaf, der von der Angst und Unruhe der Mütter beeinflusst war. Selbst den glaubensstarken Pfarrer Ißler ließ wohl die Sorge und die Angst um seine Gemeinde nicht zur Ruhe kommen. Gesprochen hat aber keiner darüber, jeder musste es mit sich selbst ausmachen.

Die Zerstörung Brettheims

Die SS-Kommandierenden hatten verfügt, dass die Dorfbewohner keine weißen Fahnen, keine Leintücher aushängen dürften. Falls sie es doch täten, würde der Ort von den deutschen Soldaten in Brand gesteckt.

Die Verfügung des Sturmbannführers, dass die drei Männer nicht abgenommen werden dürften, war schon Schrecken genug. Das hatte zur Folge, dass sich kaum jemand getraute, sich im Freien sehen zu lassen. Zum Schutz der Toten – oder der Gemeinschaft – bewachten Volkssturmmänner wechselweise den Friedhofseingang. Vorgeblich sollten sie verhindern, dass irgendjemand aus dem Dorf die Toten abnahm. Die Bewacher aber deuteten ihren Auftrag so um, dass sie deshalb Wache schoben, damit die SS nicht ihre toten Mitbürger verschwinden ließ und damit einen Grund schuf, weitere Menschen zu ermorden unter dem Mantel des Unrechtsgesetzes.

Am Samstag, 14. April, war die Beerdigung von Frau Maria Häfner. Die Trauergemeinde musste sich, um auf den Friedhof zu gelangen, unter den Hingerichteten durchducken. Pfarrer Ißler stellte es den Angehörigen frei, ob sie mit auf den Friedhof kommen oder von weitem, von jenseits der Friedhofsmauer, an der Trauerfeier teilnehmen wollten. Die Sargträger, der Pfarrer, der Leichenchor und die nächsten Angehörigen nahmen den gewöhnlichen Weg durch das Friedhofstor. Viele

Trauergäste gingen den Weg zu Uhls Haus und nahmen von dort an den Liedern, der Leichenrede und den Gebeten teil. Einige kamen auf dem Weg, den Herr Uhl genommen hatte, auf den Friedhof und nahmen von Frau Häfner direkt am Grab Abschied.

Erst am Abend dieses Samstags kam die Erlaubnis, die Toten von den Linden abzunehmen. Ein Polizist aus Blaufelden hatte den Auftrag bekommen, in den Orten der Umgebung die zerstreuten Polizeibeamten zu sammeln. Er kam am Friedhof vorbei, sah die Leichen dort hängen und erkundigte sich bei dem Volkssturmmann, der dort Wache hielt, nach den Zusammenhängen. Er sorgte dafür, dass die Toten endlich abgenommen werden durften. Der schriftlichen Genehmigung war noch angefügt, dass die Toten »ohne Tamtam« zu beerdigen seien. Trotz dieser Genehmigung war die Angst vor der SS so groß, dass die Volkssturmmänner erst in der Abenddämmerung ans Werk gingen.

Da in den letzten Tagen schönes, warmes Wetter gewesen war, waren die Leichen in Verwesung übergegangen. Der Schreinermeister Ackermann hatte die Särge mitgebracht. Die Toten wurden so abgeschnitten, dass sie direkt in die Särge fielen. Das Ausheben des Grabes war sehr mühsam, weil es seit Wochen nicht geregnet hatte. Auch waren es nur ältere Männer, die von ihrem Tagwerk schon erschöpft waren. Sie mussten sich beim Graben immer wieder ablösen. So dauerte es bis in die frühen Morgenstunden, bis die Grube tief und breit genug war für die drei Särge. Vor sechs Uhr früh kam Pfarrer Ißler und hielt einen kurzen Trauergottesdienst für die Anwesenden. Sie sollten nicht ohne Trost aus dem Evangelium, nicht ohne Gebet bleiben, wenn auch das feierliche Glockengeläut und die Lieder schweigen mussten. Nicht einmal Frühlingsblumen, die üppig blühenden Narzissen, durften das Grab schmücken.

Noch war das Ende des Schreckens nicht gekommen, ja, das, was Friedrich Hanselmann und die anderen Brettheimer Männer verhindern wollten, trat erst danach mit voller Gewalt ein: die Zerstörung Brettheims.

Die Dorfbewohner waren so tief erschüttert und verängstigt durch die Ereignisse und die Drohungen der SS, dass sie nicht wagten, dem herannahenden Feind zu signalisieren: Wir wollen das Dorf friedlich übergeben. Sie wagten nicht, weiße Leintücher auszuhängen. Weiße Fahnen hatten sie ja nicht. Noch waren Soldaten und vor allen Dingen die Waffen-SS und die angegliederten Hitlerjungen in der ganzen Umgegend.

Die Amerikaner hatten inzwischen Crailsheim eingenommen. Auch die Kreisstadt war verteidigt worden. So hatte die Zivilbevölkerung leiden müssen.

Eine Freundin Marie Luises, die Esther Nadolny, war mit ihrer Mutter und mit ihrem jüngeren Bruder nach Crailsheim evakuiert worden. Der Vater war im Krieg in Russland. Die kleine Restfamilie war noch ziemlich fremd am neuen Wohnort, als am 12. April 1945 Flieger die Stadt angriffen. Es gab damals keinen Fliegeralarm mehr, vielmehr herrschte ein dauernder Alarmzustand. Die dreizehnjährige Esther war schon in einem Luftschutzkeller, die Mutter und der Bruder waren noch auf dem Weg dorthin. Da ging eine Bombe nieder, tötete die Mutter und verschüttete den Bruder. Schwer verletzt wurde der Bruder geborgen und ins Krankenhaus eingeliefert. Dort musste er sehr lange bleiben. Immer wieder musste er operiert werden. Knochensplitter eiterten heraus. Die Wunden heilten nur langsam. Penizillin stand ja noch nicht zur Verfügung, so musste das Kind unter Hilfe der Ärzte und der Schwestern seine Schmerzen aushalten und um seine Wiederherstellung kämpfen.

Esther stand nun ganz allein auf der Welt. »Damals ist meine Kindheit zu Ende gegangen«, sagte sie später. Der Vater kam erst im Dezember 1947 aus russischer Gefangenschaft zurück, zerlumpt, ausgehungert, krank. Erst nach und nach bekamen die Kinder wieder eine Heimat. Doch die seelischen Wunden verheilten sehr, sehr langsam. Sie wirkten bis ins Erwachsenenalter nach, umso mehr, als die Traumatisierten nicht darüber reden konnten.

Eine Woche nach der Hinrichtung, am 17. April, griffen amerikanische Flugzeuge den Ort an. Sie warfen Phosphorbomben und Splitterbomben in großer Zahl. Die Amerikaner hatten die Bevölkerung aufgerufen, weiße Fahnen aufzuhängen und damit zu zeigen, dass sie sich ergeben wollten. Doch niemand getraute sich, der Aufforderung nachzukommen. Noch hing die Drohung der Waffen-SS dunkel über der Gemeinde, die Soldaten waren noch im Dorf und gewillt, hier in Brettheim, dem kleinen Ort in der Rothenburger Landhege, den »Endsieg« zu erzwingen. Vier Menschen kamen bei diesem Angriff ums Leben.

Am 18. April schossen deutsche Soldaten ins Dorf herein. Dabei kamen sechs Menschen ums Leben. Brettheim war nun zu drei Vierteln zerstört oder stark beschädigt. Die Kirche war auch beschädigt, aber sie stand noch und konnte benutzt werden. Pfarrer Ißler lud am Sonntag, 22. April, zum Gottesdienst ein. Gemeinsam mit Freiwilligen, Männern und Frauen, richtete Fräulein Woelffle den Gottesdienstraum her. Viel Trost war notwendig, viel unfassbares Leid zu klagen. Aber Pfarrer Ißler rief auch zum Dank auf, zum Dank für die Bewahrung der Überlebenden, zum Dank für das Ende der Kampfhandlungen, zum Dank für die Hoffnung auf die Auferstehung der Toten »ohne Leid noch Geschrei noch Schmerz«, wie es in der Offenbarung des Johannes geschrieben steht.

»Es war ein sehr bewegender und hilfreicher Gottesdienst«, sagte die Informantin. »Nun konnten wir an den Wiederaufbau gehen.«

Die Folgen des Krieges

Als Marie Luise 1960 nach Brettheim kam, hatte sich das Leben in der Gemeinde normalisiert. Die Häuser und Ställe waren wieder aufgebaut, das Vieh, das 1945 getötet worden war, war längst ersetzt. Die Kirche war renoviert, das Schulhaus und das Pfarrhaus waren wieder aufgebaut. Die inneren Wunden sah bei Tageslicht kein Außenstehender, und die Tränen, die bei Nacht flossen, waren am Morgen wieder getrocknet.

Doch im Juli waren die Schulkinder ziemlich erschüttert, einmal wegen der Ortsbegehung, die der Gerichtsverhandlung in Ansbach vorausging, zum anderen nach der Gerichtsverhandlung in Ansbach. Die Mütter der Waltherkinder Ulrike, Monika, Gislinde, Wilhelm und Hans kamen ganz aufgelöst von Ansbach zurück.

»Diese Verbrecher sind freigesprochen worden! Sie hätten1945 nach dem damaligen Recht geurteilt. Es sei eben Kriegsrecht gewesen. Ja, gab und gibt es denn kein Menschenrecht mehr? Und was wir Angehörigen durchgemacht haben, das zählt gar nicht?«

So und ähnlich haben die Hinterbliebenen geklagt.

»Die SS-Männer hätten ja nicht unbedingt ins Gefängnis gehen müssen, aber dass das Urteil damals Unrecht war, das hätte unbedingt festgestellt werden müssen!«

Die Kinder haben nicht nur die Klagen, sondern auch die Beleidigungen in den Verhören und tiefen Depressionen der Mütter direkt mitbekommen. Dabei waren die gefühlsmäßigen Eindrücke tiefer als die geäußerten Klagen. Sie haben die jungen Seelen vergiftet, besonders die der kleinen Walther-Brüder. Die waren noch zu klein, um all das Schwere, Unverständliche verarbeiten zu können. Sie waren sogar so traumatisiert, dass sie später mit ihren Leben nicht fertig wurden.

Aber auch die drei Mädchen und mit ihnen ihre Schulkameraden brauchten eine ganze Weile, bis sie wieder »im Glaas« (im Geleise) waren. Konnte da etwas aufgearbeitet werden in der Schule? Oder war es besser, den Schulalltag so normal wie möglich zu gestalten, damit sich die Traumata bei den Kindern nicht noch vertieften? Marie Luise versuchte, so viel wie möglich aufzufangen und zu neutralisieren, dabei aber auch ein feines Gespür zu entwickeln für die besonderen Kümmernisse der Kleinen.

»Mitbewohnerin« Susi

Im Spätjahr 1962 hatte Marie Luises Freundin Anne ein kleines Dackelmädchen in einem Karton zu ihr gebracht, Susi

»So, wie du sie jetzt erziehst, so wirst du sie haben«, sagte Anne zu Marie Luise. »Noch kann sie gar nichts als fressen, trinken, schlafen – und vor allen Dingen knabbern. Wenn du etwas in ihrer Reichweite liegen lässt, was dir etwas wert ist, kannst du damit rechnen, dass es nachher nicht mehr ganz ist. Vor allem auf Schuhe hat sie es abgesehen. Die riechen nicht nur nach Leder, sondern auch nach deinen Füßen und sind daher für das Susile besonders schmackhaft.«

Das waren die ersten Belehrungen, die Marie Luise über die Erziehung eines Welpen erhielt. Sehr viel mehr musste sie selbst in Erfahrung bringen und ausprobieren. Vorläufig aber stand das Fach »Stubenreinheit« im Vordergrund.

Susi war in einem Stall aufgewachsen, wo es nicht nur Kuhmist, sondern auch Schweinemist gab. In dem flauschigen Babyfell hatten sich diese Stallgerüche festgesetzt. Zwar hatte

Anne versucht, diese unangenehmen Dünste mit Eau de Cologne zu überdecken. Aber damit hatte sie das empfindliche Näschen des Welpen sehr beleidigt. »Die hat gespuckt und gebissen, das kannst du dir nicht vorstellen«, erzählte sie. Auch noch eine andere Mitgift hatte Susi mitbekommen: Sie hatte Flöhe! Da half nur eines, sie musste mehrmals am Tag mit einem »Lauskamm« gekämmt und mit einer weichen Bürste gebürstet werden. Das schien ihr angenehm zu sein. Sie brachte sogar die Bürste herbei, wenn sie erkannte, dass »Fraule« ihr Fell pflegen wollte. Die Bürste war weicher, ähnlich wie der Mutter Fell, während der Kamm hart war mit seinen scharfen eisernen Zacken. Dank der intensiven Fellpflege waren bald übler Geruch und Ungeziefer verschwunden.

Um sie stubenrein zu bekommen, legte Marie Luise eine weiche Decke in einen hohen Karton, setzte die Kleine hinein und machte den Deckel zu. Sie hatte gehört, dass auch ein Welpe sein Bett nicht beschmutzt, wenn er es vermeiden kann. Als sie in einer Pause nach Susi schaute, fand sie die Schachtel umgestürzt, Susi entflohen und in der Nähe der Schachtel eine ziemlich große Pfütze. Susi kam aus einer Ecke hervorgesprungen und wedelte freudig mit dem Schwänzchen. Sie schien zu sagen: »Endlich bist du gekommen! Ich musste soo nötig, da bin ich halt herausgestiegen.« Wer konnte dem kleinen Wesen böse sein?

Leinenführig war Susi natürlich auch noch nicht. Doch trippelte sie ganz gehorsam hinter ihrem Fraule her. Marie Luise musste nur aufpassen, dass sie selbst schön in der Spur blieb, nicht stehenblieb und keinen Schritt zur Seite machte, sonst geriet das kleine Hundle in Gefahr, gestoßen oder getreten zu werden, so dicht lief es an ihren Füßen.

Etwa eine Woche nachdem Susi Einzug im Brettheimer Schulhaus gehalten hatte, fiel eine Menge Schnee. Frau Schurtz räumte ihn um das Schulhaus weg, so dass die vielen Kinder nicht zu viel Nässe ins Haus trugen. Susi gefiel der Schnee. Sie schnoberte in die weiche, kalte Masse und begann, mit ihrer Schnauze Bahnen zu wühlen. Der feuchte Schnee setzte sich in ihrem Fell fest, und sie kam ganz weiß wieder heraus. Nun war sie zwar nass, aber wirklich sauber.

Der erste Spaziergang am Tag fand morgens vor Schulbeginn statt. Es war noch ganz dunkel, so dass Marie Luise das dunkelbraune Fell Susis nur als Schatten auf dem weißen Schnee sah. Ab und zu kam ein Auto. Marie Luise sorgte sich, dass der Autofahrer die dunkle Susi gar nicht sehen und überfahren könnte. So band sie ihr ein kleines Halsband um und befestigte eine Lederleine daran. Das erste Mal hatte sie das Halsband zu lose umgeschnallt. Weil es der Sust gar nicht gefiel, stemmte sie sich dagegen, und ihr Kopf schlüpfte heraus. Susi war wieder frei. Auch hier musste Marie Luise das richtige Maß lernen. Lange sträubte sich Susi vehement gegen Halsband und Leine. Marie Luise zog sie an der Leine über den Schnee.

Einmal fragte eine Frau: »Was haben sie denn da für einen kleinen Schlitten, auf dem Sie Ihr Hundle ziehen?«

Mit der Zeit lernte das Hundle doch, folgsam an der Leine zu gehen. Wenn sie über die Felder durch den Schnee ihre Spuren zogen, dann durfte Susi sich austoben. Solange der Schnee trocken, solange es kalt genug war, war das Querfeldeingehen ein reiner Spaß. Wenn es aber ein wenig taute, der Schnee nass wurde, dann setzte er sich in Susis Fell fest, sie bekam Schneeklunkerchen am Bauch und an den Läufen. Das war nicht schlimm, die konnten abgeklopft oder zuhause mit lauwarmem Wasser abgespült werden. Schlimm waren die Schneeklunkerchen, die sich an den Haaren zwischen den Ballen ansammelten. Die drückten die Zehen auseinander und zerrissen die Haut dazwischen. Die Susi setzte sich und biss wütend an ihren Pfoten herum. Danach waren im weißen Schnee Blutspuren zu sehen.

Allmählich waren die Straßen und befahrenen Wege so glatt geworden, dass es sicherer war, querfeldein zu gehen, zumal das auf die Straßen gestreute Salz eine Kältemischung ergab, die Susi sehr wehtat. Marie Luise nähte aus Lederresten, die sie von Herrn Wolz bekam, kleine Schuhchen für Susi. Die beeinträchtigten aber den natürlichen Kontakt mit dem Untergrund. Susi nagte jetzt nicht an den Eisbällchen zwischen ihren Zehen, sondern an den Lederschuhchen, die sie davor schützen sollten.

Trotzdem waren die Spaziergänge am frühen Morgen und am Nachmittag notwendig, damit Susi lernte, dass ihre Pfützchen und Häuflein nicht in die Wohnung gehörten. Das lernte sie auch sehr gründlich. Als im März der Schnee endgültig taute, wusste sie nicht, wo sie die Geschäftchen hinmachen sollte. Am Morgen rannte sie vom Schulhaus etwa 200 Meter, um sich am entferntesten Teil der Hecke, wo noch ein wenig Schnee lag, zu erleichtern. Wie glücklich war sie beim Nachmittagsspaziergang, wenn sie draußen am »Stimpfig« (Flurname) im Bett des kleinen Bächleins noch einen Rest Schnee fand, in dem sie sich erleichtern konnte.

Tierisches »Schulmeisterle«

Marie Luise hatte ihre kleine Wohnung im Schulhaus, das nach dem Krieg schnell wieder aufgebaut worden war auf dem alten Sockel. Zwischen diesem und dem Boden der Wohnungen mussten sich Zwischenräume befinden, in denen sich in den Nächten Mäuse tummelten. Sie machten sich bemerkbar durch helles Quieken und durch leises Kratzen und Nagen. Einige Male kamen sie auch in die Wohnung und zeigten ihre Anwesenheit dadurch, dass sie offen herumstehende Lebensmittel annagten.

Die Susi hätte gerne die Störenfriede gejagt, aber wie sollte sie an sie herankommen? Einmal traute sich ein Mäuslein bei Tag heraus in die Wohnung. Marie Luise hatte es nicht bemerkt, aber die Susi wohl. Sie rannte ihm mit Gebell nach und jagte es aus dem Gang ins Wohnzimmer, und da verschwand es. Susi wusste, wo es sich versteckt hatte. Sie schnupperte und kratzte am Klavier, bis Marie Luise es wegrückte. Susi verschwand blitzschnell hinter dem Klavier. Dann kam sie zurück und schüttelte heftig den Kopf.

»Hat dich denn das Mäuslein in die Schnauze gebissen?«, fragte Marie Luise.

Da ließ Susi den kleinen Leichnam eines grauen Mäusleins auf den Boden fallen. Durch ihr Kopfschütteln hatte sie ihm das Genick gebrochen. Sie war ganz stolz und ließ sich streicheln und loben.

Ja, wenn eine Maus davonrannte und nicht schnell ein sicheres Versteck fand, dann war das Dackelmädchen eine Mausfängerin, aber stundenlang lauern wie eine Katze, das konnte sie nicht. Und das Ausgraben einer Maus war in der Wohnung nicht möglich. Oder war es das, was sie im Bad unter der Badewanne wollte? Lange Zeit lag sie, schwer beschäftigt, unter der Badewanne. Ob sie da Kühle suchte? Oder wollte sie trinken? Ihr Trinknapf war voll, und unter der Badewanne gab es kein Wasser. Marie Luise zog sie hervor und entdeckte, dass sie Sand an den Pfoten und im Fell hatte. Wahrhaftig, in der Ecke unter der Badewanne schauten rote Backsteine heraus, und auf dem Boden lag eine ganze Menge Sand. Marie Luise holte Kehrwisch und Kutterschaufel und kehrte den Sand auf. Susi wurde künftig aus dem Badezimmer verbannt. Doch wenn sie Gelegenheit fand, hineinzukommen, arbeitete sie weiter an ihrem »Sandbruch«, an der Befreiung der Backsteinwand.

Die Igel in der Hecke am Schulplatz mochte die Susi nicht. Witternd lief sie an der Hecke entlang, bellte kurz und verschwand im Gestrüpp. Mit Knurren und Schaum an den Lefzen zerrte sie kurz danach einen Igel an seinen Stacheln hervor. Natürlich konnte sie ihm nichts anhaben, denn er hatte sich eingerollt. Wenn Marie Luise das entdeckte, nahm sie die wütende Susi auf den Arm und trug sie weg. Nach einer Weile war der Igel wieder verschwunden.

Ja, die Susi war nicht nur ein »Schulhundle«, sie war auch ein kleines »Schulmeisterle«, ohne Studium, ohne Dienstprüfungen, ohne Schulrat, nur durch ihr munteres Dasein und ihre bedingungslose Zuneigung, die sie ihrem Fraule, deren Schülern und allen ihren Bezugspersonen entgegenbrachte. Wie schön war es zu sehen, wenn sie mit den Kindern auf dem Schulgelände tobte oder wenn sie auf einem Lerngang die Klasse begleitete und die Kinder sich darum bewarben, wer die Susi an der Leine führen durfte. Da sie sich als eine leidenschaftliche Jägerin erwies, konnte sie auf Lerngängen und Ausflügen nicht ohne Leine mitgehen.

Die Susi hatte dreimal Welpen, und Marie Luise war froh, dass die Kinder gerne mit den Welpen spielten. Sie konnten die Kleinen bemuttern. Wie gut, dass es mehrere Welpen waren. So kamen mehrere Mädchen in den Genuss eines »eigenen Kindes«. Marie Luise konnte in Ruhe ihrer Arbeit im Garten nachgehen, die Kinder und die Welpen waren vollauf beschäftigt.

An einem Spätnachmittag kam Gisela zu Marie Luise und schien sehr besorgt. »Dem Bürschle fehlt etwas, ich glaube, er ist krank. Er will gar nicht mehr spielen und hat eine ganz trockene Nase.«

Marie Luise ging mit dem Kind. Es hatte den Welpen sorgsam in sein Körbchen gelegt und die Decke darüber gebreitet. Wahrhaftig, seine Nase war trocken, und er schien sehr matt.

»Lass ihn nur da in seinem Bettchen liegen. Ich glaube, wenn er geschlafen hat, ist er wieder gesund. Kannst ihm vielleicht ein Schlafliedchen singen?«, schlug Marie Luise vor.

Erleichtert setzte Gisela sich hin, beugte sich über das Körbchen und summte leise eine Schlafmelodie. Marie Luise ging wieder an ihre Arbeit. Es dauerte nicht lange, da kam Gisela und berichtete, dass das Bürschle jetzt schlafe.

»Weißt du, wenn die Hunde müde sind und schlafen wollen, dann muss ihre Nase trocken sein, sonst könnten sie nicht ruhig schlafen. Sie würden alle Gerüche aufnehmen und kämen nicht zur Ruhe. So ist das doch gut eingerichtet, gell?«, belehrte die Schulmeisterin.

So konnte Marie Luise einerseits die Kinder auf den Umgang mit Tieren einstimmen, andererseits die Welpen an andere Menschen gewöhnen. Durch sie lernten Marie Luise und die Schüler sehr viel über Hunde, unabhängig vom Sachkundeunterricht. Auf diese Weise war Marie Luise auch in der Freizeit Lehrerin.

»Einmal Schulmeister, immer Schulmeister«, erkennt ein altes Sprichwort.

Im Schulalltag

Der Schulalltag war und ist auch heute noch bestimmt vom Stundenplan, in dem die einzelnen Fächer verankert sind, von den Pausen, die die Unterrichtsstunden gliedern, und von den Wochentagen. Der Gesamtunterricht in der Unterklasse erlaubte, ja forderte oft, die Unterrichtsstunden zu sprengen und die Pausen zu verlagern. Zum Glück war das Pausengelände so weiträumig, dass die Klassen, die gerade Unterricht hatten, nicht durch den Lärm der Kleinen gestört wurden.

Beliebt waren auch die Lerngänge in die Umgebung, bei denen das Wachsen, Blühen und Reifen beobachtet wurde. Dann wurden Blumen, Steine und Zweige mit in die Schule genommen. Die Kinder legten die Blumen in dicke, alte Bücher, um sie zu pressen. Danach wurden sie aufgeklebt und mit den Namen beschriftet. Das war ein sehr heikles Geschäft, denn die feinen Blättchen waren spröde und brachen zu leicht ab. Einfacher war es, als man sie unter eine durchsichtige Klebefolie legen und damit auf den Zeichenblättern festhalten konnte. Nach den Lerngängen zierten auch bunte Feldblumensträuße das Klassenzimmer. Da war nun wieder ein Ordnungsdienst nötig, der die welken Sträuße wegräumte. Der Platz dafür war eine geräumige »Miischdschdatt« (Miststatt) hinter der Schule, auf der auch Garten- und Haushaltsabfälle kompostiert wurden.

Käfer, Ameisen, Schmetterlinge, Spinnen, Vögel, ja auch kleine Fischlein im »Stimpfich« wurden beobachtet. Seltener rettete sich ein rotes Eichhörnchen auf einen hohen Baum vor der Kinderschar. Es gab ja im Herbst viele Nüsse und Haselnüsse an den Wegrainen, deshalb waren viele Eichhörnchen unterwegs. Aber sie hörten ja das lustige Geschrei und Gelächter schon von weitem kommen und schossen davon, ehe sie entdeckt wurden. Da war es meist der aufmerksame Friedrich, der sie entdeckte. Er machte die anderen darauf aufmerksam. Aber bald war das Tierchen im Geäst verschwunden. Nur ein kurzes, schrilles Keckern konnte als Aufforderung verstanden werden: »Fangt mich doch, wenn ihr könnt.«

Marie Luises Dackelhündin Susi beantwortete das spöttische Keckern der Eichhörnchen mit wildem Gebell. Sie empfand auch das Verschwinden der Tierchen auf dem Baum als Beleidigung, denn dahin konnte sie ihnen nicht nachlaufen.

Im Sommer, wenn es warm war, durften die Kinder Schuhe und Söckchen ausziehen und im flachen Bächlein die Füße kühlen. Dabei gab es auch mal ein lustiges Gerangel. Wenn jemand dabei nass wurde, so war das gar nicht schlimm, die Sonne trocknete alles schnell wieder.

Welche Freude war es für die Kleinen, wenn die Klasse an einem Feld vorbeikam, auf dem gerade die Eltern arbeiteten. Da gab es ein Zurufen und ein Winken, an dem sich die ganze Klasse beteiligte. War es Stolz, sich den Eltern in der Gemeinschaft der Schulkameraden mit der Lehrerin zu zeigen? Oder schwang vielleicht auch ein ganz klein bisschen Sehnsucht nach den Angehörigen mit? Jedenfalls erleuchtete die Überraschung nicht nur den restlichen Lerngang, sondern auch die restlichen Schulstunden.

Im Winter, wenn es Schnee hatte – und Schnee gab es reichlich und dauerhaft auf der Hochebene –, fanden sich abschüssige Stellen, wo die Kinder sicher Schlitten fahren konnten. Sie brachten dann ihre Schlitten von zu Hause mit. Wer keinen eigenen Schlitten hatte, durfte sicher bei einem Freund oder einer Freundin mitfahren. Es war viel lustiger, wenn mehrere Kinder auf einem Schlitten saßen. Die Ängstlichen wurden in die Mitte genommen, die mit den längsten Beinen, meist die Älteren und die erfahrensten Lenker, saßen hinten.

Der Nachmittagsunterricht wurde zum Schlittenfahren benützt. Da war der zeitliche Spielraum größer, die Kinder mussten nicht, wie am Vormittag, zum Essen zurück sein. Um zwei Uhr zogen alle gemeinsam los. Bald war ein buntes Gewimmel zu sehen und lustiges Geschrei zu hören auf dem »Buck« (kleiner Berg). Wenn ein Schlitten umkippte, gab es zwar nasse Kleider und Hände, aber kein Wehgeschrei. Schnell rappelten sich die Kinder wieder auf, klopften sich den Schnee ab und zogen den Schlitten wieder den »Buck« hinauf. Dabei wurden sie allerdings angehalten, auf der rechten Seite zu gehen, damit sie mit den Herabfahrenden nicht zusammenstießen. Mit kalten Nasen, feurigen Backen, nassen Kleidern und Schuhen, aber hungrig und glücklich kehrte die ganze Unterklasse in der Abenddämmerung zurück. Die Kinder mussten nicht erst in die Schule gehen, sie durften sich gleich nach Hause begeben.

Manchmal gab es mildere Tage, so dass der Schnee antaute. Das war dann die Zeit, wo man in den Schulpausen Schneemänner bauen und Schneeballschlachten machen konnte. Da waren sowohl die Ober- als auch die Unterklässler am Werk. Manche Kinder legten sich auf den Rücken in den frischen Schnee und fegten mit Armen und Beinen den Schnee weg. Dabei bildeten sich vier Viertelskreise mit dem Abdruck des Körpers in der Mitte. Wenn das Kind aufgestanden war, zeichnete sich im Schnee die Figur eines Engels ab. So gab es immer wieder eine fröhliche Pause vom Alltag des Lernens. Die meiste Zeit aber wurde intensiv gelernt.

In jener Zeit gab es natürlich auch schlechte Rechtschreiber, Kinder, die im Diktat viele Fehler machten. Diktate konnten geübt werden. Zu diesem Zweck schrieb Marie Luise einen Text an die Tafel. Die Kinder lasen ihn, leise und laut, einzeln und gemeinsam. Dann schrieben sie ihn ab. Zuerst sollten sie ihn Wort für Wort abschreiben, das heißt, ein Wort genau anschauen und es dann aufschreiben, ohne nochmals an die Tafel zu schauen. Dazu gehörte das kritische Vergleichen mit dem Vorbild. Beim nächsten Mal wurden Teilsätze ins Visier genommen und auswendig niedergeschrieben. So wurde eine ganze Woche lang immer wieder am selben Text geübt. Welches Fest, wenn das eine oder andere Kind im Diktat, das ins Heft geschrieben wurde, keinen Fehler mehr hatte. Mit fortschreitendem Geschick wurden die Übungen verkürzt, die Fehler wurden immer weniger. Das zeigte sich auch bei den schwachen Rechtschreibern.

Doch was war mit den Aufsätzchen? Da war ein Bub, dessen Aufschriebe wimmelten nur so von Schreibfehlern. Manche Stellen ergaben überhaupt keinen Sinn. Wenn Marie Luise sich die Zeit nahm, das Konzept in Ruhe durchzulesen, so stellte sie fest, dass die Gedanken und der Aufbau recht gut waren. Doch konnte sie dem Buben nicht zumuten, ein Konzept ins Reine zu schreiben, das eine Richtigstellung an der anderen aufwies. So forderte sie den Buben auf, ihr den Aufsatz vorzulesen. Unter seinen Augen schrieb sie den Aufsatz in leserlicher Schrift nieder, gab ihm ihre Niederschrift mit der Aufgabe, alles genau und richtig ins Heft zu schreiben. Diese Aufsätze waren dann fast ohne Schreibfehler und ernteten dem Inhalt und der Form nach gute Noten. Von Legasthenie wusste Marie Luise damals noch nichts. Erst später lernte sie, damit umzugehen und den Kindern, die damit behaftet waren, gezielt zu helfen.

Freude und Leid im Schulleben

Unter den ersten Schulanfängern, die Marie Luise 1960 eingeschult hatte, war die Eva Zanzinger. Ihre beiden Brüder, Erich und Klaus, gingen schon in die Oberklasse. Als sie die Frau sah, die das Kind begleitete, dachte sie: »Das Kind hat aber eine junge Mutter!« Doch bald erfuhr sie, dass es die ältere Schwester war. Sie war mitgekommen, weil die Mutter nicht konnte. Allein sollte die Eva doch nicht in der Schule antreten müssen.

Eva war das sechste Kind in ihrer Familie, ein sehr munteres, begabtes Mädchen. Mit den Schulkameraden kam sie gut aus, wie es ja bei Kindern aus großen Familien häufig der Fall ist. Unglücklich diejenigen, die in einer großen Familie nicht gesellig sind. Sie müssen lernen sich anzupassen, neidlos zu teilen, zu streiten und zu vergeben, zu helfen und sich helfen zu lassen. Diejenigen, die das nicht schaffen, werden zu verbitterten Einzelgängern. Aber so waren die Zanzingerkinder nicht.

»Die Eva hat immer gelacht«, sagte ein Schulkamerad später über sie.

Damals lebte sie schon nicht mehr. Eine heimtückische Krankheit hat sie mit 16 oder 17 Jahren dahingerafft. Marie Luise war damals nicht mehr in Brettheim, aber noch in Verbindung mit Frau Schurtz. Die erzählte ihr, dass bei einem Ausflug die Eva vom Anfang der Fahrt bis zum Schluss nur geschlafen habe. »Da stimmt doch etwas nicht. Hoffentlich ist sie nicht krank!«, meinte sie bekümmert. Bald darauf berichtete sie, dass die Eva gestorben sei.

Ein paar Jahre jünger als Eva war ihre Schwester Rose. Dann kam noch die Susanne. Marie Luise erfuhr, dass die Eva deshalb von ihrer älteren Schwester auf ihrem ersten Schulgang begleitet worden war, weil die Susanne gerade geboren war. Auch die Rose und die Susanne waren Schülerinnen von Marie Luise, beide sehr angenehme, begabte, muntere Kinder. Die Rose kam oft am Nachmittag auf das Schulgelände, um mit den anderen Kindern zu spielen.

Ein Klassenkamerad von Eva war der Bernhard Rauner, ein blonder, hochgewachsener Bauernbub. Er war der Älteste von drei Buben. Nach ihm kam der Wilhelm, dann der Siegfried.

Der Vater der drei Buben fuhr die Unterklasse einmal auf einen Schulausflug nach Rothenburg ob der Tauber. Er hatte auf seinen gummibereiften Anhänger Bretter gelegt, damit die Kinder und die Begleitpersonen darauf sitzen konnten. An Begleitpersonen fehlte es meist nicht. Die Mütter gönnten sich gerne einen Ausflug mit den Kindern, wenn es die Arbeit auf dem Feld erlaubte. Abgesehen davon, dass mindestens eine Begleitperson mitgenommen werden musste, bildeten die Schulausflüge eine gute Gelegenheit, in lockerer Atmosphäre mit den Müttern zu sprechen und dadurch auch die Wesensart der Kinder besser verstehen zu lernen. Die Erstklässler hingen gern noch an der Mutter Hand, aber den Älteren war es oft nicht recht, wenn ihre Mutter mitging. Sie überließen sie gern dem Gespräch mit der Lehrerin und zogen mit ihren Kameraden davon. Dass sie trotzdem beobachtet wurden, das war völlig in Ordnung.

Vor der Schule stiegen die Passagiere auf den Wagen, Herr Rauner lenkte den Traktor. Schön gemütlich tuckerten sie durch die Landschaft. Es war genügend Zeit, die Ortschaften, die Gärten, die Felder und Bäume zu betrachten. Dabei wurde eifrig gesungen. »Wenn die bunten Fahnen wehen« und »Auf, auf, ihr Wandersleut«. Unten im Taubertal stiegen die Ausflügler aus, Herr Rauner kehrte zu seinem Tagwerk nach Brettheim zurück. Zuvor war noch ein Treffpunkt und die Zeit vereinbart worden, wann er die Stadtbesucher wieder abholen sollte. Doch dabei gab es ein Missverständnis. Marie Luise wollte die müden Kinder am Abend nicht hinuntergehen lassen ins Tal, der »Fuhrmann« sollte sie oben auf dem Marktplatz treffen.

Es war ein schöner, erlebnisreicher Tag in Rothenburg. Neben einem Gang auf der Stadtmauer und dem Besuch eines Museums wurden auch die Spielgeräte auf einem Kinderspielplatz ausprobiert. Da waren alle ziemlich müde. Die mitgebrachten Vesperbrote waren gegessen, die Getränke getrunken. Um die vereinbarte Zeit versammelten sie sich auf der Freitreppe vor dem Rathaus. Der Postbus nach Schwäbisch Hall fuhr vor, nahm die Reisenden auf und fuhr wieder ab.

»Jetzt wird unser Fahrzeug bald kommen«, meinte eine Mutter.

Aber es kam und kam nicht. Ob der Herr Rauner nicht hereinfahren konnte? Ob er einen Unfall hatte? Oder ob er sich nur verspätet hatte? Der Möglichkeiten waren viele.

»Der Bus ist weg. Wir können nicht in der Stadt übernachten. Was meint ihr, Kinder, könnt ihr ein Stück laufen? Vielleicht kommt der Herr Rauner und nimmt uns unterwegs mit.«

Trotz des langen Tages waren die Kinder begeistert von der Idee, so in den sinkenden Abend hineinzulaufen. Zu tragen war ja nichts mehr, was belasten könnte. Die Mütter wussten auch keinen anderen Rat, als dass man sich auf den Heimweg machen sollte. Heute erscheint es merkwürdig, dass niemand auf den Gedanken kam, in Brettheim anzurufen. Handys kannte man noch nicht, und wo sie in Rothenburg anrufen könnten, wussten sie auch nicht. Also ging es der Straße nach in der Hoffnung, dass der Herr Rauner sich nur verspätet hatte und die Gruppe unterwegs aufnehmen könnte.

Sie zogen los, schön am Rand der Straße entlang. Zum Glück war kein großer Verkehr. Die Traktoren, die nach Hause fuhren, waren von weitem zu hören. Sie waren beleuchtet, und die Bauern hatten immer wieder einen freundlichen Gruß für die Kinder. Aber es waren immer andere Bauern, nicht der erwartete Herr Rauner. So kamen sie bis nach Hegenau, wo Ruth und Ilse Barthelmäs, der Eugen Fürnstahl, die Marliese Gundel und die Anneliese Hofmann zu Hause waren. Diese Kinder konnten gleich heimgehen. Die Großmutter von der Ruth bot den übrigen Kindern allen Saft und ein Honigbrot an. Inzwischen telefonierte Marie Luise nach Brettheim, um zu melden, dass sie jetzt in Hegenau seien. Ob jemand kommen und sie abholen könne? Die Kinder waren doch jetzt zu müde, um vollends heimlaufen zu können.

Und so kam der Herr Rauner doch noch. Es war ihm sehr peinlich. Er hatte verstanden, dass er die Stadtbesucher an derselben Stelle, im Taubertal, wieder abholen solle. Lange hatte er dort gewartet, ohne dass er gebraucht worden wäre. Da hatte er gedacht, sie seien mit dem Bus heimgefahren, und war zurückgekehrt. Es war schon völlig Nacht, eine sternenklare Julinacht, als sie in Brettheim ankamen. Die Eltern holten ihre müden, glücklichen Kinder ab, und Marie Luise war froh und dankbar, dass sie alle solch einen schönen, ereignisreichen Tag erlebt hatten, vor allen Dingen aber, dass sie ihre Verantwortung los war bis zum nächsten Morgen.

Im Garten

Der Schulleiter Herr Breitling bebaute die Hälfte des vorderen Gartens der Schule mit Obst und Gemüse für seine Familie. Im umgebrochenen Gebiet legte er Beete an und säte Salat, Gelberüben, Spinat, Kraut und Kohl sowie Petersilie, Sellerie, Zwiebeln und Schnittlauch. Den Gartenweg entlang war eine Rabatte mit Blumen. Nach den Jahreszeiten wechselten sich die bunten Blüten ab. Etwa ein Drittel war mit Gras bestanden. Dort tummelten sich die Breitlingskinder, dort hielten sich auch die Katze Muschi und der Kater Peter auf, bis sie mit einem kleinen Zirkus verschwanden. Mit ihnen verschwanden alle Katzen aus der Nachbarschaft. Der Verdacht verbreitete sich, dass der Löwe oder der Tiger sie zu fressen bekommen habe, aber nachzuweisen war das nicht.

Die Dackelhündin Susi und für eine kurze Zeit Breitlings langbeinige Terrierhündin Jenny vergnügten sich im hohen Gras, suchten Bälle und fanden zufällig verlorene Dinge wie Kameralinsen oder Schlüsseltäschchen. Die Jenny, eine leidenschaftliche Jägerin, wollte auch den Katzen ans Fell. Die konnten sich auf die Obstbäume retten, die auf dem Grasplatz wuchsen. Rannten sie aber über die Straße ins freie Feld, so waren sie nicht sicher, denn die Jenny lief ihnen immer nach. Da fand Herr Breitling, dass sie künftig nur an der Leine aus dem Haus dürfe, weil sie in ihrer Jagdleidenschaft nur noch das flüchtende Tier sah und dem Verkehr zum Opfer fallen konnte.

Die beiden Hündinnen waren sich gar nicht grün. Susi knurrte, wenn sie Jenny sah, und Jenny ging gleich zum Angriff über. Susi meinte wohl, Jenny müsse sich ihr unterwerfen, weil sie die Ältere sei. Dieser Meinung konnte sich Jenny nicht anschließen, und so gab es wirklich gefährlichen Streit, bei dem Blut floss. Marie Luise war daher froh, dass Jenny nur an der Leine aus dem Haus durfte.

Gerne hätte Marie Luise auch ein Stückchen Garten gehabt, um ein paar Blumen und ein wenig Gemüse anzubauen. So fragte Herr Breitling den Bauern Herrn Renk, ob er ein Stückchen Grasboden zwischen der Holzhütte und Doktors Garten umbrechen könnte. Der machte sich gleich ans Werk. Das Gras hatte schon angefangen zu wachsen, deshalb bemühte sich Herr Renk, die Furchen tief zu machen und die Graswurzeln nach oben zu bringen.

»In diesem Jahr werden Sie Mühe haben, mit dem Unkraut fertig zu werden. Sie müssen fleißig das Grün, das herauswächst, weghacken. Im Herbst komme ich wieder und ackre Ihr Gärtle nochmals durch, dann kann das Gras den Winter über verrotten.«

So geschah es dann auch. Trotz des immer wieder aufsprießenden Unkrauts gediehen Marie Luises Pflanzen sehr gut, denn sie wuchsen auf »jungfräulichem Boden«, der sehr reich an Nährstoffen war. Bei der Bearbeitung des Bodens kamen auch Steine zum Vorschein. Marie Luise warf sie hinaus auf den Weg, wo sie aber nicht lange liegen blieben. Susi lag draußen und lauerte, bis wieder ein Stein geflogen kam. Dann hob sie ihn auf und brachte ihn getreulich wieder herein. Das war zwar nicht das, was Marie Luise erreichen wollte, aber Susi hatte ihren Zeitvertreib und lernte dabei, ihren »Fang« abzugeben. Doch sie musste noch mehr lernen, nämlich die Steine draußen vor dem Zaun abzulegen. Das dauerte eine ganze Weile, und Marie Luise war froh, dass ihre Schüler bei dieser Arbeit halfen.

An den schulfreien Nachmittagen kamen immer Kinder auf das Schulgelände, um hier zu spielen. Noch schöner war es, seit die Susi diese Spiele teilte. Die Kinder verstanden bald, die Hündin draußen vor dem Zaun aufzuhalten und ihr den Stein abzuschmeicheln. Die Belohnung für Susi bestand darin, dass die Kinder den abgegebenen Stein gleich wieder warfen. So kam sie zu ausgiebiger Bewegung. Ein Glück nur, dass die Nachbarn nicht lärmempfindlich waren, denn Susi forderte mit lautem Bellen die Kinder zum Werfen heraus. Diese waren auch nicht gerade leise bei ihrem Spiel. Doch an dem Weg hinter der Schule wohnten ja nur Leute mit eigenen Kindern, die fähig waren, an dem Spaß und den Spielen ohne Murren teilzunehmen.

Jahresausflug

In jedem Schuljahr, meist kurz vor Schuljahresschluss, wurde ein größerer Ausflug gemacht. Da auch viele Mütter mitgingen, lohnte es sich, einen größeren Bus zu bestellen. Diese Ausflüge waren Höhepunkte im Schulleben.

Nicht immer durfte die Susi mit auf den Schulausflug. Es hing davon ab, welche kindgemäße Attraktion am Zielort aufgesucht werden sollte. In den Zoo in Nürnberg konnte sie nicht mitkommen, auch wenn der Busfahrer nichts gegen ihre Anwesenheit im Bus gehabt hätte. »Besucherhunde« wurden nicht in den Tiergarten eingelassen. Sie könnten einerseits Krankheiten einschleppen und andererseits die Zootiere verwirren. Vor den Toren des Tiergartens waren Boxen, in denen die Hunde eingeschlossen werden mussten. Diesem Stress wollte Marie Luise ihre Susi nicht aussetzen. Daher nahm Frau Schurtz das Hundle für diesen Tag in ihre Obhut.

Am Morgen fuhr der bestellte Bus früh vor der Schule vor. Der Himmel war wolkenbedeckt, es regnete in Strömen. Die Kinder waren mit Regenkleidung und Schirmen versehen. Ihnen machte das Wetter nicht viel aus. Ein Regenausflug hatte für sie seine eigenen Reize. Wie gemütlich war es doch, die Regentropfen auf den Schirm prasseln zu hören! Und mit den Stiefeln durch Pfützen zu waten, was konnte es Schöneres geben? Die Mütter waren skeptisch. Für sie bedeutete Regenwetter Schmutz, nasse Füße und Erkältungen, Husten und Halsweh. Marie Luise war optimistisch. Sie hatte von ihrem Schlafzimmerfenster aus einen kleinen hellen Streif am östlichen Himmel gesehen. Sie dachte an das englische Sprichwort: »Rainbow at night gives the shepherds delight. Rainbow in the morning gives the shepherds warning.« Sehr frei übersetzt heißt das: Wenn am Abend im Osten eine Wolkenwand steht, wird es am nächsten Tag regnen. Steht am Morgen eine Wolkenwand im Westen, so wird das Wetter trocken. An diesem Tag zeichnete sich im Osten ein heller Streif ab, also konnte es bald Sonnenschein geben, auch wenn das Wetter in England andere Regeln hatte.

Schon auf der Fahrt nach Nürnberg hörte das Trommeln der Regentropfen auf dem Dach des Busses langsam auf, der Fahrer schaltete die Scheibenwischer aus. Bald musste er die Sonnenblende herunterlassen, damit er nicht die Sonne auf dem Gesicht hatte. Die Regentropfen an den Bäumen am Straßenrand glitzerten in bunten Farben, die Welt war wie frisch gebadet.

In Nürnberg durften die Reisenden auf dem Marktplatz aussteigen. Zuerst stiegen sie auf die Burg. Der Anstieg war steil, aber da Rucksäcke, Jacken, Schirme und alles Belastende im Bus verblieben waren, so trabten die Kinder munter voran. Die Erstklässler gingen voraus. Sie hatten die kürzeren Beine. Das bedeutete aber nicht, dass sie darum auch langsamer waren als die Älteren. Marie Luise sah sich genötigt, voranzugehen. Den Müttern sollte das Mitkommen nicht zu schwer gemacht werden, und die Kinder durften nicht davonlaufen.

Von der Burgmauer aus hatten sie einen wundervollen Blick auf die Stadt.

»Wie viele Türme da sind! Mehr noch als in Rothenburg.«

»Und da unten steht unser Bus. Wie klein der ist. Und die Autos und die Leute erst! Grad wie Spielzeuge.«

Die Kinder wechselten immer wieder ihre Standorte, um das ganze Panorama in sich aufzunehmen. Zur festgesetzten Zeit rief Marie Luise zum Abstieg. Sie wollten ja noch eine gute Zeit im Tiergarten verbringen.

Einige Kinder wollten im Bus gleich ihre Brote auspacken, aber Marie Luise mahnte zur Geduld. »Es dauert nicht lang, bis wir im Zoo sind. Dort haben wir mehr Zeit, uns unser Mittagessen schmecken zu lassen.«

Das war aber nur ein Grund, weshalb die Kinder nicht gleich mit Essen beginnen sollten. Der andere Grund war, dass sie in der Eile Brotstücke und Papierfetzen auf den Sitzen und auf dem Boden verstreut hätten, die der Busfahrer dann aufzuräumen gehabt hätte. Das wollte Marie Luise vermeiden.

An der Kasse bezahlte Marie Luise den Eintritt für die Kinder und die Erwachsenen. Drei Begleitpersonen mussten nichts bezahlen, für die übrigen Mütter legte sie das Geld aus. Es ging so schneller, und die Berechnung war übersichtlicher. Nahe beim Eingang standen unter Bäumen Bänke und Tische. Dort wurden zuerst einmal die Brote ausgepackt. Einige Kinder hatten auch Flaschen mit Saft oder Tee dabei. Für die anderen gab es ein Ständle, an dem sie sich mit dem Nötigsten versorgen konnten. Auch Süßigkeiten gab es dort zu kaufen. Um keinen Neid aufkommen zu lassen, hatte Marie Luise schon im Voraus mit den Eltern vereinbart, wie viel Taschengeld sie den Kindern mitgeben sollten. Einige Eltern vertrauten ihr dieses Taschengeld an.

»Ich weiß, dass mein Kind für das Geld allerhand Schund einkaufen würde. Könnten Sie das Geld nicht an sich nehmen und darauf achten, dass es sinnvoll verwendet wird?«

Das war zwar sehr ehrenvoll, aber auch mit Arbeit verbunden. Doch zum Nutzen der Kinder nahm Marie Luise die Verantwortung auf sich.

Nachdem alle gesättigt waren, ging es zu den Tieren. Zuvor mussten die Kinder darüber informiert werden, was sie tun sollten, wenn sie die Gruppe verloren hatten. Es gab ja so viele Leute im Zoo und noch mehr Tiere. Da konnte es leicht vorkommen, dass ein Kind bei einem Gehege länger verweilte als die übrigen.

»Wenn ihr die anderen nicht mehr seht, dürft ihr nicht anfangen euch zu fürchten und einfach herumrennen. Da sind Leute in Uniformen, zu denen geht ihr hin und fragt sie nach dem Weg zum Ausgang. Dann geht ihr langsam zum Ausgang und wartet. Wir kommen ganz bestimmt dort vorbei. Ihr geht nicht verloren.«

Doch keins der Kinder fühlte sich auch nur für einen Augenblick verlassen. Sie hielten sich teilweise an der Hand und genossen so gemeinsam den Anblick der Tiere.

Die riesigen Elefanten wedelten mit den Ohren die Fliegen weg. Dann streckten sie ihre langen Rüssel über den Wassergraben. Eine Mutter hatte an einem »Ständle« ein Beutelchen mit Haselnüssen und Rosinen gekauft. Sie legte etwas davon auf ihre Hand und bot es einem Elefanten dar. Wie interessant, dass der Rüssel die Früchte sachte aufnahm. Dann bildete er eine große Schleife und steckte das Geschenk in sein großes Maul. Die Kinder ließen sich auch ein paar Rosinen auf die Hände legen. Der Elefant hatte schnell auch die kleinen Händchen entdeckt und nahm ebenso vorsichtig die Gabe entgegen.

»Wie wenn er die Zibeben weggeblasen hätte«, meinte die Marliese.

Dann sahen die Kinder, wie ein Mann dem Elefanten ein Geldstück darbot. Gespannt beobachteten sie, was das große

Tier damit machte. Ob es das Geldstück auch in sein Maul steckte und verschluckte? Nein, zum großen Vergnügen der Umstehenden steckte es seinen Rüssel in die Jackentasche des Mannes in Uniform. Der gab ihm irgendeine Leckerei dafür und tätschelte ihm leicht den Rüssel.

Am interessantesten und vergnüglichsten fanden nicht nur die Kinder, sondern auch die Erwachsenen die Affen. Vor ihren Gehegen standen große Mengen Zuschauer. Doch die Kinder fanden immer einen Platz nahe bei der großen Glasscheibe, so dass sie alles genau sehen konnten. Erstaunlich, wie die Affen da an ihren Seilen herumturnten, wie sie sich fallen ließen und im Fallen geschwind festhielten, so dass sie gar nicht auf dem Boden aufprallten. Von den großen, schwarzen Affen, die Gorillas genannt wurden, mochten manche die Zuschauer gar nicht sehen. Sie kehrten ihnen den Rücken zu und taten, als ob sie schliefen. Auch wenn ein großer Mann an die Scheibe klopfte, rührten sie sich nicht.

Dort war ein kleines Äfflein, das hatte ein ganz winziges an seinem Bauch hängen und sprang mit ihm von Ast zu Ast. Es hielt sich eine Weile mit seinem Schwanz fest, dann ließ es los und hielt sich im Flug mit den Füßen an einem tieferen Ast fest.

»Das Kleine muss aber schon stark sein«, meinte der Rudi, »sonst könnte es sich nicht so festhalten!«

»Guck mal, wie geschickt die hier mit ihren Fingern die Maiskörner von den Maiskolben abmachen und in das Maul stecken! Grad so wie wir mit unseren Fingern.«

»Und die hier, die zupfen einander im Fell herum. Was suchen sie denn da? Sie stecken sich etwas ins Maul.«

So viel Verwunderliches gab es bei den Affen, dass die Kinder gar nicht weiterwollten.

Die Sonne schien nicht mehr so warm. Der Regen am Morgen war ganz und gar vergessen. Aber nun wurde es Zeit, dass sich die Ausflügler auf den Heimweg machten. Sie hatten viel erlebt und wurden langsam müde. Der Bus nahm sie alle auf, keines war verlorengegangen. Ein voller Mond, zunächst noch blass, stand am Himmel, der leuchtete ihnen auf den Weg. Sie sahen kaum seine Bahn vor dem Bus, weil die Scheinwerfer stärker waren als das Mondlicht. Leise erklang im Bus das Lied von den schönsten Schäfchen und dem güldnen Mond. Dann war auch das zu Ende. Man hörte nur noch das Schnurren des Motors, kaum das friedliche Atmen der Kinder.

Neu motorisiert

Die Anbindung Brettheims an die Kreisstadt Crailsheim war besser als die Leuzendorfs. Der Postbus von Schwäbisch Hall nach Rothenburg ob der Tauber fuhr regelmäßig, werktags wie sonntags. Dazu verkehrte noch ein Arbeiterbus an den Werktagen morgens über Wallhausen nach Crailsheim. Zur Mittagszeit kehrte er zurück und fuhr um zwei Uhr wieder in Brettheim ab. Das war sehr geschickt für Einkäufe und Arztbesuche, und Marie Luise benutzte diese Gelegenheit öfters. Sie litt immer noch sehr an den Folgen ihres Unfalls und hatte damals großes Zutrauen gefasst zum Klinikleiter Doktor Lang.

Am Abend nahm der Bus die Arbeiter und Stadtbesucher wieder zurück nach Brettheim. Herr Barthelmäh, der Busfahrer, nahm auch die Susi unentgeltlich mit. Sie saß auf einem Tuch, das Marie Luise auf ihren Schoß gebreitet hatte. Meistens saß sie friedlich da, aber einmal im Winter fing sie plötzlich an zu knurren. Dieses Knurren wurde immer lauter und giftiger, als sich eine Frau im Pelzmantel durch den Gang bewegte. Hinter Susi und ihrem Fraule waren noch Plätze frei, da strebte die Frau hin. Plötzlich drängte Susi ihren Kopf dem Gang zu. Fast hätte sie die Frau am Ärmel ihres Pelzmantels gepackt, aber Marie Luise reagierte schnell, legte Susi die Hand um den Fang und zog sie zurück.

»Warum tust du denn das? Was hat dir denn die Frau getan?«

Natürlich gab Susi keine Antwort. Aber nachdem die Frau ihren Platz hinter den beiden eingenommen hatte, hielt das Knurren an und verstummte erst, als die Unbekannte in Satteldorf ausgestiegen war. Nach einer ähnlichen Begebenheit wurde Marie Luise klar, dass es der Pelzmantel war, der die Susi irritierte. Zwar konnte sie sich nicht vorstellen, dass nach dem Gerben und der Verarbeitung der Pelze noch eine Spur vom Geruch des Tieres übrig geblieben war, der den kleinen Hund ängstigte, doch eine andere Erklärung gab es nicht.

Das Verhalten Susis und die verkehrsmäßige Situation in Brettheim waren es nicht, die Marie Luise Ausschau halten ließen nach einem Auto. Es war das Bedürfnis, die schönen Landschaften und die alten Städte im Frankenland kennenzulernen. Auch die Heimreise ins Remstal könnte nicht nur abwechslungsreicher, sondern auch einfacher werden. Ein zweirädriges Fahrzeug sollte es nicht mehr sein, auf vier Rädern würde sie sich sicherer fühlen. Auch die Susi sollte darin ihren sicheren Platz haben.

Ihr Vetter vermittelte ihr ein gebrauchtes Fahrzeug von einem Kollegen. An einem Sonntagnachmittag kamen der Vorbesitzer und seine Frau in zwei verschiedenen Wagen und brachten Marie Luises Auto zunächst nach Brettheim. Marie Luise besah sich den weiß lackierten Wagen und machte eine kurze Probefahrt, der Vorbesitzer am Steuer. Es war ein angenehmes Fahren.

Nun gab es aber ein Problem: Von ihrem Unfall bei Schmerbach war Marie Luise noch stark traumatisiert. Deshalb wollte sie in ihrem eigenen Auto einige Fahrstunden nehmen, bis sie sich im Straßenverkehr sicher fühlte. In Crailsheim kannte ihre Freundin Anne einen ruhigen Fahrlehrer, den sie in die Situation eingeweiht hatte und der bereit war, ihr die nötigen Fahrstunden zu erteilen. Mit den Vorbesitzern vereinbarte Marie Luise, wo sie den »Junior« in Crailsheim parken sollten, damit in der nächsten Woche der Fahrunterricht beginnen konnte. Nach einer gemütlichen Kaffeestunde und der Geldübergabe fuhr das Ehepaar am späteren Nachmittag wieder ab.

Ja, der erste Wagen – wie auch alle anderen, die Marie Luise kaufte – wurde bar bezahlt. Damit gingen sie gleich in ihren Besitz über. Im Falle eines Unfalls wollte sie nicht für etwas bezahlen müssen, was keinen Wert mehr hatte.

In der ersten Fahrstunde wählte der Fahrlehrer eine wenig befahrene Strecke, die aber alle Schwierigkeiten einschloss: Anfahren am Berg, unübersichtliche Kurven, enge Sträßlein, abschüssige Stellen. Wann immer in der Ferne ein anderes Auto auftauchte, zuckte die Fahrschülerin zusammen. Sie meinte, an dem Entgegenkommenden nicht ungestreift vorbeikommen zu können. Der Fahrlehrer ging dazu über, mit ruhigen Worten die wenigen Autos anzukündigen, sobald er sie sah. Als er merkte, wie krampfhaft sie das Steuerrad hielt, forderte er sie auf, kurz nur mit einer Hand zu lenken.

»Ordnen Sie Ihre Haare! Jagen Sie eine Fliege auf Ihrer Backe weg!«

Mit solchen kleinen Übungen brachte er seine Schülerin dazu, sich zu entspannen, ohne die Achtsamkeit zu verlieren. Es brauchte einige Zeit, bis Marie Luise ihr eigenes Auto nach Brettheim nahm. Aber noch immer hatte sie an keiner Ampel angehalten, noch immer war sie nicht sicher wieder angefahren. Dazu musste sie in den Sommerferien durch Reutlingen über die Alb fahren, um an den Bodensee zu gelangen. Als die Reise gelungen war, fühlte sie sich in ihrem »Junior« sicher.

Auslandsaufenthalte

Auch wenn sie in ihrer Studienzeit die Lehrbefähigung für Englisch mit gutem Erfolg erlangt hatte, wusste Marie Luise, dass sie noch viel mehr in der fremden Sprache wissen sollte, wenn sie eine wirklich gute Englischlehrerin sein wollte. Sie nahm immer wieder an Ferienkursen auf der Comburg bei Schwäbisch Hall teil. Die fanden meist in den Sommerferien statt. Dabei kam sie auch in Berührung mit dem British Council und erfuhr, dass in England »Summer Schools for Teachers of English« stattfanden.

1952, während ihres Studiums in Esslingen, war sie zwei Monate in Yorkshire gewesen, vom ASTA (Allgemeiner Studentenausschuss) vermittelt und vom Britischen Landwirtschaftsministerium gesponsert. Nach dem Krieg fehlten dort landwirtschaftliche Arbeitskräfte, die helfen konnten, die Ernten einzubringen. In Esslingen waren gerade Dienstprüfungen, deshalb schickten sie die jüngsten Semester ins »Landschulpraktikum«. Den Studierenden, die Englisch als Wahlfach hatten, stellte Direktor Dr. Hoyler frei, ob sie stattdessen nach England fahren und als Erntehelfer ein wenig Geld verdienen wollten. Ein altes Fernweh ließ Marie Luise diesen Weg wählen.

Marie Luise wurde in Yorkshire, in North Riding, zum Kartoffellesen eingesetzt. Ihr Standort war in einem ehemaligen Kriegsgefangenenlager in Old Malton. Dort lebten die Erntehelfer in den Baracken, auf dem Gelände, das einst die deutschen Kriegsgefangenen beherbergt hatte. Es waren Studierende aus aller Herren Länder: Franzosen, Niederländer, Spanier, Afrikaner, Polen, Schweden, Norweger, Chinesen, eine Mexikanerin. Die Baracke teilte Marie Luise zunächst mit drei deutschen Studentinnen. Später kamen noch eine

Schottin und andere Britinnen dazu. Die verbindende Sprache war natürlich Englisch. Sechs Wochen lang lasen sie auf den großen Kartoffeläckern von Yorkshire Kartoffeln auf. Nach sechs Wochen wurden die Erntehelfer in englische Familien eingeladen. Marie Luise fuhr per Anhalter noch weiter nach Norden, nach Sunderland. Dort verbrachte sie einige Tage bei einer Familie mit zwei Töchtern und lernte den Alltag in einer Familie kennen. Als sie dann Anfang November bei ihrer Brieffreundin Ena eintraf, hatte sie nicht nur ein gutes Stück von England kennengelernt, sie konnte auch mancherlei Klangfärbungen des Englischen verstehen und zuordnen.

Die letzten sieben Tage verbrachte sie in London. Sie hatte im Gästehaus des »German YMCA« in der Finchley Road ein günstiges Quartier gefunden. Um Fahrgeld zu sparen, erwanderte sie sich London. Bald fand sie heraus, wann die Museen keinen Eintritt verlangten, und nutzte diese Gelegenheiten.

Als sie Ende November 1952 wieder zuhause war, kam ihr Stuttgart sehr klein vor im Vergleich zu London, und in Esslingen fand Herr Dr. Hoyler, dass sich der Englandaufenthalt seiner Studierenden nicht nur in sprachlicher Hinsicht gelohnt hatte. Deshalb unterstützte er in den kommenden Jahren diese Englandaufenthalte.

Nun war sie nicht mehr Studierende, sondern Lehrerin und konnte ihre Weiterbildung bezahlen. Sie meldete sich 1961 zu einem British Council Course an und zwar in Aberdeen am King's College. Diesmal beschloss sie zu fliegen, zumal Aberdeen sehr weit im Norden liegt. Ein Kleinbus, von der Universität geschickt, erwartete sie und drei andere Kursteilnehmer an dem sehr einfachen Flughafen.

Im großen Speisesaal des Studentenwohnheims »Crombie Hall« stand ein spätes Abendessen für die Gäste bereit. Hier hielten sich noch viele Personen auf. Ob es Studierende oder Dozenten waren, war nicht festzustellen, denn es war eine einheitliche, fröhliche Gesellschaft, die der lange, helle Sommerabend noch nicht ins Bett gehen ließ.

Marie Luise hatte ein Einzelzimmer, das während des Semesters von einem Studenten oder einer Studentin bewohnt wurde. Nur die Möbel waren jetzt im Raum, zweckmäßig und zugleich schön. Das Personal der Küche versorgte sie mit den üblichen Mahlzeiten.

Marie Luise hoffte auf einen reichen Zuwachs an Sprachkenntnissen. Es sollte aber noch viel mehr werden: Durch Fahrten in die weitere Umgebung lernten sie die nordbritische Landschaft kennen, und im King's College fand Marie Luise eine Freundin, mit der sie weit über den Kurs hinaus eng verbunden blieb. Zwischen Maria Ludmilla und Marie Luise war spontan eine tiefe Übereinstimmung zu spüren. Doch Marienka, wie sie gerne genannt werden wollte, hatte noch andere Freundinnen im Kurs. Sie war sehr offen und interessiert an ihren Mitmenschen. Dazu kam, dass sich die Bewohner der kommunistisch regierten Länder vom Westen ziemlich abgeschnitten fühlten. Für sie war es eine große Vergünstigung, dass sie an den Summer Schools teilnehmen durften. Das galt ebenso für die Polen, für Grazina Domanska, die aus Lodz gekommen war. Auch mit ihr trat Marie Luise in Briefwechsel und besuchte sie einmal in Lodz. Ähnlich war es mit der ungarischen Kollegin Valeria Zolnai, die an der Universität von Debrecen unterrichtete. Wie gut, dass es die englische Sprache gab, in der sich alle verständigen konnten.

Für Marie Luise waren diese Begegnungen eine große Bereicherung.

»Das ist fast wie eine kleine Umkehrung der Sprachverwirrung im Alten Testament nach dem Turmbau zu Babel«, sagte ein Kursteilnehmer.

Außer den Vorlesungen und Übungen gab es viel Zeit für Spaziergänge und Ausflüge. In Gruppen erforschten die Studierenden die Stadt und ihre Umgebung, den Strand und den Hafen. Und hin und wieder waren im Festsaal des King's Colleges Folklore-Veranstaltungen, mit Dudelsackpfeifern und schottischen Volkstanzgruppen.

Der Sonntag, 13. August 1961, begann in Crombie Hall wie jeder andere Sonntag. Die Bewohner hatten sich am Buffet ihr »breakfast« zusammengestellt und saßen jetzt in gemütlichem Gespräch. Zwei Wochen von drei waren nun vorüber, in einer Woche würde es ans Abschiednehmen gehen.

Da kam Frau Anneliese, eine Norddeutsche, ganz verstört in den Speisesaal. Sie hatte vorher Radio gehört und teilte nun ihren Landsleuten mit, was an dem Morgen in Berlin geschehen war: Die Regierung der Ostzone mit Herrn Ulbricht an der Spitze hatte begonnen, sich vom Westen abzukapseln, indem er eine Mauer bauen ließ. Was würden die Westmächte, die Amerikaner, die Engländer und Franzosen nun tun? Würde es Krieg geben? Und wäre es für die, die sich jetzt in Schottland befanden, nicht besser, gleich abzureisen, solange sie noch konnten? Würden sie im Falle einer kriegerischen Auseinandersetzung überhaupt noch heimkehren können? Fragen über Fragen stellten sich, und die Angst war groß.

Groß und herzlich war auch die Teilnahme der anderen Kursteilnehmer, und das tröstete wieder ein bisschen. Man zog auch den Leiter des Kurses zu Rate. Der hatte die Nachrichten auch schon gehört. Er hatte schon Verbindung zu einer Stelle aufgenommen, die besser informiert war, welche, verriet er nicht. So riet er den Deutschen, ruhig einmal abzuwarten und den Kurs zu Ende zu bringen.

In dieser Woche kamen die Nachrichten, dass nicht nur in Berlin die Mauer gebaut wurde, sondern ganz Ostdeutschland langsam, aber sicher vom Westen abgetrennt wurde durch Gräben, Mauern mit Wachtürmen und Stacheldraht. Es hieß auch, dass immer wieder einzelne Leute und auch Familien versuchten, in den Westen zu kommen, dass dabei Leute erschossen wurden oder im Landwehrkanal ertranken. Das Grausame dabei war, dass durch die Mauer Familien auseinandergerissen, Nachbarschaften getrennt wurden und Bauern Teile ihres Landes nicht mehr bearbeiten konnten. Diese schmerzlichen Tatsachen kamen aber erst später an die Öffentlichkeit, die deutschen Kursteilnehmer ahnten jetzt noch nichts davon. Sie waren Gäste in Schottland und wollten den Kurs erfolgreich zu Ende bringen.

Zwar standen am Ende dieser Kurse keine Prüfungen, keine Zeugnisse. Nur im Bewusstsein der Einzelnen stand fest, was der Kurs gebracht hatte. Marie Luise war sich des Zuwachses an Englischkenntnissen freudig bewusst. Gleichzeitig war ihr auch klar, dass sie ihre Förderschulklassen nicht mit dem konfrontieren konnte, was sie in Aberdeen gelernt hatte. Doch der persönliche Gewinn wirkte sich auch auf ihren Unterricht aus.

Zurück in der Schule

Die Rückkehr nach dieser schönen, an neuen Erlebnissen und Erkenntnissen reichen Zeit war sehr beglückend. Die Dackelhündin Susi begrüßte sie stürmisch. Sie konnte nicht aufhören, ihr Fraule abzulecken, ihr leicht mit den Zähnen in die Ohren zu kneifen und hingebungsvoll zu winseln. »Du bist so lange fort gewesen! Aber jetzt bist du wieder da, und nun lass ich dich nicht wieder fort«, schien sie zu sagen.

Brettheim war noch die alte, vertraute Heimat, und doch war die Verbindung wieder neu auf dem Hintergrund des

Erlebten. Frau Schurtz, die in der zweiten Hälfte der Ferien in der Schule Großputz machte, wollte genau wissen, wie es denn so in Schottland gewesen sei. Auch musste berichtet werden, was sich in Brettheim ereignet hatte.

Für Marie Luise war es wichtig, dass sie in der restlichen Ferienzeit in aller Ruhe das Erfahrene verarbeiten konnte. Das tat sie bei ausgedehnten Spaziergängen in Begleitung ihrer Susi. Oder war Marie Luise die von ihrem Dackelhündchen Begleitete? Beide genossen das zügige Gehen in der frischen Luft, jede auf ihr eigene Weise. Und beide suchten Spuren aufzufinden, Susi die ihrer Artgenossen oder von Katzen oder Wild im freien Feld, Marie Luise die von Menschen, Landschaften und Gelerntem in ihrem Gedächtnis. Dabei geschah es nicht selten, dass die Susi vom Jagdtrieb hingerissen wurde. Mit hellem Spurlaut verschwand sie urplötzlich. Kein Pfeifen oder Rufen hielt sie zurück. Nachlaufen verbot sich ohnehin, denn auf ihren vier kurzen Dackelbeinen war Susi immer viel schneller als ihre Herrin auf ihren zwei langen Menschenbeinen. Also hieß es geduldig stillhalten, bis Susi hechelnd wiederkam zu dem Ort, von dem sie ausgegangen war. Und sie kam zuverlässig wieder, wenn es auch manchmal lange dauerte. In dieser Zeit war die Herrin in Sorge, dem Liebling könnte etwas zustoßen, sie könnte sich verlaufen, stürzen oder einem missgünstigen Jäger begegnen, der von seiner Flinte Gebrauch machen könnte. Diese Sorgen waren umsonst. Je vertrauter die beiden miteinander wurden, desto weniger Sorgen machte sich Marie Luise.

Neue Erstklässler wurden von ihren Müttern nach den Sommerferien in die Schule gebracht. Am Anfang stand der Gottesdienst in der Kirche, den Pfarrer Hohl hielt. Die Lehrer und die älteren Schulkinder nahmen auch daran teil. Fräulein Woelffle hatte die Kirche mit bunten Dahlien geschmückt und

Kerzen auf dem Altar angezündet. Der Pfarrer redete die Kinder direkt an. Als Vater von damals fünfjährigen Zwillingen wusste er wohl, wie man die Kinder anspricht. Ob sie aber in ihrer Aufregung und im Gefühl ihrer Wichtigkeit viel mitbekamen, das darf bezweifelt werden.

Nach der Kirche wurden noch ein paar Bilder gemacht. Dann gingen alle in die Schule. Die Kinder fanden auf ihren Pulten Namenskärtchen, die sie aber noch nicht lesen konnten. Sie waren ja in keinen Kindergarten gegangen, hatten keine »Vorschulbildung« genossen. Die Mütter führten ihre Kinder an ihre Plätze und nahmen auf Stühlen im Hintergrund des Schulsaals Platz. Die neuen Zweitklässler führten das Märchen von Schneewittchen vor, das sie schon vor den Ferien eingeübt hatten. Für Marie Luise war es wichtig, dass die Kleinen einen schönen ersten Schultag hatten.

Als das Spiel der Zweitklässler zu Ende war, wurden diese entlassen. Für die Kleinen gab es noch ein paar kurze Sätzlein an der Tafel: »Edith ist da.« »Paul ist da.« Die wurden gemeinsam »gelesen«, das heißt gesprochen. Und wiederholt. Dann ein kurzes Abschiedslied, und die Mütter nahmen ihre Kinder wieder mit nach Hause. Kein Kind hatte eine Schultüte bekommen, keines vermisste sie. Sie waren stolz und glücklich, endlich in die Gemeinschaft der Schulkinder aufgenommen zu sein.

Neben dem Schulhaus, Hilgartshausen zu, hatte der Tierarzt Wild sein Wohnhaus, in dem auch seine Praxis untergebracht war. Frau Wild stammte aus Wien. Natürlich sprach sie mit stark österreichisch gefärbtem Akzent. Sie unterhielt sich gerne und oft mit den Nachbarn im Schulhaus. Vermutlich fühlte sie sich einsam so am Ende des Dorfes und zugleich nicht ausgelastet mit ihrem kleinen Haushalt und dem einzigen Töchterlein, der kleinen Heidi. Aber Heidi war nicht das einzige Kind. Sie hatte ein jüngeres Schwesterlein, das aber in Wien bei Großmutter und Tante lebte. Eines Tages kamen die Verwandten aus Wien zu Besuch und brachten die kleine Inge mit. Das Kind blieb in Brettheim bei den Eltern und dem Schwesterlein. Da wurde klar, warum es seither in Wien geblieben war: Es hatte leicht verkrüppelte Händchen.

»Sie ist ein Contergankind und schon ein paarmal in Wien operiert worden. Es ist aber noch nicht so, wie es sein sollte, sie muss noch einmal unters Messer«, sagte Frau Wild den Nachbarn.

Eigentlich ist es kein Wunder, dass die Zuwendung der Mutter dem geschädigten Kind galt, aber dass dabei die Heidi sich vernachlässigt fühlte, das sahen die Eltern wohl nicht. Sie hatten Heidi auch immer wieder darauf hingewiesen, dass das Ingela solch ein armes Tröpfle sei, dass sie so viel leiden müsse und dass sie, die Gesunde, Große, halt besonders lieb zu der Kleinen sein müsse. Vor allen Dingen müsse sie aufpassen, dass das Schwesterchen sich nicht verletze, nicht falle, sich nicht zu sehr anstrenge. Das machte die Heidi verschlossen und abweisend. Marie Luise hatte den Eindruck, dass sie das Schwesterlein ablehnte, vielleicht sogar hasste. Nie sah man die Kinder miteinander spielen, und in Heidis Gesichtchen machte sich ein mürrischer Zug breit. Es schien, als ob sie nicht lachen könne.

Nach einiger Zeit musste Inge wieder nach Wien zu einer neuen Operation. Die Mutter brachte sie hin und kehrte allein zurück. Nun schien es, als ob von Heidi ein dunkler Schleier weggezogen worden wäre. Sie lachte, spielte und tollte mit den anderen Kindern auf dem Schulgelände. Marie Luise sah aber keine Möglichkeit, mit Frau Wild über Heidi und ihre besondere Situation zu sprechen. Sie war ja keine Psychologin und außerdem einiges jünger als Frau Wild.

Tagungen

Anfang Oktober lud der Crailsheimer Schulrat, Herr Schwenk, die Lehrer des Kreises zu einer Wochenendtagung auf den Hesselberg bei Wassertrüdingen ein. Er versprach den Lehrern, sie dürften den Nachmittagsunterricht am Freitag und den Unterricht am Samstag ausfallen lassen. Wer aber nicht an der Tagung teilnehme, müsse seinen gewöhnlichen Unterricht abhalten. Damals gab es noch keine schulfreien Samstage, die Woche hatte sechs Arbeitstage für Lehrer und Schüler. Das war natürlich ein starker Anreiz, auf den Hesselberg zu fahren, mit den Kollegen zusammenzukommen, interessante Vorträge zu hören und im Gremium darüber zu diskutieren.

Die Teilnehmer waren in komfortablen Zimmern untergebracht und bekamen reichhaltiges, köstlich zubereitetes Essen. Außerdem war der Ausblick von der höchsten Erhebung des Hesselbergs über das Land sagenhaft schön.

Die Veranstalter hatten wichtige Referenten eingeladen, die über verschiedene schulpraktische Themen referierten. Einmal war es der frühere Crailsheimer Schulrat Dr. Diesch, der über seine Arbeit im Kultministerium berichtete. Er kannte die Kollegen aus dem Kreis noch mit Namen, und die Freude war gegenseitig.

Ein anderes Mal war sogar der baden-württembergische Kultminister Wilhelm Hahn anwesend. Marie Luise empfand seine Anwesenheit als besonders beglückend. Hatte doch an den Sonntagabenden zu Hause ihre Mutter den Kindern von Traugott Hahn, dem Großvater, erzählt, der bei den Hereros in Afrika missioniert hatte. Danach erzählte die Mutter von Traugott Hahn, dem Vater, der in Dorpat gelehrt und gepredigt hatte, bis ihn 1919 die »Roten« ins Gefängnis geworfen und später ermordet hatten. Wer die Roten waren, verstand Marie Luise damals noch nicht, nur dass sie grausam mit ihren Gefangenen umgegangen waren. Zu der Zeit, als die Mutter diese Geschichten vorlas, rumorten die Judenverfolgung und -vernichtung sowie der Zweite Weltkrieg in den Reden der nationalsozialistischen Politiker und drohten die Roten dunkel von Plakaten, aber nahe waren sie den Kindern noch nicht gekommen. Die waren behütet in der Familie und der Verwandtschaft, und ihre Seelen waren offen für fremde Freude und fremdes Leid. Sie erinnerte sich, dass sie, ihre Mutter und ihre Geschwister tief erschüttert waren bei der Geschichte, wie die Familie Hahn am Sarg des Vaters gesungen hatte: »Kommt und lasst uns Christum ehren ...« Es war ja in der Weihnachtszeit, als Traugott Hahn ermordet wurde.

Nun war also der Mann, der damals mit seiner Mutter und seinem Bruder um den Vater getrauert hatte und danach nach Deutschland geflohen war, hier auf dem Hesselberg leibhaftig zugegen und sprach zu den Lehrern des Kreises Crailsheim von seinen Plänen zu einer Schulreform. Vermutlich wollte er die Meinung der Lehrer zu den einzelnen Punkten erfahren.

Ein Punkt, die »Heimatkunde« betreffend, rief Marie Luises Widerspruch hervor. Ein Referent hatte die These aufgeworfen, dass die Heimat nicht so wichtig sei und dass die Kinder schon früh für die weite Welt vorbereitet werden sollten. Marie Luise meldete sich zu Wort und brachte als lebendiges Beispiel vor, dass ihr jüngster Bruder in Indien als Quelle seiner Tatkraft, seiner Ruhe und Geborgenheit die Familie, die Frau und den kleinen Sohn, erkannt hatte. Herr Schwenk nickte ihr anerkennend zu. So fuhr sie fort, dass die kleinen Kinder sich zunächst ihre unmittelbare Umgebung zu eigen machten und davon ausgehend die Nachbarschaft, die Gemeinde kennenlernten. Diese Argumentation löste auch bei den Kollegen beifälliges Nicken aus.

Die Tagungen dauerten jeweils von Freitagabend bis Sonntagmittag. Sie schlossen mit dem Gottesdienst und anschließendem Mittagessen ab. Bei schönem Wetter – und es war immer heller Sonnenschein nach anfänglichem Nebel im Tal – fand der Gottesdienst im Freien statt. Die Choralbegleitung übernahm dabei eine Posaunengruppe aus der Umgegend. Die Bläser nahmen dann später auch am Mittagessen teil.

Die wenigsten Teilnehmer reisten unmittelbar nach dem Essen ab. Die schöne Umwelt rief dazu auf, noch länger zu verweilen, sich der Flora des Trockenrasens zu erfreuen, den Drachen in der Luft zuzuschauen und im Gehen die vielseitige Aussicht zu genießen. An den Büschen standen blaue Schlehen und rote Hagebutten. Zusammen mit dem bunten Laub ergaben sie schöne Sträuße, die nicht schon nach zwei Tagen abfielen. Zum Schluss tranken die Wanderer noch einen Kaffee und aßen ein Stück Kuchen an den Tischen vor dem Gebäude des Bildungszentrums. Dann ging es wieder heimwärts zu den täglichen Pflichten in den verschiedenen Schulen.

Neue Verantwortung

1962 waren es drei Begabtenjahrgänge, die vom Förderkurs profitierten. Die Schüler kamen von Anfang an aus der ganzen Umgegend. Die meisten fuhren mit den Fahrrädern, die Brettheimer kamen zu Fuß. Im Spätjahr und im Winter jedoch war es sehr mühsam, wenn nicht gar unmöglich, sich per Fahrrad auf den Weg zu machen bei den kalten, schneereichen Wintern. So wurde ein Schulbusdienst eingerichtet.

Inzwischen reichte auch der Platz im Brettheimer Schulhaus nicht mehr aus für die verschiedenen Gruppen. Daher wurden die Aufbauschüler verteilt auf die Schulen, die sowohl eine Unter- als auch eine Oberklasse hatten. Neue Lehrer waren notwendig, um den Unterricht zu gewährleisten. Wie gut, dass zu dieser Zeit das Lehrerstudium noch nicht aufgeteilt war in Grund- und Hauptschullehrerausbildung. So konnten die jungen Kollegen beliebig eingesetzt werden. Einige Jahre später studierten die jungen Leute vorwiegend für die Primarstufe oder für die Sekundarstufe. Da war es für die Schulleiter ziemlich schwierig, die Junglehrer sinnvoll einzusetzen, auch wenn es für zumutbar erklärt wurde, in zwei Fächern »fachfremd« zu unterrichten.

In Brettheim waren einige Junglehrer, die sowohl an der Unterklasse als auch an den Oberklassen und an der Aufbauklasse unterrichteten. Sie legten dort auch ihre zweite Dienstprüfung ab. Mehr noch als die Schüler mussten die Lehrer beweglich sein. Sie hatten einige Stunden Unterricht an der einen, dann einige Stunden an einer anderen Schule. So nahm zum Beispiel die Handarbeits- und Sportlehrerin ihren Kollegen in ihrem Auto mit nach Gammesfeld, weil der kein Auto hatte. Dass aus dieser Gefälligkeit eine Ehe wurde, war zwar nicht vorauszusehen, aber erfreulich und folgerichtig.

Als Folge ihrer Teilnahme an mehreren Sommerkursen in England fragte der Schulrat Marie Luise, ob sie sich zutraue, ihre Kollegen für den obligatorischen Englischunterricht bereit zu machen. Viele verfügten nur über ihr Schulenglisch und hatten keine Lehrbefähigung für dieses Fach. Da bedurfte es viel Übung und einiger Schulung, dass diese Sekundarlehrer einen qualifizierten Unterricht halten konnten. Gerade der Anfangsunterricht in der fünften Klasse war sehr wichtig. Wenn nämlich erst einmal eine falsche Aussprache oder falsche Anwendungen sich eingeprägt haben, ist es nicht leicht, sie zu korrigieren. Marie Luise erkannte diesen Mangel und sagte dem Schulrat zu.

Die Tagungen fanden jeweils an einer Crailsheimer Schule statt. Die Teilnehmer waren vorwiegend Junglehrer, für die diese Fortbildung vorgeschrieben war. Es war ein gutes Schaffen mit diesen jungen Lehrern. Sie waren sehr motiviert. Durch ihre Fragen und Anregungen kam auch Marie Luise immer weiter in der englischen Sprache in schriftlicher und mündlicher Form. Als Fachberaterin nahm sie manchmal an Zweiten Dienstprüfungen teil, wenn der Kandidat eine Englisch-Lehrprobe hielt.

Über die Anwesenheit der Junglehrer musste sie dem Staatlichen Schulamt Rechenschaft ablegen. Diese hatten ja eine Stundenermäßigung für diese Veranstaltungen, bekamen die Reisekosten ersetzt und dazu noch ein Tagegeld.

Die Tätigkeit als Fachberaterin für Englisch setzte Marie Luise fort, bis sie 1970 Brettheim verließ, und sie machte ihr große Freude, weil sie Wissen und Fertigkeiten weitergeben und dadurch auch selber lernen und vertiefen konnte. Dabei waren die Kurse auf der Comburg, die am Anfang der Sommerferien stattfanden, eine große Bereicherung, besonders auch der Austausch mit den Kollegen.

Der Lauf der Zeit

Die Zeit verging. Es war jetzt Frühjahr 1968. Die Kinder, die Marie Luise im Jahr 1960 eingeschult hatte, sollten nach Erfüllung ihrer Schulpflicht aus der Grund- und Hauptschule entlassen werden. Die meisten wussten, was sie nach der Schule anfangen wollten. Durch den Förderkurs waren die Möglichkeiten für den künftigen Beruf gewachsen. Doch die meisten Bauernbuben wurden Bauer. Der Hof brauchte Arbeitskräfte, und Bauernknechte und -mägde suchte man meist vergebens. Noch war es ja so, dass ein Hof eine Familie ernährte. Später erwiesen sich viele Höfe als zu klein. Das Land wurde verpachtet, die Viehhaltung aufgegeben. Allenfalls Schweine und Hühner wurden noch gefüttert für eigenes Fleisch und Schmalz und eigene Eier. Die Häuser wurden noch bewohnt, aber vielfach den neuen Gegebenheiten angepasst.

In diesem Frühjahr führte Herr Rauner Mist auf den Acker. Er hatte einen Miststreuer, der den Stalldung schön gleichmäßig auf den Acker streute. Nach einiger Zeit hörte Frau Rauner den Traktor wieder in den Hof fahren. Sie kam aus dem Haus, um zu sehen, ob sie ihrem Mann etwas helfen könne. Er war in den Hof gefahren, aber nicht abgestiegen. Das war schon seltsam. Warum stieg er denn nicht ab? Als Frau Rauner herankam, fiel ihr ihr Mann gewissermaßen in die Arme. Er konnte nicht reden, aber noch lebte er.

»Was ist denn passiert?«, fragte sie.

Keine Antwort, nur ein Zucken durch den ganzen Körper. Als Doktor Lorenz kam, konnte er nur noch den Tod feststellen. Frau Rauner war nun Witwe mit drei noch sehr jungen Buben. Die Frage, wie der Vater zu Tode gekommen war, war nicht geklärt. Äußerlich hatte er keine Wunden, kein Blut war geflossen.

»Vielleicht hat der Miststreuer nicht richtig funktioniert, er ist abgestiegen und hat ihn in Ordnung bringen wollen. Dabei ist er hineingezogen worden und hat innerliche Verletzungen gekriegt, an denen er verblutet ist, ohne dass man es gesehen hat«, vermuteten die Angehörigen.

Eine Obduktion wurde nicht veranlasst. Ob die Aufschluss über den Unfall gegeben hätte, war ohnehin fraglich. Mit großer Trauer wurde Herr Rauner zu Grabe getragen.

Frau Rauner und ihre Buben schafften die Arbeit auf dem Hof nur mühsam. Freilich halfen die Nachbarn und Verwandten neben ihrem eigenen Geschäft. So kam die Familie über die Runden. Bernhard war nun aus der Schule entlassen und trat in die Fußstapfen seines Vaters. Auch der Wilhelm und der Siegfried halfen mit, so gut sie konnten.

In späteren Jahren stellte sich heraus, dass der Hof nicht gehalten werden konnte, weil er zu klein war. So wurde das Vieh abgeschafft und die Äcker und Wiesen verpachtet. Die Buben fanden andere Berufe, die ihnen und ihren Familien nicht nur den Broterwerb sicherten, sondern auch Spaß machten.

Dies ist nur ein Beispiel, wie es vielen kleineren landwirtschaftlichen Betrieben in neuerer Zeit ergangen ist. Doch von »Landflucht« zu sprechen, ist in vielen Fällen nicht gerechtfertigt, weil die ehemaligen Besitzer dieser Betriebe immer noch auf dem Lande wohnen, meist in den ererbten Häusern.

Das letzte Jahr in Brettheim

Im Frühsommer 1969 kam einmal der Schulleiter Herr Breitling zu seiner Kollegin ins Klassenzimmer.

»Sie haben da so einen schönen Strauß auf ihrem Pult, darf ich mir den ausleihen?«

»Gerne!«

Auf einen fragenden Blick Marie Luises sagte er: »Heute kommen ein paar Herren zum Schulbesuch, da sollte das Klassenzimmer ein bisschen freundlicher sein.«

Solche Schulbesuche waren eigentlich nichts Seltenes, da immer wieder Junglehrer ihre Zweite Dienstprüfung an der Brettheimer Schule abgelegt hatten. Aber irgendetwas im Verhalten Herrn Breitlings sagte Marie Luise, dass dieser doch etwas ganz Besonderes sei.

Später berichtete er ihr, dass er vor ein paar Wochen für kurze Zeit das Klassenzimmer verlassen hatte, um draußen etwas zu holen. Während er draußen war, waren zwei oder drei Buben aus dem Fenster geklettert und zwei Meter tief in den Garten gesprungen. Es war wohl eine Mutprobe gewesen, wie sie unter Jugendlichen öfter vollzogen wird. Die Burschen hatten wohl ihren Eltern gegenüber damit geprahlt. Die sahen ihre lieben Buben in Gefahr und den Lehrer als pflichtvergessenen Menschen. Statt nun mit dem Lehrer zu reden, schickten sie eine Abordnung aufs Staatliche Schulamt und verlangten, dass der Lehrer abberufen würde. Das war ein Verlangen, das nicht vom Schulrat erfüllt werden konnte, da hatte das Oberschulamt die letzte Entscheidung. Deshalb hatten die Herren einen Schulbesuch gemacht und anschließend lange mit dem Lehrer geredet. Sie hatten ihm vorgeschlagen, sich auf eine andere Schulleiterstelle zu bewerben, ganz nach seiner Wahl. Sie schlugen ihm auch gleich eine andere vor an einem kleinen Ort, näher bei Stuttgart, näher bei seinen Verwandten.

Was die Lehrer nicht wussten, spielte vermutlich auch eine Rolle bei der Empfehlung an Herrn Breitling: Die Grund- und Hauptschule Brettheim sollte zeitweilig stillgelegt und als Mittelpunkt-Grundschule umgebaut werden.

So kam es, dass Breitlings Anfang August wegzogen. Marie Luise wohnte nun allein im Schulhaus, allein mit ihren beiden Dackelhündinnen Susi und deren Tochter, der schwarzen Cosima. Die unsichtbaren Mitbewohner, die Mäuslein im Zwischenboden, waren nicht zu rechnen. Innzwischen hatte Marie Luise sich an ihr nächtliches Treiben gewöhnt und ließ sich davon nicht mehr den Schlaf rauben.

Im November fand sie auch ihre Katze wieder, die im März entlaufen war und in der Zwischenzeit in den Stallungen und Scheuern der Familie Walther Mäuse gefangen und kleine Kätzchen zur Welt gebracht hatte. Marie Luise gliederte sie wieder der »Mosaikfamilie« ein, aber das Kätzchen war krank.

Es hustete und lag dauernd auf dem warmen Heizkörper in der Küche, wo es Futter- und Trinknäpfchen leicht erreichen konnte. Im April 1970, als Marie Luise im Schullandheim war, starb es.

Noch im Herbst 1969 kamen Zwillingsschwestern, die in Brettheim ihr Landschulpraktikum absolvierten. Da war es gut, dass die zweite Wohnung leer stand. Mit einem vollständigen Bett und einer Matratze auf dem Boden, zwei Stühlen und einem kleinen Abstelltischchen wurde ihnen das Wohnzimmer eingerichtet. Die Schwestern waren sehr glücklich über diese private Lösung, die sie gar nichts kostete. Die Zusammenarbeit gestaltete sich sehr angenehm und fruchtbar für alle Teile.

Das Landschulpraktikum gab Studierenden an den Pädagogischen Hochschulen die Gelegenheit, den Schulalltag über eine längere Zeit hinweg kennenzulernen und dabei zu erkennen, ob der Weg in die Schulen des Landes ihre eigene Berufung war. Die Schulräte hatten dazu die Mentoren ausgesucht und fragten immer wieder bei ihnen an, ob sie Praktikanten nehmen könnten. Meist waren die Praktikanten junge Leute, die nicht am Ort oder in der Nähe wohnten. Für sie musste dann auch die Unterkunft und die Verpflegung gesichert werden, was den Mentoren oblag. Im Falle der Zwillingsschwestern war es ganz geschickt, sie konnten direkt am Arbeitsort wohnen und die Küche der verlassenen Lehrerwohnung benützen. Ihre Vorbereitungen erledigten sie in einem leeren Klassenzimmer, wo sie auch ihre Bücher lassen konnten. Zugleich hatten sie so etwas wie »Familienanschluss« bei ihrer Mentorin und ihren Tieren.

Zweimal während des dreiwöchigen Praktikums kam ein Dozent von der Pädagogischen Hochschule und schaute nach, wie es seinen Studierenden erging. Das erste Mal wohnte er einer Unterrichtsstunde der Mentorin bei, kontrollierte die schriftlichen Vorbereitungen der Studierenden und führte Gespräche mit ihnen im Beisein der Mentorin. Das zweite Mal hielten die Praktikanten selbst Lehrproben mit ausführlicher Vorbereitung und Nachbesprechung. So blieb auch Marie Luise nahe an der Lehrerausbildung und gewann selbst bei ihrer Tätigkeit als Mentorin.

Die Schule in Brettheim war nun mit der 8. und 9. Klasse belegt. Klassenlehrer der 8. Klasse war Herr Martin Wendelin, der von Crailsheim herpendelte. An dem Förderkurs (Schwenk'sches Modell nach dem Schulrat Schwenk) unterrichteten auch Fräulein Luise Cramer und Frau Gerlind zum Hingst.

Die Hauptschulklassen 5 bis 7 wurden in Michelbach an der Lücke unterrichtet. Die Grundschulklassen waren auch aufgeteilt je nach Wohnort der Kinder und wurden in Hausen am Bach, Michelbach an der Lücke und Gammesfeld unterrichtet. Dazu war es notwendig, dass sowohl die Grund- als auch die Hauptschüler mit Bussen transportiert wurden. Es war eine ganz neue Situation für Lehrer und Schüler, und es forderte viel Verständnis von allen Seiten, auch von den Eltern, damit sie mit dieser Neuordnung fertig wurden. Doch war das nur der Anfang. Das einschneidendste Jahr war schließlich das Jahr 1970.

Im Schullandheim

Schon im vorigen Herbst war von Herrn Wendelin die Idee gekommen, mit den Acht- und Neuntklässlern ins Schullandheim zu fahren. Er schlug für Frühjahr 1970 das Schullandheim am Wörthsee in Bayern vor. Marie Luise, die momentane Schulleiterin, gab ihm den Auftrag, den Kontakt aufzunehmen und die Planung vorzubereiten. Herr Wendelin war schon früher dort gewesen und kannte sich einigermaßen aus. Deshalb nahm er die Aufgabe gerne an.

Nachdem das Vorhaben vom Staatlichen Schulamt in Crailsheim genehmigt worden war, nahm er den Kontakt zu den »Heimeltern« in Steinebach auf und bat um einen Termin. Wenn der Termin feststand, musste Marie Luise sich um die Begleitung kümmern. Es war Vorschrift, dass mindestens eine Begleitperson mitgenommen wurde, die sich im Ernstfall um die Schüler kümmern konnte. Dies konnte ein Elternteil sein, eine weitere Lehrkraft, ein Student oder eine Studentin. Von den Studierenden der Pädagogischen Hochschulen wurde dieses Angebot gerne angenommen, bekamen sie doch die Gelegenheit, ein wenig Geld zu verdienen und außerdem einen tieferen Einblick in das Schulleben zu gewinnen. Spaß war neben der Verantwortung auch dabei. So erklärte sich Fräulein Hanna Schüler gerne bereit, mitzukommen. Sie war früher als Praktikantin in Brettheim gewesen und kannte die Lehrer und die Schüler schon.

Nachdem Marie Luises Hunde Susi und Cosima bei Familie Schurtz untergebracht und die Koffer gepackt waren, konnte die Reise losgehen. Das Gepäck wurde von den Eltern auf den Bahnhof nach Rot am See gebracht und dort als Begleitgepäck aufgegeben. Unterwegs musste ja ein paarmal umgestiegen werden, da wäre das große Gepäck ein Hindernis gewesen.

Schon die Fahrt gestaltete sich sehr vergnüglich. Die Schüler machten Ratespiele und sangen fröhliche Lieder. Da sie ein Abteil für sich hatten, störten sie auch keine anderen Fahrgäste.

Auf dem Bahnhof in Steinebach erwartete sie der Herbergsvater mit seinem Kleinbus, in den die Koffer verladen wurden. Die Schüler und Lehrer aber nahmen den Weg zum Heim unter die Füße. Herr Wendelin führte die Gruppe sicher hin. Die Herbergsmutter begrüßte sie und bot gleich Saft und Wasser zum Trinken an. Sie wies ihnen die Schlafsäle zu, Buben- und Mädchenschlafsäle ein wenig entfernt, die kleineren Lehrerschlafzimmer dazwischen. Nun wurden die »Stockbetten« belegt. Jeder Gast hatte entweder einen Schlafsack oder zwei Leintücher mitgebracht, mit denen sie nun das gewählte Bett ausstatteten. Ein Kissen und eine leichte Decke waren vorhanden. Die Kleider wurden in die Schränke gehängt und die leeren Koffer auf die Schränke gepackt. Bald boten die Schlafsäle einen recht einladenden Anblick.

Inzwischen war es Zeit zum Abendessen geworden. Zwei Buben und zwei Mädchen bekamen den Auftrag, die Tische zu decken mit dem Geschirr, das die Herbergsmutter bereits auf die Tische gestellt hatte. Sie stellte die Schüsseln mit heißer Suppe dazu. Einige Schüler wollten sich gleich über die Suppe hermachen, aber Herr Wendelin forderte sie auf, hinter ihren Stühlen stehenzubleiben, bis alle sich eingefunden hatten. Dann sprach Marie Luise einen Tischspruch und wünschte allen einen guten Appetit. Anscheinend war die Gepflogenheit, auf die anderen zu warten, vielen fremd. Auch in dieser Hinsicht, fanden die Lehrer, hatten sie einen Bildungsauftrag.

»Ein bisschen Tischmanieren und Anstandsregeln sollten die Schüler bei dieser Gelegenheit beigebracht kriegen. Sie sind wahrscheinlich später, wenn sie in anspruchsvollere Gesellschaft kommen, dankbar dafür.«

Darin waren sich die Lehrer einig.

Während des Abendessens wurden einige Schüler beauftragt, beim Spülen und Aufräumen des Geschirrs zu helfen. Fräulein Schüler gesellte sich freiwillig dazu, nicht, weil ihr Nachname »Schüler« war, sondern weil sie auf diese Weise dem Widerspruch der jungen Leute zuvorkommen wollte. Nachdem die Küche in Ordnung war, gesellten sie sich den anderen zu, die sich im Aufenthaltsraum zu Spielen versammelt hatten. Um halb zehn Uhr wünschten die Lehrer gute Nacht, denn um zehn Uhr wurde das Licht ausgemacht.

Nun aber ging ein heimliches Treiben los. Die Schüler, frei von der Aufsicht der Lehrer und nicht gewohnt, so viele Schlafkumpane zu haben, wollten die Zeit nicht zum Schlafen nutzen, sondern um sich zu vergnügen. Vielleicht war auch bei dem einen oder der anderen das Bedürfnis dabei, das aufkommende Heimweh zu unterdrücken. Jedenfalls wurde es nach und nach in den Schlafsälen immer lauter. Zunächst griffen die Lehrer nicht ein. Als aber die Zeit vorrückte und auch die Nachtruhe der Herbergseltern in Frage gestellt schien, da mussten sie doch eingreifen. Herr Wendelin ging in den Schlafsaal der Buben, Fräulein Seitz in den der Mädchen und mahnten die Schüler, Rücksicht zu nehmen auf die, die müde waren und schlafen wollten. Um die Mädchen zu beruhigen, setzte sich Marie Luise im Halbdunkel auf einen Stuhl zwischen die Betten der Mädchen und begann, mit leiser Stimme ein Gedicht vorzutragen. Bald bemerkte sie, dass alle gespannt zuhörten. Dann wurden die Atemzüge der einen und der anderen ruhiger, tiefer. Das Gedicht war zu Ende, und sie überlegte sich schon, welches andere sie jetzt beginnen sollte, da merkte sie, dass Ruhe im Schlafsaal eingekehrt war.

Ein anderes Lernen

Zwei Stunden Unterricht waren für jeden Schultag vorgeschrieben, Mathematik und Deutsch. Die füllten die Lehrer abwechslungsweise mit aktuellen, dem Umland angepassten Themen. Die größeren Ziele der Wanderungen und Fahrten wurden den Schülern vorab erklärt. Dadurch wuchs die Neugier auf diese Ziele.

Am ersten Tag wurde eine ausgedehnte Wanderung um den Wörthsee gemacht, zumeist auf Feldwegen durch das frühlingshelle Land. Die Bäume waren noch kahl, das vorjährige Gras unter den Büschen dürr, aber unter Gras und Laub leuchteten hellblaue Leberblümchen hervor.

Aus den Hecken am Weg schnitten sich die Buben Haselnussstecken und verzierten sie im Gehen mit verschiedenen Kerben. Sie verehrten auch den Mädchen ihre schönsten Spazierstöcke und schnitten sich selbst neue. Herr Wendelin unterstützte diese Tätigkeit. Wenn sie nämlich ihre Stöcke verzierten, gewannen sie an Wert und wurden nicht einfach weggeworfen. Ehe die Gruppe zum Mittagessen ins Heim zurückkehrte, hatte jedes einen individuell gezeichneten Spazierstock. Die Stöcke wurden von den Schülern auf die Zimmer genommen und begleiteten sie fortan auf allen Wanderungen, ja, einige nahmen den ihrigen mit nach Hause als Andenken.

Am Nachmittag ging die Wanderung vom See weg durch Weßling und verschiedene andere Dörfer. Auffallend war, dass hierzulande viele Kirchtürme mit großen Zwiebelhauben geschmückt waren. In einige der Kirchen traten sie auch ein und bestaunten die schön geschnitzten und reich vergoldeten Altäre. Den Kindern einer seit Jahrhunderten evangelischen Gegend war die Einrichtung in einer katholischen Kirche neu und interessant: die Weihwasserbehälter an den Eingängen, die Beichtstühle und die Ewigen Lichter über den Altären, die matt in das Halbdunkel der Kirchenräume schimmerten.

Müde und hungrig kehrten sie zum Abendessen zurück in die Herberge.

»Heute Nacht werden alle schlafen wie in Abrahams Schoß«, flüsterte Fräulein Schüler Marie Luise zu.

In den nächsten Tagen unternahmen sie nicht nur Wanderungen, sondern fuhren mit dem Schiff über den Ammersee und mit dem Bus nach Andechs. Etwa zwei Kilometer vor Andechs stiegen alle aus dem Bus aus und gingen die letzte Strecke zu Fuß. Oben im Biergarten war für manche die Versuchung groß, sich ein echtes »Andechser« einschenken zu lassen. Doch waren alle Schüler unter 16 Jahren und durften in der Öffentlichkeit kein Bier trinken. Die Lehrer waren nicht Erziehungsberechtigte im strengen Sinn, durften also den Schülern kein Bier erlauben. Doch von der Wanderung und von dem warmen Sonnenschein waren alle durstig. So bestellte Herr Wendelin jedem Schüler und jeder Schülerin Mineralwasser in großen Bierkrügen, und alle stießen ganz zünftig damit an.

Einer Führung durch die Klosterbrauerei und die Klosteranlage schloss sich eine Besteigung des Turmes an. Von dort hatten sie einen Rundblick nicht nur über das ganze Kloster, sondern auch auf die nahen Schneeberge, die im Dunst lagen.

An einem anderen Tag fuhren sie zum Walchenseekraftwerk. Wie erstaunt waren sie, dass sich das berühmte Kraftwerk nicht am Walchen-, sondern am Kochelsee befand. Der Walchensee liege gute 200 Meter weiter oben, wurden sie unterrichtet. Zuerst sahen sie die riesigen Betonröhren, in denen das Wasser herunterstürzte. Das Gewicht des Wassers wurde durch den Fall verstärkt. Dann zeigte ihnen der Kraftwerkführer die großen Turbinen, die das Wasser aufnahmen und Strom erzeugten. An den Wänden hingen viele Schalttafeln, auf denen Lichtlein blinkten. Der Führer erläuterte den Schülern die Schalttafeln und die Bedeutung der Lichtlein. Die Erklärungen waren zwar sehr interessant, aber doch zu weit vom Erfahrungsbereich der Schüler entfernt, als dass sie sich die Einzelheiten hätten merken können.

Zwischendurch hielten sie sich in der Nähe des Schullandheims auf. Die neuen Eindrücke wollten verarbeitet sein. Die Schüler schrieben im Aufenthaltsraum oder auf ihren Zimmern an einem Bericht über den Schullandheimaufenthalt und zeichneten ihre eindrücklichsten Erlebnisse mit Farben in den schriftlichen Bericht hinein. Am Ende kam ein buntes Buch zusammen, an dem sich jeder Schüler, jede Schülerin beteiligt hatte. Zwischendurch spielten sie Tennis im Freien. Dabei zeigte sich, dass die Brettheimer Schüler kaum Übung in diesem Sport hatten. Spaß machte er aber trotzdem.

Die Herbergsmutter hatte einige Vorlieben, die sie den Schülern mitteilte: »Was ich koche, ist gut und gesund. Es kann ja vorkommen, dass jemand eine Speise nicht so gut verträgt, aber was ihr euch selber ausschöpft, das wird auch aufgegessen. Reste auf den Tellern mag ich nicht.« Und: »Für Eure Kleider und Schuhe seid ihr allein verantwortlich. Seid so gut und kommt nicht mit erdigen Schuhen ins Haus, denn den Dreck muss ich allein wegputzen. Schuhputzzeug ist unten beim Eingang, das dürft ihr benutzen.«

Und die Schüler nahmen Rücksicht, aßen ihre Teller leer, schöpften sich wohl auch ein zweites Mal, bis sie satt waren. Genug war immer da. Sie zogen ihre Schuhe vor dem Eingang aus und schlüpften in ihre Hausschuhe. Später putzten sie die Schuhe auf der Bank im Freien und freuten sich dabei an der warmen Frühlingssonne.

Ausflug nach München

An zwei aufeinanderfolgenden Tagen fuhren sie mit der Bahn nach München. Am ersten Tag machten sie einen ausgedehnten Stadtbummel. Schon von weitem sahen sie die Türme der Frauenkirche und nicht weit davon den Rathausturm. Diesen bestiegen sie und hatten einen großartigen Ausblick über die Stadt. Anhand der Stadtkarte suchten sie ihre weiteren Ziele zu orten. Alle Ziele konnten sie nicht von oben sehen, aber die Straßen, die Gassen und viele, viele Türme zeichneten sich deutlich ab. Auf dem weiten Platz unter dem Rathausturm, dem Viktualienmarkt, waren Stände aufgeschlagen, in denen Obst und Gemüse feilgeboten wurden.

Nachdem die Schüler und ihre Begleiter wieder vom Turm gestiegen waren, gingen sie zuerst zum »Platzl«, von dem aus das berühmte Hofbräuhaus zu erreichen ist.

»Wir müssen den Schülern die Geschichte vom Anschlag auf Hitler erzählen und von Georg Elser, der am 8. November 1939 mit einer in eine Säule eingebauten Bombe Hitler in die Luft sprengen wollte«, sagte Marie Luise zu ihrem Kollegen.

»Ja, aber der Anschlag ging fehl, weil Hitler das Hofbräuhaus früher verließ, als Georg Elser geplant hatte. Hitler war schon weg, als die Bombe explodierte. So entkam er, aber viele Parteigenossen wurden getötet oder verletzt. Georg Elser, der sich auf seinen Zeitzünder verlassen hatte, war schon geflohen. Er wollte in die Schweiz, aber in Konstanz wurde er festgenommen. 1945, am 9. April, wurde er in Dachau erschossen. Seine Leiche wurde verbrannt. Und das geschah kurz vor dem Einmarsch der Amerikaner.«

»Ganz ähnlich wie bei uns!«, sagte betroffen ein Schüler, der das Gespräch der Lehrer mitgehört hatte.

»Was meinst du damit?«, fragte Fräulein Schüler.

»Da ist doch der Gislinde ihr Großvater ein paar Tage vor dem Ende des Krieges gehenkt worden. Aber er hatte gar nichts getan, nur das Todesurteil von seinem Nachbarn nicht unterschrieben, und dafür hat er sterben müssen«, erklärte der Bub.

Da sie nun schon in München und bei der Geschichte des Nationalsozialsozialismus waren, machten sie sich auf den »Marsch zur Feldherrnhalle«. Aus dem Geschichtsunterricht wussten die Neuntklässler, was an der Feldherrnhalle am

9. November 1923 geschehen war. Sie waren nun sehr gespannt, wie denn der Schauplatz des »Hitlerputsches« aussehen würde. Sie hatten sich eine große Halle vorgesellt und waren enttäuscht, dass da gar keine Halle war. Drei Bögen erhoben sich gleichsam auf einem Podest. Ein paar Stufen, die von Löwen flankiert waren, führten hinauf. Unter den vorderen Bögen standen zwei bronzene Adelige auf ihren Sockeln. Ihre Namen sagte den jungen Leuten nichts.

Unter dem mittleren Bogen, ganz im Hintergrund, stand eine große, schwarze Bronzegruppe. Sie bestand aus einer Frauengestalt mit einem Palmwedel in der rechten Hand. Ein halbnackter Krieger hatte einen Arm um sie gelegt. Er trug Stiefel und einen großen Helm. Mit dem linken Arm streckte er eine Fahne hoch. Hinter den beiden schaute ein Löwenkopf hervor.

Die Schüler stiegen die Stufen hoch und betrachteten die Skulpturen ganz nahe. Sie tätschelten den Löwen an den Seiten des Aufgangs den Rücken und legten ihnen die Finger in die halb geöffneten Mäuler. Man konnte sehen, dass ihr Respekt vor dem Kunstwerk sehr gering war. Sie waren wohl noch zu jung, um ihre eigene Realität in Kunst umzusetzen. Auch waren sie inzwischen hungrig und durstig geworden. Also musste erst einmal ein Platz gefunden werden, wo das von der Herbergsmutter sorgfältig gepackte Vesper eingenommen werden konnte.

»Jetzt können wir wieder ein Stück laufen, jetzt sind wir wieder gestärkt«, eröffnete Herr Wendelin den Schülern, als alle ihre Brote und ihr Obst gegessen und ihr Getränk ausgetrunken hatten. »Wir gehen an die Isar zum Deutschen Museum. Dort gibt es allerhand Interessantes zu sehen, zum Beispiel die erste Lokomotive, die in Deutschland gefahren ist. Auch alte und neue Autos, Schiffe, Flugzeuge, Uhren.«

Die Gesichter der Schüler, besonders der Buben, leuchteten. Sie schritten wacker aus und kamen bald zum großen, mehrflügeligen Gebäude. Über dem Eingang stand in großen, eisernen Lettern »Deutsches Museum«. Nachdem Marie Luise den Eintritt bezahlt hatte, versammelte sie ihre ganze Schar im Eingangsbereich in der Nähe der Orientierungstafeln um sich.

»Ihr dürft euch jetzt ganz frei bewegen und das anschauen, was euch am meisten interessiert. Nur auf die Zeit müsst ihr achten. Um fünf Uhr treffen wir uns wieder hier, damit wir rechtzeitig auf unseren Zug zurück nach Steinebach kommen. Wir wünschen euch viel Spaß.«

Einige Schüler trauten sich doch nicht so recht, auf eigene Faust das Museum zu erkunden, und schlossen sich den Lehrern an. Es war wirklich interessant, die alte Lokomotive, den »Adler«, zu sehen, die im Dezember 1835 zum ersten Mal von Nürnberg nach Fürth gefahren war. Ein Plakat beschrieb die Einweihung. Es hieß da, dass viele Neugierige, aber nur wenige Fahrgäste dabei gewesen seien. Die Eisenbahnwagen hätten zum Teil kein Dach gehabt.

»Da mussten sich die Fahrgäste aber warm anziehen und mit Schirmen versehen, falls es regnet«, meinte die praktische Marianne.

»Schade, dass wir nicht viel mehr Zeit haben. Ich könnte noch stundenlang hierbleiben und die Dinge anschauen«, bedauerte der Fritz.

Und der Willy ergänzte: »Man konnte auch da und dort selbst Sachen ausprobieren, aber dazu ist keine Zeit gewesen.«

»Dann müsst ihr eben bald einmal wiederkommen, vielleicht mit euren Eltern«, vertröstete Herr Wendelin.

Am nächsten Tag fuhren sie wieder nach München. Diesmal war der Tiergarten Hellabrunn das Ziel. Erfahrungsgemäß bot ein Tiergarten den jungen Leuten so viel Interessantes, dass ein weiteres Ziel einzuplanen nur Hetze und Unzufriedenheit bedeutet hätte. Der vorangegangene Tag war ja so übervoll gewesen, dass an diesem Tag ein wenig Ruhe nötig war. Tatsächlich genossen Schüler wie Lehrer diesen sonnigen Tag. Wie schon tags zuvor wurden die Schüler nach Vereinbarung des Treffpunkts und der Zeit zu eigenen Erkundigungen entlassen.

Es gab wirklich viel zu bestaunen in Hellabrunn: die verschiedenen Säugetiere, die meisten im Freigehege, die Vögel in ihren Volieren, am und im Wasser, bunte Fische in großen Aquarien, verschiedene Reptilien. Viele Menschen versammelten sich zur Fütterung der Robben, und der Anblick der stolzen Löwen und des bunten Bengalischen Tigers war faszinierend.

Die meisten Menschen versammelten sich vor den Affengehegen. Besonders ein Schimpansenmännchen belustigte seine Zuschauer und erntete nicht nur Beifall, sondern auch Futter. Er schlug nämlich Purzelbäume und Saltos, vorwärts und rückwärts. Dazwischen schaute er auffordernd zu den Zuschauern hoch, ob sie ihm nicht eine Belohnung herunterwerfen wollten. Die anderen Schimpansen biss er weg. Doch am meisten Beifall bekam ein ganz kleines Äffchen, das ihm blitzschnell einen Leckerbissen wegschnappte, ohne dass der Alte es bemerkte. Bewunderung fanden auch die Affenmütter, die mit ihren Babys am Bauch oder auf dem Rücken die tollsten Sprünge und Kletterkünste vollführten.

Marie Luise hatte ihre Super-8-Filmkamera mitgebracht und filmte viele Szenen, um sie den Schülern später zu zeigen. Auch zwei Tierpfleger liefen ihr über den Weg, die ein ganz junges Kamel führten. Sicher hatten nicht viele Schüler das gesehen, aber im Film konnten sie es nachher bewundern.

Eine gefährliche Gratwanderung

Für den vorletzten Tag in Steinebach war eine Fahrt mit dem Bus und eine Gratwanderung geplant. Als sie in den Bus stiegen, war es zwar ziemlich kalt, aber der Himmel war nur locker bewölkt. Am Fuß eines steilen, bewaldeten Berges stiegen sie aus. Durch diesen noch kahlen Wald wollten sie aufsteigen, oben am Berg entlangwandern und an einer anderen Stelle wieder absteigen. Der Busfahrer meinte: »Ich glaube, ich bleibe erst einmal hier! Das Wetter ist nicht sicher. Ihr könnt vermutlich nicht einmal aufsteigen, geschweige denn oben weiterwandern. Wenn ihr in zwei Stunden nicht zurück seid, fahre ich zum anderen Treffpunkt, dann nehme ich an, dass ihr die Wanderung gemacht habt.«

Etwa eine Viertelstunde waren sie aufgestiegen, als es leicht zu schneien anfing. Der Weg war nicht besonders gut zu gehen, weil faulendes Laub ihn bedeckte. Viele Mädchen trugen Halbschuhe und Kniestrümpfe. Sie fingen schon an zu frieren. Dann schneite es immer stärker. Große, wässrige Flocken taumelten vom Himmel und bedeckten bald den Weg.

»Wir brechen die Wanderung ab«, beschlossen die Lehrer.

Es war schon ziemlich gefährlich geworden, den abschüssigen Weg wieder hinunterzugehen. Immer wieder rutschte jemand aus und setzte sich auf dem Hintern in den nassen Schnee.

»Wie gut, dass unser Bus noch hier ist«, meinte Fräulein Schüler.

Der Busfahrer wurde auch bald gefunden in der Wirtschaft, wo er sich aufgewärmt hatte. Schlotternd stiegen die Fahrgäste in den Bus ein. Der Fahrer drehte die Heizung voll auf, und bald waren sie wieder im Schullandheim.

»Das hat noch unbedingt dazugehört«, meinte die Herbergsmutter, als sie ihr von der abgebrochenen Gratwanderung erzählten. »Ihr habt so viel Schönes erlebt, oder nicht? Aber nur Schönes ist nicht vollkommen, das Gefährliche und Enttäuschende gehört auch dazu.«

Sie servierte zum Abendessen einen guten, heißen Kräutertee, »damit ihr mir nicht zu guter Letzt noch krank werdet«.

Am 30. April hatten sie wieder ihre Koffer gepackt. Der Herbergsvater lud das Gepäck in sein Busle. Die Schüler und die Lehrer verabschiedeten sich von der Herbergsmutter und dankten ihr für die gute Betreuung, für das gute Essen, und überhaupt! Die Herbergsmutter meinte, dass mit ihnen ihr Jahr im Schullandheim gut angefangen habe, und wünschte allen eine gute Heimkehr und einen guten Fortgang des Schuljahrs. Auf dem Bahnhof in Steinebach fanden sie ihre Koffer schön aufgereiht vor dem Gepäckschalter vor, bereit zum Aufgeben als Begleitgepäck. Im Bahnhofsvorraum warteten sie die Ankunft des Zuges ab, der sie ein Stück in Richtung Heimat bringen sollte. In München, in Abtsgemünd und in Crailsheim mussten sie auf den kalten, zugigen Bahnhöfen auf ihre jeweiligen Anschlusszüge warten, aber am Abend waren sie wohlbehalten zurück in Brettheim, von den Angehörigen freudig begrüßt.

Schuljahresende

Der Tag nach der Heimkehr von Steinebach war Mittwoch, der 1. Mai 1970, also ein Feiertag. So hatten Lehrer und Schüler einen Tag Zeit, um sich wieder einzufinden und sich auf den Rest des Schuljahres vorzubereiten. Die beweglichen Ferientage waren schon verbraucht, so ging die Schule am Donnerstag wieder los. In Deutsch war noch ein

Aufsatz zu schreiben, in Englisch und Mathematik standen noch je eine Klassenarbeit an. In den anderen Fächern hatten die Lehrer genügend Einzelnoten gesammelt, so dass die Zeugnisse feststanden. Nach den Pfingstferien, die kurz bevorstanden, war nicht mehr viel Zeit, um die nötigen Noten zu bekommen. Doch bis dahin konnten die Klassenarbeiten so eingeteilt werden, dass sie keine besondere Belastung bedeuteten.

Mitte Mai rief der Vater von zwei Buben an: »Mai Fraa is krounk ond kou nit schaffa. Dr Kurt ond dr Heiner settat drhaam blaiwe, wal i mueß naus auf de Acker, ond dr Klaa kou nit allaans drhaam blaiwe.« (Meine Frau ist krank und kann nicht arbeiten Der Kurt und der Heiner sollten zuhause bleiben. Ich muss auf den Acker hinaus, und der Kleine kann nicht allein zu Hause bleiben.)

Beide Buben waren in der neunten Klasse. Der Heiner war fast ein Jahr jünger als der Kurt. Der Ältere sollte den Hof erben, der Jüngere hatte schon eine Lehrstelle als Koch.

Marie Luise sah ein, dass der kleine Bruder nicht allein zu Hause bleiben konnte, denn einen Kindergarten gab es nicht. Dass die beiden großen Brüder zuhause bleiben sollten, verstand sie allerdings nicht ganz, sie sagte aber nichts dazu und »beurlaubte« die zwei Brüder für drei Tage. Eine Woche blieben sie dem Unterricht fern. Sie kamen danach für zwei Wochen wieder regelmäßig in die Schule. Da brachte der Kurt eine schriftliche Entschuldigung von seinem Vater, er brauche seine Söhne zu Hause.

»Ist denn eure Mutter wieder krank?«, fragte Marie Luise.

»Naa, awer d Scheuer mueß nai deckt weare, suscht werd s Hai nass.« (Nein, aber die Scheuer muss neu gedeckt werden, sonst wird das Heu nass.)

Das war natürlich wieder ein Notfall, da konnte Marie Luise nicht anders, als die Buben wieder zu beurlauben. Doch wieder alle beide? Und wie lange diesmal?

Das Umdecken des Daches dauerte wieder eine Woche. Der letzte Schultag rückte näher. Da rief eines Tages der Vater von Kurt und Heiner wieder an. Sein Bekannter, bei dem der Heiner eine Lehrstelle habe, sei am Sonntag zu Besuch und wolle den Heiner gleich mitnehmen, damit er nach dem Betriebsurlaub gleich seine Lehre beginnen könne. Er wisse dann schon Bescheid in der Küche, und sie könnten gleich loslegen mit der Ausbildung. Der Mann machte sehr viele Worte, was sonst gar nicht seiner Art entsprach. Aber Marie Luise war es nun genug mit Beurlaubungen, zumal der Heiner ja noch gar nicht seine gesetzliche Schulpflicht erfüllt hatte.

Klipp und klar sagte sie: »Das geht nicht. Der Heiner soll mit seinen Mitschülern entlassen werden, mit ihnen sein Abschlusszeugnis bekommen und mit ihnen an der Abschlussfeier teilnehmen.«

Zwei Tage später fragte der Schulrat von Crailsheim telefonisch an, was denn da in Brettheim los sei? Ein Vater habe sich beschwert, sein Sohn werde nicht aus der Schule entlassen, wie er es sich wünsche. Die Lehrerin erzählte ihm die ganze Geschichte und sagte ihm auch von ihren Zweifeln über die Notwendigkeit, beide Brüder gleichzeitig zu beurlauben.

Als er die ganz Geschichte gehört hatte, stellte sich der Schulrat uneingeschränkt auf die Seite der Lehrerin. »Ich werde ihm meine Entscheidung mitteilen. Der Bub bleibt bis zum letzten Tag in der Schule«, entschied er.

Die Abschlussfeier wurde von den Achtklässlern mit Liedern, Gedichten und einem kleinen Stegreifspiel gestaltet. Die stellvertretende Schulleiterin, Fräulein Marie Luise Seitz, dankte den Achtklässlern, den Neuntklässlern und den Lehrern für die gute Zusammenarbeit in all den Jahren. Sie übergab den Schülern ihre Zeugnisse, wünschte jedem und jeder Glück und Erfolg auf ihrem weiteren Lebensweg. Auch von den Achtklässlern hieß es Abschied zu nehmen. Im neuen Schuljahr würden sie nicht mehr in Brettheim zur Schule gehen.

Ein wenig wehmütig war Marie Luise schon zumute. Einige von den jungen Leuten hatte sie ja von der ersten Klasse an unterrichtet, hatte manche Kümmernisse und Freuden mit ihnen geteilt, manches Schöne mit ihnen erlebt. Aber jetzt war nicht die Zeit, der Wehmut nachzuhängen. Die jungen Leute sahen ja erwartungsvoll und freudig in die Zukunft, so wie sie es einst auch getan hatte. Die Schwierigkeiten würden schon kommen und bewältigt werden, sie hatte ja ihr Bestes getan, dass ihre Schüler dazu befähigt würden. So sollten sie denn ihre eigenen Wege gehen, ihre eigenen Erfahrungen machen und daran reifen.

Ein altes Lied kam ihr in den Sinn:

Wenn wir in die Ferne reisen, gibt's kein langes Abschiednehmen,
gibt's kein Jammern und kein Klagen.
Kinder, braucht euch nicht zu schämen,
wenn dem einen und der andern Tränen in die Augen steigen,
die uns mehr als Worte sagen.

Nun, in die Ferne reisten die meisten ja nicht, wenigstens nicht gleich, aber die Zeit der unmittelbaren Gemeinschaft war jetzt zu Ende. »Schea is gweasa, awer aus is«, fasst der fränkische Volksmund diese Stimmung zusammen.

1970 wurde die Volksschule Brettheim für unbestimmte Zeit zum Umbau stillgelegt und 1973 als reine Grundschule weitergeführt, mit dem Schulleiter Herrn zum Hingst. Er hatte seinen Wohnsitz nach wie vor in Reubach.

Im Schulhaus in Brettheim wohnt seit 1970 kein Lehrer mehr.

Epilog

Marie Luise Seitz hatte sich auf eine Konrektorenstelle im Kreis Waiblingen beworben, und sie war ihr zugesagt worden. Am Anfang der Sommerferien 1970 fuhr sie an einem Sonntagmorgen nach Leutenbach, um sich beim Bürgermeister vorzustellen. Sie traf ihn im Garten beim Frühstück an, das er mit seiner Frau in einer Laube einnahm.

»Wir haben schon viel von Ihnen gehört«, begrüßte der Bürgermeister sie. »Aber nur Gutes«, fügte er rasch hinzu.

Der Bürgermeister erzählte ihr, dass die Schule zweizügig sei, das heißt, alle Klassen würden doppelt geführt. Im Augenblick würde ein Anbau für die Oberstufe erstellt, die neunte Klasse werde im Moment in der Grundschule in Nellmersbach unterrichtet. Durch die Schulreform kämen in der Hauptschule Leutenbach auch die Schüler aus Nellmersbach und Weiler zum Stein, deshalb platze die hiesige Schule aus allen Nähten. Mit Befriedigung stellte er fest, dass Marie Luise ein Auto hatte, denn sie müsse pendeln. Der Rektor sei noch nicht lange hier. Er wohne mit seiner Frau und einer Tochter im Lehrerhaus. Die für sie vorgesehene Wohnung in der Walkmühlenstraße sei jetzt noch belegt. Die Mieter würden aber in ihr neues Haus ziehen, sobald es fertig sei.

Er fragte sie auch nach ihrer Herkunft und ihren bisherigen Schulstellen und zeigte sich erfreut, dass sie im nahen Remstal aufgewachsen war.

»Auch meine Frau und ich sind geborene Remstäler, allerdings von weiter oben.«

Sie wohnten mit ihren zwei Töchtern oben im Rathaus. Die Töchter gingen ins Gymnasium nach Winnenden.

Nach dieser allgemeinen Vorstellung führte der Bürgermeister Marie Luise, die neue Konrektorin, zuerst in die Walkmühlenstraße zu ihren neuen Vermietern und stellte sie vor. Danach zeigte er ihr ihren künftigen Schulweg. Sie betrachteten die Schule von außen, denn der Bürgermeister hatte keinen Schlüssel zur Schule. Der Rektor war nicht zu erreichen, er war weggefahren in den Ferien.

Der Umzug nach Leutenbach musste warten, bis sie ihre Wohnung beziehen konnte. So blieben die Möbel im Brettheimer Schulhaus. Die Dackelhündin Susi wollte sie gleich nach Leutenbach nehmen, während die schwarze Hündin Cosima bei Familie Schurtz und ihrem Sohn Ulrich blieb, und dem Mischlingshund Flocki, der die kleine Dackelhündin mit ausgesuchter Höflichkeit zu allerlei Streichen verleitete. Aber die Schurtzens hatten ein großes Herz und freuten sich am munteren Leben der beiden ungleichen Hunde.

Nachdem das neue Schuljahr begonnen hatte, fuhr Marie Luise fast jeden Samstag nach Brettheim, holte die Cosima und wohnte mit den beiden Hunden das Wochenende über im Schulhaus. Die Umbauten für die zentrale Grundschule hatten noch nicht begonnen. Die Lehrerwohnungen waren ohnehin abgeschrieben. Nach den neuen Plänen sollte das Schulhaus nur dem Schulbetrieb dienen. So genoss Marie Luise noch eine Weile ihre alte Heimat und den Umgang mit den altvertrauten Bekannten.

Ihre Ahne, die Mutter ihres Vaters, hatte sie vor Jahren gefragt: »Moanscht, dass dir's gfallt, wenn älleweil wieder umziehe muescht? Bischt no et eigetlich hoametlaos?« (Meinst du, dass es dir gefällt, wenn du immer wieder umziehen musst? Bist du dann nicht eigentlich heimatlos?)

Jetzt würde sie der Ahne antworten: »Noa, hoemetlaos be i et, i hao jetzt viele Ort, mo i drhomte be!« (Nein, heimatlos bin ich nicht, ich habe jetzt viele Orte, an denen ich daheim bin.)

Danksagung

Vielen Menschen gebührt Dank dafür, dass dieses Buch zustande gekommen ist:
Die Leiterin des Tourismusbüros in Rothenburg ob der Tauber schickte mir kostenlos Bücher, Prospekte und Informationen aller Art.

Frau Elsbeth Leunig half mir mit ihren Erinnerungen an ihre eigene Schulzeit in Leuzendorf und mit Hinweisen auf ihren heimischen Dialekt.

Frau Dorle Schwarz-Kaufmann hat mich ermutigt, dem Kapitel »Leuzendorf« auch noch das längere Kapitel »Brettheim« zuzufügen.

Herr Normann Krauss versorgte mich mit vielerlei Informationen über das alte und das neue Brettheim.

Herr Albrecht Stilz hat mir die Bilder eingescannt, die dem Buch Leben und Farbe geben.

Frau Christa Stilz hat mir immer wieder geholfen, dieses Buch auf dem Computer zu schreiben und es online weiterzugeben im Unterschied zu meinen bisherigen Büchern, die handschriftlich verfasst wurden.

Allen Genannten und Ungenannten herzlichen Dank!

AUS DEM LEBEN DER LEHRERIN

Die Lehrerin vor einem Brunnen in Rothenburg. Im Hintergrund der Torturm.

In Leuzenndorf: Rückseite eines Bauernhofs.

Die neue Schule in Leuzendorf.

Sport und Spiel der Unterklässler in Leuzendorf.

Vor der alten Schule in Leuzendorf.

In der neuen Schule in Leuzendorf.

Gartenarbeit vor der neuen Schule in Leuzendorf.

Unterklasse in Brettheim.

Die Kirche in Brettheim.

Erster Schultag in Brettheim am 6. April 1964: die Lehrerin mit Erstklässlern.

Turnspiel bei der Brettheimer Schule.

Das Studentenwohnheim »Crombie Hall« 1961.

In Schottland 1961: die Lehrerin bei der Begegnung mit Shetland-Ponys.

INHALT